FISH AWARD BONUS

投件方式：

1. 電子郵件寄至總編信箱kuanhuang@pfpoetry.org，

由總編代貼到「人間魚詩社」臉書社團。

2. 於「人間魚詩社」臉書社團

#金像獎詩人百萬賞競逐辦法# 貼文留言串下留言。

徵

金像獎詩人百萬賞競逐辦法

【人間魚詩社】發行人　許麗玲 / 社長　綠蒂 / 副社長　石秀淨名 / 社務顧問　落蒂、孟樊、陳克華、楊風、劉正偉、田原 / 台語文顧問　黃徙 /
義務法律顧問　羅行 / 年度詩人金像獎評審　綠蒂、蕭蕭、孟樊、楊宗翰

【編輯部】總編輯　PS. 黃觀 / 編輯　郭瀅瀅 / 詩作編輯　文凡云、柯宛彤 / 視覺 / 封面設計　Quinn Wu / 特刊封面設計　黃智琳 /
特約企劃　郭潔渝 / 攝影　郭潔渝、郭瀅瀅
人間魚詩社 FB 社團詩選編輯團隊　詩選主編　冬雪、JOE / 詩選編輯　蕭嫚、流雨、蕭靈 /《人間魚月電子詩報》美術設計　高佳薇

【行銷業務部】行政總務　Juny Tseng、蘇曉妹 / 業務專員　曾子妮 / 廣告諮詢專線　0958-356-615
【會計部】會計專員：古桂美　　　　　　　　【印刷】秋雨創新股份有限公司　02-87681999

【出版】
社團法人台灣人間魚詩社文創協會　10695 臺北市大安區基隆路二段 112 號 3 樓
電話　02-2732-3766／傳真　02-2732-3720／E-mail　service@pfpoetry.org

初版一刷　2023 年 1 月
定價　300 元
服務專線　0958-356-615
投稿信箱　kuanhuang@pfpoetry.org

Printed in Taiwan

人間魚詩生活誌　　人間魚詩社　　人間魚詩社官網
粉絲專頁　　　　臉書社團　　（月電子詩報）

在時間的節點上，
我們創造歷史

時序更迭，讓世界各國聞之色變的 COVID-19 三年疫情去年攀上高峰，但也同時迎來解封的時刻。

2022 年 11 月舉辦的世界盃足球賽現場，沒有戴口罩的觀眾熱情吶喊著，經由網路傳播，全世界都投入這場比賽。在某種象徵的層面上，所有的人共同進行了一場驅邪除穢的儀式，一整個月不分日夜地關注這場足球賽，看台上熱情喜悅的人群好像在宣告著：人類將擺脫疫情所帶來的死亡恐懼，世界也將再度開放！

然而，再度流動的世界已失去原有的秩序與樣貌。

我們正站在過去、現在與未來的時間節點上，新舊世界如此不同，疫病、戰爭、環境破壞、糧食與能源短缺；這些問題與浮動的人心互為因果。如何即時改變，挽救可能走入毀壞的人類共同命運？

這一期的《人間魚詩生活誌》持續關注台灣這塊土地，但我們的目光也未曾離開過全世界。

本期的三個封面故事其中之一「稜鏡台灣」特以電影《流麻溝十五號》製作人姚文智及導演周美玲為人物代表，封面設計突顯兩位文化人，他們透過電影的敘述載體，述說台灣的故事，呈現歷史事件中「人的處境」的多重樣貌和不同的層面。《流麻溝十五號》的故事不僅揭露它的政治層面，更多的是試圖呈現在時代因素下，國家暴力的受害者；身而為人，尤其是身而為女性的政治思想犯「絕處與希望」的生命處境。

「稜鏡台灣」封面的拍攝地點是位於衡陽街的「文星書店」舊址。文星書店是一棟建於日治時期（距今將近一百年）的老屋，目前為暫定古蹟，正在進行文化資產保存程序。

創立於 1950-1960 年代的文星書店，是台灣二戰後第一家整合了實體書店、出版社、雜誌及藝廊的文化事業。書店最著名的出版品有《文星》雜誌及《文星叢刊》系列，這些出版品匯聚了上百位優秀作者，包括：殷海光、林海音、余光中、許常惠、何肇衢、李敖、劉國松等人，可說是當時思想家、青年作家及藝術創作者的發表平台。

文星書店在歷史上具有台灣民主與自由思想的「故事」意義，因此，《人間魚詩生活誌》編輯團隊認為讓姚文智、周美玲這兩位致力於講述臺灣故事的文化人置身其間拍攝封面，自有其特殊意義。

故事的必要性在於對過往的認識與體會，群體失去記憶就會形成集體的無意識，而集體無意識則會讓一切不明：不明過去，就不明現在，當然更無法清楚明日的方向！因此，稜鏡的意

文　PS. 黃觀

象不僅揭露不同的「處境」，它也映照著過去、現在與未來的「時間向度」。

本期也特別企劃了兩篇與戰爭有關的專訪，亦即另一個封面故事以靜物攝影「RPG 火箭筒」的彈頭來呈現戰爭的張力，並命名為：戰爭的腳步，真理的狼煙。我們專訪報導了前往烏克蘭參戰的呂子豪和傳遞全民戰爭防衛知識的黑熊學院。呂子豪的戰地日記字句之間，令人有如親臨修羅場，深刻體會戰爭的恐怖與荒謬，獨裁者一個人的戰爭，是數千萬無辜百姓的惡夢。黑熊學院兩位創辦人何澄輝與沈伯洋，他們都具有法律學術背景，兩名知識份子有感於多年來，中國對台灣所進行的認知作戰越來越嚴重，於是起而行，創辦這所民間的戰爭防衛知識學院。屬於新戰爭型態的認知作戰，已經造成台灣內部的矛盾加劇、分化嚴重，一般人不知道這是來自外部的操弄與攻擊，還以為是本身的問題。

無論是煙硝四起的武力侵略或是傷害於無形的認知作戰，都是戰爭的不同形式，看似和平的台灣，在看不見的網路世界與群眾的認知層面，早就處於某種戰爭狀態，有識者投身行動，盡全力喚醒大眾、以圖改變局面。

《人間魚詩生活誌》不忘詩之為本位，首倡實驗性新詩型「六行詩」，出版特刊，並以「無題之後——更加幽深的小徑」為題設計，封面以藍、綠為主調，象徵新春伊始，大地的嫩綠與藍天；在一片春之氣息中，六行詩創作詩人的頭像現於其間。有別於《人間魚詩生活誌》先前主張的長詩，本期以「六行詩」徵求詩作，共收到 568 首投稿，最終我們刊錄了 45 位詩人、69 首六行詩創作，這是新詩型之新《嘗試集》。

現居日本的田原也介紹了十七世紀日本俳句詩人松尾芭蕉。俳句以其短詩形式，數世紀以來，影響日本詩壇和其它藝術創作（如繪畫），誰說《人間魚詩生活誌》提倡的六行詩將來不會蔚為風潮？！

一如以往，我們繼續「走在金像獎詩人的道路上」，「人間魚詩社年度金像獎」詩人們的創作長跑，充滿堅持與熱情。本次共收到 686 首 (含姊妹詩社) 的投稿作品，刊登有 65 位詩人、85 首詩作，感謝傳詩予、劉正偉、蔡富灃以及副社長石秀淨名四位評審的辛勞。

本刊編輯兼創作者郭澄澄以《小王子》一書作為攝影詩的創作靈感，並以「六種孤獨——小王子相遇的六個星球」為題，攝影詩作徵稿也獲得很大的回響，僅五天的快閃徵稿收到 102 首詩作，最終選錄了 9 位詩人的 12 首攝影詩創作。

作為網路詩社所衍生的紙本文學生活誌，我們期許自己成為詩生活概念的媒體，我們想呈現同在這裡的你、我及一切。時值戰爭與和平、失序與秩序、疫病與療癒的時間節點，透過深度報導、閱讀與文學創作，我們正在創造歷史！

愛與和平的
渴求，
與一份表達的
熱望

編輯室手記
EDITOR'S NOTE

文　郭瀅瀅

每一次的封面、每一次的主題，都是團隊經過無數次的編輯會議、直言不諱地溝通協調，所呈現出的心血。不論是美學的、文學的、議題性的，生命經驗各不相同的我們，因分別屬於不同世代、不同成長背景與族群，往往也對一張照片、一句標題、一個概念，有著不同的價值判斷與思維，光是「台灣」兩個字，就能引起我們多重而複雜的感受。我們都明白民主與自由的歷程與可貴（自由——這也正是我愛著這塊土地且不嚮往他處的原因），而我們也同樣都有戰爭的隱憂。這些記憶、情感、揮之不去的陰影與對未來走向的憂慮、準備、執行中的理念，也都在本期的人物報導與特別企劃裡呈現。

本期以兩個封面呈現兩個不同的主題：「稜鏡台灣」、「戰爭的腳步，真理的狼煙」。報導中，電影《流麻溝十五號》導演周美玲，以及退出政壇後成立「淡臺灣電影公司」的姚文智，分別從影視作品、影視產業，思索與呈現台灣處境的多重面向。我們也扣緊了本期和戰爭有關的特別企劃〈戰爭的模樣——呂子豪的烏克蘭戰地日記〉、〈為了和平做好戰爭的準備——黑熊學院〉，拍攝了近代戰爭單兵作戰的常用武器——「RPG 火箭筒」的彈頭。以它作為封面之一，所傳遞的並非武器本身，而是它所指向的戰爭及其本質、科技力量的推進與人類集體的危機，及隱含在和平現況裡的集體隱憂。攝影師特別使用霓虹光般華麗的色彩，並結合了象徵戰爭、煙硝的煙霧呈現「武器」，既涵納了武器的意義、功用與當武器成為「靜物」展示時的個人辯證，也傳達了引起視覺刺激的明亮與炫目感、超現實般的虛擬及警戒般的雙重性，以此凸顯戰爭的荒謬，以及真理在其中的相對性、價值對立如狼煙一般的毀滅性。

（在此，特別感謝「全民國防射擊教育中心」營運長熊麒勝、行銷企劃蘇毅、射擊場教練 Richard Limon（前美國海軍陸戰隊），提供我們 RPG 火箭筒及專業的細節建議，也謝謝本次參與特別企劃受訪的呂子豪所提供的協助。）

過年期間，當我暫時放下編務作業並思索著文學的意義時，便想起了年少的自己，無數個時光在尼采的詩歌裡渡過，不論是語言帶來的愉悅、美與苦痛的共感，都為閱讀的當下帶來了救贖，並有了持續行走的動能，這正是文學、詩歌給予我的力量，不僅喚醒了內在那與他人共有的情感，也如稜鏡一般折射了外在世界——「誰能說出世界是什麼？世界／動盪不定，因此／無法讀懂，風向轉換／那巨盤無形轉動，變化——」（出自美國詩人露伊絲‧葛綠珂的〈稜鏡〉），而詩正以語言呈現了它的多重面貌與變化，並在文明的進程裡，留下個人、集體與世界互動的軌跡、對愛與和平的渴求，以及一份表達的熱望。

戰爭的模樣

War
Scene

呂子豪的

烏克蘭

Lu's Ukraine War
Diary

戰地日記 ✕

MAR. 2022 - JUN. 2022

面對苦難的姿態與行動

文　郭瀅瀅
攝影　郭潔渝
照片提供　呂子豪

　　這是一篇起始於幫助戰火下的難民，到最終前往了戰場前線，並在連日的砲火裡經驗著生存、死亡、短暫而深刻的同袍之愛的，紀實日記。日記的內容，來自我與呂子豪多次的當面訪談與筆談，以照片所喚起的記憶為出發，並以記憶帶著敘事，透過口述與文字，一同回顧了三個月內在波蘭、烏克蘭的基輔、伊爾平、伊久姆的歷程與內心轉折。

　　而自戰場上歷劫歸來的他，該如何向一個沒有與自身相同經驗的他者，描述自己所見過的一切？所經驗的一切，又該如何被陌生的他者深切理解？作為一個聆聽者、一個對談者，在梳理記憶碎片的同時，經常想著，儘管語言所能承載的終究有限，而影像所能表露的，也僅是全貌的局部與切面，而在切面裡，一如照片裡所見的砲彈與坦克殘骸──它所指向的，始終是具普遍性的集體悲劇與時代的苦難、個體在苦難中的愛、沉痛與希望……不論從上個世紀到當今，武器、裝備與戰爭的型態如何演變。

　　作為一個大時代下的「個人」，也許他的內心經常是一團厚重的迷霧，善與惡在其中也並非涇渭分明，思緒的多重與矛盾也許時常交戰著，而他所依循的是來自於內在微小光束的指引，那關乎愛，與對苦難的感知，即使難以扭轉集體的情勢，總能以個人的形式盡力與往前──貼近苦難、實際給予幫助、親上火線並留下紀錄──這便是他面對苦難的姿態與行動。而這份日記，正傳遞著這份赴往戰火、自戰火歸來，飽嚐了艱困與生存危難的紀錄，以平實而真切的語言，訴說戰爭的模樣。

✖ ABOUT 呂子豪

呂子豪（Tony），中壢人。曾為豬肉販，也曾在澳洲擔任剃骨開肚手。現為王義郎第一名店天麴豬部門員工。

3月

Mar. 2022
Poland, Ukraine

2022 年 2 月 24 日俄羅斯入侵烏克蘭，呂子豪在新聞上看見被迫逃離家園的難民、沒有食物吃的老人與小孩，立刻決定購買物資，並刻意吃胖、儲存脂肪，隻身前往烏克蘭去幫助難民們。他說自己的經濟並不是非常優渥，只能買分段式的機票，加上烏克蘭首都基輔國際機場已被俄軍炸毀，因此這段前往烏克蘭的行程，起先是從臺灣飛往新加坡，再到法國、波蘭，接著，再由波蘭搭火車進入烏克蘭。

✖ 3月18日

抵達波蘭。背著 30 公斤重的行囊，辦手機卡、辦網路，以便查詢路線，並找地方住。因為旅館全部爆滿了，最後我住在華沙的青年旅館。

我在一間餐廳裡認識了一位從中國移民過來的老闆。他問我為什麼會來這裡？我告訴他，我是來幫助難民的。他反覆叮嚀我「烏克蘭很危險」，我也再三告訴他，我會小心。他很熱情，並說依照東北習俗，第一次見面要請吃麵，離開後請吃餃子。（所以我在那吃了兩頓免費。）

波蘭餐廳內，請呂子豪吃飯的老闆。

✖ 3月19日

因為想知道怎麼進去烏克蘭，我決定去烏克蘭大使館問路。在前往的路上，我經過聖十字教堂，看見背著十字架的耶穌，手指向烏克蘭。

我的生命裡曾經有一些貴人幫助我。過去，我不信鬼神，也天不怕地不怕，是陳建仁曾告訴我，人要有信念，才不會墮落沉淪。

耶穌的手指向烏克蘭。

＊

在教堂裡，我遇到一位慈祥的修女。她是我在波蘭遇到的第一位當地人。後來，我也看見一位 17 歲的年輕男孩尤金，他的手機不能上網，而我剛好有一支 iphone7，所以送給他了，這樣他就能夠透過網路知道烏克蘭的消息。

由於我不熟悉路，不知道怎麼前往大使館，修女帶我到附近搭車。

＊

到了大使館後，看到地上充滿弔唁亡者的鮮花，以及澤倫斯基的畫像、呼籲俄羅斯停止侵略的繪畫、諷刺普丁的照片。這是普丁一個人的戰爭，與全世界對抗。而無數家庭因此被摧毀、無數人為此犧牲。

看到這個景象，我更想

繼續往前，去烏克蘭幫忙。

烏克蘭大使館外弔唁的花。　　　　　澤倫斯基畫像。　　　　　紙箱裡的普丁像。

＊
　　離開大使館後，我經過波蘭華沙西站最大站，看見無家可歸的烏克蘭難民們。他們會去車站外的難民帳蓬拿物資，並找地方睡覺。他們的表情疲憊、茫然。

✖ 3月21日 - 22日

　　動身前往烏克蘭。
　　我一個人傻傻地等火車。也許是因為白天行駛容易被轟炸，所以沒有按照網路或紙本上的時間表開車。車站全部關燈，一片漆黑，應該也是怕被轟炸。
　　我等到凌晨，等到一位反恐、加拿大血統的英國狙擊手史蒂芬（Stephan）來跟我聊天。我們知道彼此都是去烏克蘭幫忙的，所以一起行動。我們其實都有點害怕。他也透過喝酒，消除內心的恐懼。不過他很親切，也很勇敢，是一位英雄。
　　我和他一起搭上隨機行駛的班次，一路上只喝酒與水。車子一路走走停停，也許一樣是怕被轟炸，或是我不清楚的原因。從天黑到天

亮，又從天亮到天黑，經過漫長的十幾個小時，才抵達波蘭的普熱梅希爾。（後來他很早就回國了，因為烏克蘭政府沒如期發薪資，而他必須繳房貸和養育子女。）

獨自等待火車的途中，遇見的反恐英國狙擊手。

　　下車時，已是凌晨一兩點。我們轉搭軍方的車到某間學校的營區，裡頭很多駐紮的美軍。我們也遇到一位

台灣人，得知有一群要去烏克蘭幫忙的人，所以我們決定一起行動，繼續前往首都基輔。

學校營區內的駐紮的軍人。

✖ 3月24日

準備前往基輔時，在利沃夫車站裡遇見一位烏克蘭人，他問我來這裡做什麼？聽到我想幫助難民後，他立刻給我一個擁抱。這個擁抱很溫暖，讓我覺得來這一趟更有意義了。每一次與人的相遇都值得珍惜。我請他再擁抱我一次，讓同行的人幫我拍照，留下紀念。

烏克蘭人的擁抱。

呂子豪與莊先生、宋先生、日本人「俊」、郭先生，前往指定的旅館。

✖ 3月25日

抵達基輔時已經是夜晚。此時戒嚴，處處都是軍人。由於同行的人有聯繫到軍方，所以我們搭上軍方的車，前往指定的旅館。整趟車程我盯著窗外看，看著一個國家的首都，路上竟杳無人煙，只有軍人，感受到一股難以言喻的荒謬感。

到旅館後，我看見旅館內佈滿監視系統，像是在觀察大家來的目的是什麼。

4月

Apr. 2022
Kyiv, Irpin,
Bucha

到基輔（Kyiv）的這段期間，呂子豪的日常行程是外出發物資，他特別關注老人或小孩，每一次發放的物資有充氣枕、保暖手套、耳塞、暖暖包、一般食物等，也會透過觀察難民的穿著，給予對方需要的物資。雖然語言不通，呂子豪經常透過翻譯軟體了解對方的需求，往往雞同鴨講，但仍盡可能地給予幫助。「若有些人在路邊哭泣，也會雞婆去聊一下」，子豪說，「我感覺他們都很堅強。但因為失去家園的痛，以及擔心親朋好友而落淚，也不知道自己、親友們往後該何去何從。」

✖ 4月2日

看見一對來自哈爾科夫的難民情侶，女生手上包著紗布，我冒昧問他們發生什麼事情？女生告訴我，由於家鄉靠近戰區，母親要她先離開。手上的傷，就是離開家鄉時被銅傷的。我問他們，為什麼不去醫院？他們說，目前醫院只收重大病患，而且身上的金錢有限。看見他們的處境，我感到難過。我提供他們消毒水和食物，也給了他們一些金錢。後來，也請他們幫忙當我們的翻譯。

來自哈爾科夫的難民情侶，女方在離開家園時受傷。

＊

背著食物，沿路看是否有需要幫助的人。

天氣很寒冷。但如果連我都覺得冷，我想他們一定比我更冷。

背著物資的呂子豪。

✖ 4月3日

基輔市區道路上擺滿拒馬。

今天與幾位台灣人、烏克蘭人出遠門休息。同時，我也正沉澱自己的心情。

因為戒嚴，住在出租公寓一天。基輔市區道路上擺滿拒馬。軍方車輛來回巡邏，空襲警報也從未停歇。警報響起時，就躲進防空洞。這種說不出的感覺，讓我一整夜無法闔眼。

相較於正被摧毀或遭佔領的地區而言，首都基輔相對安全，每天約幾枚砲彈攻擊，而呂子豪想前往更需要幫忙的地方發放物資，於是與同行的人在軍方保護下，一同前往情勢嚴峻、砲火攻擊慘烈的伊爾平（Irpin）（基輔西北方），以及距伊爾平約二十分鐘車程，剛遭俄軍「大屠殺」的布查（Bucha）。

各國救難團隊以民車救援。

✖ 4月4日

在伊爾平、在布查，看見流離失所的難民、大屠殺後滿目瘡痍的景象。

到處是沒人收拾的屍體，並散發著火藥味與屍臭味。

平常不容易哭的我，也在心中落下了淚。

伊爾平市區道路上被炸毀的車子。

在伊爾平短短兩天，親眼見到戰爭的殘酷與城市的崩解後，呂子豪改變了純粹發放物資的想法，決定申請加入國際志願軍（隸屬烏克蘭陸軍第49獨立步兵營「喀爾巴阡山」），以幫助烏克蘭防守俄軍的襲擊。

✖ 4月5日

看見被炸毀的民宅，我不禁想著，這不是在屠殺平民，是什麼？生命、財產，以及一切，在其中全被摧毀了……。我站在被炸毀的建築前，手比倒讚，期望有一天重建好後，再回去比讚。如果我有能力，也願意回來幫忙重建。

在伊爾平被炸毀的建築前，手比倒讚，希望有一天重建好後，再回去比讚。

✖ 4月6日

如果我的犧牲
可以拯救
更多人……

申請加入烏克蘭志願軍。

因為我認為自己還可以做得更多。不光只是送物資，也順帶學習現代戰爭的防守與對抗。這不僅是我的愛冒險性格，我想，如果我的犧牲可以拯救更多人，一切都是值得的。

ОСОБОВИЙ ЛИСТОК ПО ОБЛІКУ КАДРІВ

1. Прізвище _TZU - HAo_

   Ім'я _____ По батькові _LU_

2. Стать _M_

3. Рік, число та місяць народження: _1988. 07.11_

4. Освіта:

   а) цивільна: _The university, Taipei_

   б) військова (військово-спеціальна): _Rifle soldier (1year)_

   Glory for Ukraine

加入烏克蘭志願軍的申請單。

✖ 4月8日

　　一位在蘇格蘭是理髮師的爺爺，正幫哥倫比亞籍志願軍克里斯蒂安理髮。雖然因為已經年邁，體能跟不上大家，但我們都非常尊重他。

　　（後來，他因為不想拖累大家而選擇離開，改為去難民營幫忙理髮。）

在軍中幫忙理髮的蘇格蘭志願軍。（圖中正被理髮的哥倫比亞志願軍克里斯蒂安，現已犧牲。）

✖ 4月18日

　　在軍營裡，每天都有熱心的民眾送物資給我們。也有民眾親自做給我們愛心點心，上面印有我們所隸屬的「喀爾巴阡山」獨立步兵營標誌。

民眾送的愛心點心。

✖ 4月19日-4月23日

我相信各國人都是為了愛而來

　　與各國志願軍一起受訓。因為軍事基地都被炸光了，我們借用民間房進行軍事訓練，練習各式槍枝使用、保養與拆組。不斷反覆訓練，連矇著眼都知道如何拆組。

　　我相信各國人都是為了愛而來。

　　如果沒有愛，不會花錢來到這裡接受訓練、幫助任何人。

與各國志願軍一起受訓。

＊

　　在小攤販看見印有烏克蘭軍三叉旗的衣服，覺得很有意義，所以決定買下，結果小販竟不收我的錢。

　　（我要特別感謝第一名店董事長王義郎先生，以及波蘭代表楊景德、傅雲龍先生。王義郎先生送了我保護個人的裝備及救難裝備，包含鋼盔、陶瓷防彈版、醫療物資可以挽救更多生命。楊景德是波蘭台商，不論是政府或民間物資，很多都是由他親自送到烏克蘭人手上；傅雲龍先生是代表處的一位員工，代表處的所有員工對去烏克蘭的我們始終很關心。我也感謝冠軍磁磚林小姐，她很熱心、援助很多寵物糧食，不僅救人，也救動物。）

1. 練習各式單兵肩射武器、拆解灌冷卻液、了解如何鎖定直升機。　2. 美國、加拿大、義大利、法國志願軍，練習對抗與默契。（法志願軍已犧牲。）　3. 因擔憂俄軍使用化學武器，兵營有發放防毒面具。圖片為試裝備時，戴防毒面具的呂子豪、穿著叢林偽裝衣的澳洲籍狙擊手「忍者」。　4. 特別感謝王義郎先生，以及波蘭代表楊景德、傅雲龍。　5. 王義郎先生送的陶瓷防彈板。

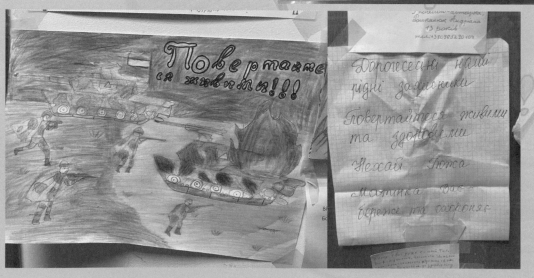

✖ 4月24日

　　復活節，牧師為我們祈福，我也收到很多巧克力和食物，以及兒童、平民給我們的繪畫和信，為我們加油打氣。很感動。這一次來烏克蘭都在發物資，而烏克蘭人並沒有忘記幫助他們的人。

✖ 4月30日

　　受訓以外的時間，我們也會去添購裝備。

　　在與加拿大、智利、美國志願軍一同前往武器店買裝備時，行經被炸毀的民宅。我隨手拍下。而這樣的景象，我從起初的震撼，到現在已經有些麻木。許多地方的景象更淒慘，連房屋的形狀都沒有了。

1	2
	3	4
5	6

1.「親愛的士兵們，你們保護我們免受俄羅斯的襲擊。祝你們健康與活著回家。你們是最棒的。我們都相信你們會勝利！榮耀歸於烏克蘭！」　2.「榮耀歸屬於烏克蘭！榮耀歸屬於英雄！」　3.「我們必勝！」　4.「祝你們好運、健康、上帝保護你們！我們相信你們！」　5.「活著回家！」　6.「你們該一直記得，你們為真理而戰。我們必須勝利！」

5月

May. 2022

Izium

在四月申請加入志願軍後，呂子豪接受將近一個月的訓練。每天除了練習各式槍枝的使用與拆組、保養、投擲手榴彈外，也訓練在地板上匍匐前進、各種體能訓練與基礎醫療等，平時也要搬飛彈、搬食物。天氣寒冷時，偶爾會下雪，志願軍們仍須全副武裝在冰冷的地板上爬行。許多人抗議「下雪還在地板上爬」，但是隊長說，「你們是軍人」。隔天，改為在室內，全副武裝，進行攻樓訓練，從 1 樓攻到 15 樓樓梯口，來來回回重複進行。每天的高強度訓練，都在挑戰體能的極限。

五月中，呂子豪所屬的軍營接到通知，要前往正被俄軍進攻的亞速鋼鐵廠。隨即，因形勢的變化，改為前往前線伊久姆（Izium）。

✖ 5月16日

和同袍匆匆收拾行李與物資，要去解救亞速鋼鐵廠的烏軍。但後來接到通知，他們已向俄軍投降，於是我們轉而去伊久姆。

終於可以到前線幫助別人了！在前往伊久姆的車程上，大家感覺都很有信心，我的精神也非常振奮。即使只是搬食物、補給食物給前線軍人們，也都是貢獻。

沿路上都是友軍，我們跟著車隊一起往前。由於路斷掉了，我們只能行駛在小路上，開了兩天的車才抵達。

✖ 5月18日

各國志願軍互相教學，每個人貢獻自己的專業，當中有化學博士教我們做炸彈、做詭雷。也有人教我們挖壕溝、以木板製作木屋及野戰廁所、加固戰壕。

＊

每天，地面上都會有敵方發射過來的手持火箭 RPG 殘骸。

每天都是幾千枚，來自四面八方，從未停止。我方也會發射過去，來來回回。

我看到 RPG 殘骸的當時已全被收集在一起，以免發生危險。

在前往伊久姆的路上。

停車休息時，以濕紙巾擦澡。

後方的車裝有物資及裝備。

葡萄牙志願軍，她當時告訴我，如果中國要攻打台灣，她會來幫忙。

手持火箭 RPG 殘骸。

✖ **5月20日**

　　我們正接受教學。他們說，不要待在同一個點躲避；頭盔、防彈衣不要脫掉，但大家也都聽聽而已。畢竟現代戰爭都用飛彈、用火箭，頭腳手不見還算好的，很多人都被炸到只剩碎片。

✖ 5月21日
（及在伊久姆的這段期間）

基地裡的食物

伊久姆基地裡，有一位熱情，煮飯給大家吃的阿姨。

只要有窗戶的地方，我們都會堆滿沙包，以免被轟炸時被玻璃碎片波及。

只要後勤補給開車來基地，我們就會去車上搬食物。由於很重，當不同隊的人傳訊息問我今天如何時，我就會回他：「today fuck food」，他就了解我的意思了。

有時候後勤補給來不及過來，我們就吃綠豆飯，或加熱罐頭來吃。有時只吃大蔥配湯。沒有熱水時，就直接吃乾的湯粉。

基地裡面，算是好吃一點的食物。

大蔥配湯。

狗和我們喝同一桶水。

由於水不夠，即使有瓶裝水，我們還是很省著喝。

等待主人回來的狗

我們在伊久姆的基地裡至少有十隻狗。不只是基地，走在外面時，常看見許多血統貓狗成群結隊找食物吃，也會來找我們要食物。有些貓狗會待在破屋裡，等主人回來。也許主人再也不會回來，牠們等到的只是下一波空襲。

或許，牠們只是在找個安全的避風港。

我所看見的烏克蘭軍，即使自己正飢餓著，也會把食物分給貓狗吃。寵物們和他們一樣，家園正在被摧毀。我想，他們一定比我更有感受。

睡覺是奢侈的

　　某天，在伊久姆存放武器的地方休息。

　　在烏克蘭東部，睡覺是奢侈的，只能闔眼休息。即使睡覺也會有砲擊，不管是在基地或是在野外。

　　手因為搬砲彈而扭傷。

　　沒事的。手破皮、扭傷是常有的事。

　　天氣寒冷，我們有時在室內安全的地方，會升火取暖。但在戰壕、野外時，夜晚連抽菸都要用手擋住，不能有光源，也不能生火，以免被發現後被轟炸。

6月

Jun. 2022
Izium

在伊久姆，呂子豪每天就是挖壕溝、防守，一隊五個人一起行動。由於砲聲持續一整天，沒有任何時候能真正安心闔上眼皮睡覺。每天只能睡地板、用濕紙巾擦澡。食物、飲水也都不正常。所有人都很緊張，呂子豪說，當看到載著士兵的車輛上掛著一大把的兵籍牌（代表死亡人數很多），內心經常感到慌張。「沒有任何人是不害怕的」、「當初沒抽菸的，也開始抽菸」。

這段期間，呂子豪拍攝的照片越來越少，記憶也較為凌亂。實際看見的，比所能夠描述的更多。只要接到無線電通知，前線被坦克包圍，即使正身心俱疲把握片刻休息著，也得立刻全副武裝，直奔戰壕防守，這是每日的常態：在猛烈的炮火襲擊下，一次次與死亡錯身而過、基地不斷轉移。

死亡的威脅、身心的壓力、飲食不正常，也讓他從當初刻意吃胖到 90 公斤的體重，瘦到剩下 60 公斤。

✖ 6月1日

在基地裡。
每天都很累，大家也越來越瘦。

左起瑞典籍 Ice、澳洲籍「忍者」（已犧牲）、美國籍吉米、呂子豪。

✖ 6月2日

前往伊久姆某基地的路上，疲憊的哥倫比亞特種部隊貝爾特蘭（Emiro Trujillo Beltran）正休息。和大家一樣，他在手機桌面上放思念的人的照片。他經常思念他的孩子。在我們的兵營裡，很多人都有家庭，一樣來烏克蘭幫忙。不過，他們的老婆每天都打電話來，要他們回去。

✖ 6月3日

前天，基地旁的房子才被轟炸過，死了三個人。

所以基地裡的光線只能調整到最弱，窗戶也全部貼起來隱蔽。

我們在微弱的光線下行動。

吃完飯的盤子，就放進一桶水裡，要使用時，再拿起來擦乾。

✖ 6月4日

敵方的砲聲一直響、載砲彈給我們的民車也一直來，大家都搬得要死要活。外籍軍團都在協助正規軍，他們（正規軍）是真正去面對面作戰，開坦克、直升機，去犧牲。

伊久姆某基地砲彈存放區。

**與死亡擦肩而過後，
我有重生的感覺。**

**「是該回去了。」
我開始有這樣的想法。**

當大家已經出勤完，好幾天沒有睡覺而很累，正在基地休息時，我們接獲無線電通知，至少八輛坦克向基地衝來。我們立刻從基地出動，在各壕溝備戰、攔截。一開始，我們的戰壕先被好幾波飛彈洗地，接著，一個飛彈射到我們身旁的軟土，沒有爆，彈頭掉在我們的戰壕上。當時我在心中祈禱。

我和貝爾特蘭合照，我們認為這是張遺照。

與死亡擦肩而過後，我有重生的感覺。
「是該回去了。」我開始有這樣的想法。

射到身旁軟土的飛彈，沒有爆。

呂子豪與哥倫比亞摯友貝爾特蘭拍的「遺照」。

✖ 6月10日

日出。

　　每天日出，我們都希望能有停火的一天。大家都有家人，
希望能夠早日相見。這是普丁一個人的戰爭。連我們單位的俄
羅斯人，也是因為這樣的想法而來幫助烏克蘭。

✖ 6月11日

「他們殺了他……睡在你身旁的那位。他的頭和胳膊都被炸飛了……我也差點死掉。」克里斯蒂安在野外防守時,傳訊息給我。

「俄軍已經到了那基地,你快點回去!」我回覆他之後,立刻打給他,告訴他,他所在的地方已經被鎖定,每天固定被轟炸!我告訴他不要待在那,應該轉移到我們所處的基地——幾公里外的民宅地下室。

✖ 6月18日

在休息中接到無線通知,有兩輛坦克開過來。我們迅速起身,全副武裝,拿著 RPG 火箭筒、刺針、標槍,前往戰壕防守。幸好,坦克被擋下來了。

每一次從基地出去,我都知道有可能死亡。就連在基地,也不見得就是安全的。每一個地方都很危險。但,我已經被轟炸到習慣了。

被敵方擊毀的坦克。

前往戰壕防守。

　　歷經一個多月的砲彈襲擊，每日竭力側翼防守，無數的生命就在眼前化為粉塵。每一刻，也許都是最後一刻。而躲過了死亡的呂子豪，對於究竟該留下繼續奮戰，或返回原有的生活，始終是心裡互斥的念頭，也成了內在的靈魂之戰。

　　除此之外，獨自出資赴往烏克蘭的他，生活費也因購買物資發放給難民而即將用盡。幾經思考後，他決定離開，「我已以自己僅有的能力與價值，幫助我該幫助的，時間是長是短，也許並不重要」。

✖ 6月21日

　　從伊久姆離開，回基輔的路上。

　　對於從烏克蘭離開，我並沒有很開心。戰爭還持續著。

　　在短短的幾十天裡，陸陸續續有人回來，也有人回去。

　　但是，不論在烏克蘭待的時間長短，我常跟大家說，他們都是英雄，記者也是。光是記者，就有 20 幾位殉職。

　　而死亡還在持續。

✖ 6月22日

　　在基輔的自由廣場旁。

　　（網路上總很多人質疑我們為什麼要去幫助烏克蘭、說他們賣航母給中國，如何如何的……沒錯！但平民百姓是「人」，在我眼裡，沒有好人、壞人，只有死人、活人，你不幫他們，也許下一秒就會餓死或病死。我相信世界公民都會和我一樣這麼做。）

　　回利沃夫一間百年教堂，要幫大家祈福。

　　遇到一位同樣去祈福的阿姨，她去祈求早日停戰。

　　結果我們就遇到空襲了。

##

　　回來台灣後，我也去了大安森林公園旁的聖家堂，幫大家祈福。願烏克蘭早日停戰，所有英雄都能得到祝福。

回憶與悼念

我們都是一起行動的，
我們都是一起守夜

呂子豪與澳洲狙擊手傑爾達（Trevor Kjelda）（綽號為「忍者」，於十一月犧牲）

我與澳洲狙擊手「忍者」。這身裝備，是用來掩護我們不被無人機看見的草地服。因為我在澳洲打工過，加上他會說中文，所以我們感情很好。

我們都是一起行動的。我們都是一起守夜，兩個小時輪班一次。忍者總是讓大家多睡，他在夜晚狙擊，白天在戰壕休息，直到他犧牲。他是和曾聖光一起犧牲的。他總是像大哥哥一樣照顧大家，我很敬佩他的固執。我們都很懷念他。他曾告訴我，如果發生什麼事情，麻煩告訴他親愛的母親，以及他中國的妻子、女兒。我已經告知了他母親。我不知道中國官方會不會封鎖他的消息，因為他曾在中國逾期居留被關三個月。我們作戰時，他也不敢打開中國微信。我沒辦法聯繫他的妻子和小孩。若有機會，我想告訴他小孩，他的爸爸是一個偉大、無私奉獻的英雄。

呂子豪回台後，忍者仍會傳訊息關心子豪，並告訴他在戰壕裡的狀況。

7月時，忍者在前線遭彈片波及重傷，瀕臨死亡的他在9月康復後，隨即重返前線，並發文表示：「我曾經戰勝了一次，讓我們看看我是否能再次克服。」11月，在與俄軍交戰中，他與台灣志願軍曾聖光於烏東頓巴斯戰區殉難。

「我的好朋友」，
我懷念他的熱情與真誠

呂子豪與法國籍 Mon ami（於偵查敵方時犧牲）

　　我與法國籍的 Mon ami。初次見到他時，他第一句話就問我是台灣人嗎？我回他「是的，你好！你叫什麼名字？」他說他的名字叫「Mon ami」。我後來才知道，「Mon ami」的法文意思是「我的好朋友」。他對任何人都說這句話，讓我非常懷念他的熱情與真誠。

　　他是法國特種部隊，因為自願去偵查敵方而犧牲。
　　他始終低調，沒有透露絲毫家裡的訊息。他犧牲後，法國記者也有來問我。我會盡可能地與他家人聯繫。

　　他以我這位好朋友為榮。我也以他為榮。

我們一起為了別人的自由奮鬥過，
你並不孤獨

哥倫比亞籍同袍克里斯蒂安（Cristiano）

我的摯友，哥倫比亞籍同袍克里斯蒂安（Cristiano）。他在七月時，到前線搶回同袍遺體，途中遇到坦克而犧牲。

他曾是一名警察。他和我說過，之所以離開警隊，是因為其他警察收黑錢，他因為不收而被排擠，才來烏克蘭幫助大家。他很勇敢也很幽默，但我看的出來他很孤獨。他的家人始終不理解他為何離開警隊並且來烏克蘭，所以我把他曾告訴過我的，轉達給他家人。

我只想告訴他，我們一起為了別人的自由奮鬥過，其實你不孤獨。
全世界的人都會記得你（們）的付出，至少我會永遠記得。

6 月 22 日離開烏克蘭回台灣後，呂子豪與克里斯蒂安仍經常視訊聯繫，確認彼此過得好不好、是否平安，直到克里斯蒂安失去了聯繫。7 月 15 日凌晨，失聯已久的克里斯蒂安忽然來訊，告訴呂子豪：「你是照亮我生命的天使，感謝你，讓我感受到了溫暖、一個真正的家、真的摯愛的愛。只要我活著，會一直在你身邊，做一個真正愛你的兄弟。自從我在特種部隊工作以來，任務太多了，我活著的每一天都是奇蹟。我不想讓你感到悲傷。願你開心。」

隔日，呂子豪就收到了克里斯蒂安殉難的消息。也許是深知情勢險峻，也許即將深陷敵軍的坦克包圍；對於即將來到的死亡，他彷彿也在心底隱約明白，於是向心中惦念的、曾一同奮戰的子豪表達最後的愛與感謝，並且道別。

後記

直到現在，呂子豪仍每天傳訊息給忍者、Mon ami、克里斯蒂安，三位戰死的同袍。那天他掏出手機，手指滑著那些未獲回應的訊息，說著：「我相信他們看得見」。而子豪也掛記著在離開烏克蘭後，隨即加入志願軍並與他隸屬同單位的花蓮阿美族青年曾聖光，他於 11 月 2 日與忍者一同在任務中犧牲，成了子豪心裡無法抹去且難以言喻的傷痛。一位是曾經一起作

文　郭瀅瀅

夢境。也許曾經太靠近死亡而至今仍反覆經驗
著一種窒息，也許倖存感終究讓他難以承受而
日夜負疚著，他經常失眠，或在夢裡驚醒。「我
可能早已死亡」，他說。

一部分的他，早已隨著同袍的離去而離去，
或隨著在戰火裡消失的生命而消失，另一部分
的他，又如常地行走自己的人生。而戰爭終究
改變了一個人的模樣——自戰場歸來後，他已
不再是原先的他；那雙見證過死亡的眼睛，也
不再能以過往的目光凝視著世界，但也因為如
此，生命的價值在他心裡，從無足輕重到值得
珍視，從浪擲到感謝，他比往日更珍惜每一天，
並希望替戰死的他們，好好活著。

不僅因為加入志願軍，子豪有了十分特殊
的生命經驗，在來回的互動中，我也感到他早已
在自身的生存背景裡歷盡滄桑，並始終吞忍著生
命帶來的磨難，也許因為如此，他鮮少主動提及
苦難，而易感的心卻在言談中透露了對戰爭與
死亡的困惑，於是本次主題以日記形式呈現「個
人」所見與內在狀態，不將整場戰事純粹交付於
事件與時序的梳理，也不將正反議題與價值賦予
其中，否則將會失去「人」的立體性與情感的真
實。也許我們能透過照片、一篇篇記憶的回溯，
貼近自戰場歸來者的內心，並在那些逝去的當
下，感受仍蔓延至今的愛、傷感、恐懼、希望、
與殘酷，從中看見文明的進步與武器的毀滅性、
歷史的重複性與人性的暗面，正將帶我們通往何
處。這正是在當今時代與世界的現況下，我們無
可迴避的凝視與反思。

戰的摯友與同袍，一位則是未曾謀面、卻因這
場戰爭而在網路上聯繫彼此，卻又從此永遠相
隔的朋友，他提起時總是難受，「他是台灣第
一位犧牲的志願軍，我希望大家不要忘記他。
一部分，我也沾了他的光。」

儘管子豪在戰場上活了下來，三個月在生
死現場的記憶仍伴隨他的生活，並闖入夜晚的

為了和平，
做好戰爭的準備

黑熊學院

專訪 學院共同創辦人 何澄輝、沈伯洋

前言

百年馬拉松的終點衝刺?!
中國稱霸世界的
野心與臺灣的處境

採訪撰文 許麗玲
攝影 郭潔渝

美國國防政策顧問、哈德遜研究所中國戰略研究中心主任白邦瑞（Michael Pillsbury）2015 年出版了《2049 百年馬拉松：中國稱霸全球的祕密戰略》一書，此書是作者數十年來身為美國對中國政策關鍵性人物的省思。白邦瑞從 1969 年提供情報給白宮，主張美國應該與中國接觸，從而影響尼克森總統於 1971 年與中國建交並抱持開放與合作態度。白邦瑞曾被歸為「擁抱熊貓派」（Panda Hugger，是指：沒有任何原則、順從中國政府的人），他甚至還力促美國兩大政黨應該提供科技及軍事援助給中國。但是，白邦瑞藉由這本書講述他自己以及美國對於中國的誤判；除了急於聯中抗蘇和龐大中國市場的誘因之外，美國最主要的誤判是低估了中國鷹派對中國政權的影響力，並且因而走入一個中國式的騙局與誤區。

打從一開始，中共就有意識地和美國進行世界霸權爭奪的百年馬拉松，諷刺的是，幫助中國取得霸權入場券並助長實力的竟然是美國。白邦瑞認為中國內部雖然也有溫和派及鷹派，但越來越多跡象顯示：中國當權者認為「大（中）國崛起」已成事實，民族主義的思想在中國方興未艾，中共領導者相信現在正是中國對世界稱霸的時機，並藉此洗刷清朝末年遭受到的西方帝國勢力侵略的恥辱。完成民族正義的歷史使命正是以習近平為首的當權者思維。

除了民族使命之外，書中也提到 2012 年習近平剛接任總書記時首度發表演講，演講中提到由人民解放軍大校劉明福在 2009 年出版的《中國夢》一書。經過習近平欽點之後，此書隨之洛陽紙貴，成為全國暢銷書。劉明福書中就明確說出「百年馬拉松」的中美賽局目標：取代美國的世界地位；藉由經濟實力發展武力，並且將中國模式推展至全世界。

ABOUT 何澄輝

東海大學法律學系及法律學研究所畢業，後赴德國波昂大學法研所，以「違憲政黨審查」為研究課題。2006 年之後轉赴荷蘭，現為萊頓大學區域研究所東亞研究博士候選人。
現任台灣安保協會副秘書長暨黑熊學院執行長。

ABOUT 沈伯洋

臺北大學犯罪學研究所副教授，台灣民主實驗室理事長，黑熊學院院長，專長為法律社會學、資訊作戰、白領犯罪等研究。雖然對現況感到憂心，但認為若不做什麼事情，情況一定會更糟，因此抱持著這樣的心情，不斷地與伙伴們努力。

白邦瑞在書中一再強調：中共對美國的意圖從建國之後就沒有改變過，而美國單方面相信中國在經濟改革之後，將會迎來民主制度。這個一廂情願的「美式中國夢」在經過一連串的教訓後，美方終於開始甦醒。

2018 年 3 月，美國總統川普開啟了美中貿易戰，2020 年拜登常選後，再是將中美關係從經濟制裁擴展到聯結世界其它國家，對中國進行不同層面的圍堵與預防。

白邦瑞在書中〈二〇四九年，當中國統治世界〉的篇章裡提到，如果中國取得這場百年世界霸權馬拉松的勝利，那麼中國的反人權、反民主、網路言論「和諧化」、全球空氣、環境嚴重污染都會變本加厲，同時，中國也會與美國的敵人結盟、聯合國及世界貿易組織將遭受到破壞；人類社會的誠信崩壞、詭詐當道，而更有甚者，中國會為了謀利，擴大出售武器給「流氓國家」並鼓勵恐怖份子與集權主義國家對鄰國進行毀滅性的破壞與侵略。

很不幸地，時間還沒來到 2049 年，我們就看到白邦瑞的預言已經開始兌現了。而最大的危機正是中國領導人誤判局勢，白邦瑞認為 2008 年美國的金融海嘯讓中國認為美國正走向衰退。中國也因而認為是大規模擴展勢力的時機，時至今日，中國已經成為擾亂世界秩序的極大隱憂。越來越多的跡象顯示，中國正在進行百年馬拉松的最後衝刺！

如果說全世界正面臨著中國擴充勢力的威脅，那麼只有一海之隔的臺灣，又該如何因應？

中研院社會學研究所研究員吳介民，長期對於中國在全世界尤其是臺灣所進行的的影響力操作有深度研究，在他主編的《銳實力製造機：中國在臺灣、香港、印太地區的影響力操作與中心邊陲拉鋸戰》一書的〈序論〉中提到：「銳實力，性質上是在灰色地帶，日以繼夜進行的隱密作戰。當一個社會遭到外來的銳實力毒針注射時，渾然不知，社會內部一時陷入分裂與對抗，還以為傷口發膿只是自體問題。」

2017 年 11 月，由美國國家民主基金會在《外交》雜誌中的一篇文章中，首度提到「銳實力」（sharp power），指的是：「威權政府採用的侵略性和顛覆性外交政策，其目的是去擾亂民主國家的秩序，從而造成分裂」。銳實力的策略既不屬於「軟實力」（以文化素養、精神理念以及互利的合作方式發揮影響力）也不屬於硬實力（軍事與經濟的強勢干預）的範疇。《外交》雜誌的這篇文章，以俄羅斯贊助的 RT 電視台以及中國贊助的孔子學院作為銳實力的例子。文章中指出：專制國家並非是以軟實力的方式去「贏得（另一國的）心靈和思想」，其方法一定是扭曲受攻擊國家的人民所接觸到的資訊，並以此來操控群眾的認知。

2018 年 10 月日本《讀賣新聞》以「假新聞動搖臺灣」為題，大篇幅報導了關西機場事件，報導中指出：中國成立了「對臺工作小組」，利用臺灣媒體競相爭取網路新聞點閱率，只愛關注吸引人的話題，疲勞式連環報導相關新聞等作法，訂下有組織散布假新聞的方針，來動搖臺灣政府。

去年 11 月 25 日，就在臺灣地方選舉前夕，日本防衛省智庫防衛研究所公布最新版的「中國安全保障報告」。報告中指出：中國 1 年內對臺灣發動超過 14 億次以上的網路攻擊，並以偽裝的方式向臺灣散播有害訊息，中國以非軍事手段的對台認知戰是「極大的威脅」。

防衛研究所從 2011 年起每定固定發表「中國安全保障報告」，2022 年的報告以中國利用網路空間，生產、投放假訊息擾亂對手的「認知戰」作為分析重點。報告中還指出，中國從 2015 年起由國家主席習近平主導，進行解放軍的大規模改革，共軍新設負責情報收集、技術偵察、網路空間攻防、心理戰等的「戰略支援部隊」。這些專門部隊和黨中央組織，利用官方傳播積極進行政治宣傳，或以社群網路散播訊息以展開「認知戰」。尤其在臺灣統一的議題上傾注全力，例如，在臺灣地方選舉中協助親中派候選人等具有一定的成果。

就在這一篇日本防衛省報告發出的隔日，臺灣舉辦了四年一次的地方選舉，選舉結果是親中的國民黨取得勝利。

臺灣由於歷史因素而產生的國家認同模糊以及內部不同族群的矛盾，正是中國操作認知戰來擾亂臺灣社會的入手處。而面對中國的軍事威脅和多重手法擾亂內部社會秩序的認知作戰，臺灣守護主權與民主的機會在哪裡？！

本期特別專訪「黑熊學院」共同創辦人何澄輝與沈伯洋。「黑熊學院」的創立正是了解到臺海隨時可能有戰爭，而臺灣一般民眾幾乎沒有任何準備，兩位具有法律背景的知識份子，他們一致認為應該要創辦一所民間學院，提供容易接觸、容易上手的系統性戰爭知識，希望讓臺灣民眾都能普遍具有防衛能力與心理素質。

何澄輝認為：「面對戰爭的風險，逃避與無視是沒有用的，因為我們無法決定戰爭何時會發生。分析過往的戰爭，我們會看到，被侵略的國家如果人民普遍具有抵抗的能力與高昂的意志，戰爭發生的機率就會越低；反過來，如果民眾完全沒有做好準備並且失去抵抗的意志，那麼戰爭一定會發生。」

黑熊學院提出「為了和平，做好戰爭的準備」，學院計劃要在三年內達成三百萬人次的民防教育推廣。這是個很大的挑戰，但是兩位學院創辦人認為臺灣的處境迫在眉睫，沒有時間可以等待，只有投入行動才能爭取到和平、自由的機會。

創造不是奇蹟的
臺灣奇蹟

**我們認為一旦臺灣發生戰爭，
不應該有準備好要犧牲的打算，
而是應該要有準備好好活著看到入侵者敗退的打算！**

2022 年 9 月，前聯電董事長曹興誠召開記者會宣布投入新臺幣 10 億元協助發展臺灣全民防衛，其中 6 億將投入民間設立的「黑熊學院」。設立於 2021 年 6 月的「黑熊學院」，它的成立宗旨是提供民眾淺顯易懂的防衛知識，希望喚起臺灣人民主防衛的能力與決心，並透過對臺海情勢更準確地理解，更新現代戰爭知識，進而建立臺灣民眾無法撼動的防禦決心與共識。

沈伯洋、何澄輝這兩位黑熊學院的共同創辦人，多年來研究臺灣受到來自中國的戰爭威脅，尤其是鋪天蓋地的認知戰攻擊，除了公開呼籲並提供研究觀點與策略建議之外，兩人都認為必須要有更實際的行動來因應越來越緊張的局勢。

創辦黑熊學院的緣起，來自 2021 年 4 月，何澄輝與沈伯洋應邀參加「報呱全世界」Podcast 節目，針對認知作戰的議題作了兩集訪談。何澄輝回憶說：「訪談結束後，我們兩個都對臺灣當前的形勢安全感到非常憂心，所以節目結束後，我們在電臺樓下談了

四、五個小時。兩個人都認為，臺灣社會對於中國對臺的認知作戰以及未來可能的軍事行動，沒有清楚的認識，更欠缺準備。當天我們決定，應該要有更進一步的行動，因為多年來，即使我們投入時間作研究、寫文章或是公開演講，接受訪談，還是發現臺灣的社會反應太慢，絕對無法及時因應，如果只是靠政府，一旦戰爭發生，一定會出現極大的社會混亂。」

他們找了幾位有共識的朋友，一起成立黑熊學院。當時決定如果要有效運作，應該將學院作為商業登記，而公司名字就稱作「黑熊學院社會企業」。臺灣沒有社會企業的相關法規，但是自我定位為社會企業，讓黑熊學院一開始就以社會公益為主要營運目標。經過一年的運作，黑熊學院仍然沒有引起太大的效應。然而臺灣受到來自中國的假消息攻擊越來越嚴重，中國干預臺灣社會的企圖也顯露無遺。於是學院的夥伴們決定於 2022 年 6 月在網路群眾募資平台公開募資。募資提案以「投降不會換來和平，獨裁者的野心無法預期」作為標題，募資案內文指出：

「2021 年經濟學人雜誌稱臺灣是『地表最危險的地方』」，在俄羅斯侵略烏克蘭之前，臺海曾被國際認為『爆發戰爭的可能性高於烏俄邊境』。」文中也提到根據美國官方的評估，認為中國可能在 2027 年前犯台，最可能時間點落在 2025 年。

關於群眾募資的過程，何澄輝說：「其實中共隨時都有可能犯臺，尤其是去年黑熊學院募資案到了 8 月快結束時，剛好遇到美國眾議院議長裴洛西率領眾議院訪問團來訪，中國馬上宣佈大規模環台軍事演習。那幾天，臺灣民眾在募資平台以實際的行動表示支持我們，就在軍演的那幾天湧進幾百萬，最後，我們募得四百多萬，共計一千多名民眾參與。」這個募資行動引起了社會關注，同時也讓曹興誠認同黑熊學院的作法並且挹注資金，希望能在最短時間內，讓臺灣民眾具備戰爭的知識與民防的行動能力。

學院的標章是一隻手持槍枝的臺灣黑熊，身上的月牙帶有 V（勝利）的象徵意義。這個看起來很「酷」的戰爭防衛知識學院，其實是由兩名學院出身的知識份子號召成立的。從標章設計、課程內容到實際授課，黑熊學院獲得許多年輕人的認同和參與，新開的課程或講座，只要一在網路公開報名幾乎瞬間額滿。學院的功能與角色定位十分清楚，不會具有任何政黨的色彩。

兩位創辦人一致認為：無論臺灣的政黨如何輪替，都不會改變黑熊學院所要完成的社會責任。訪談兩位創辦人時，他們提到日本的「釜石奇蹟」——黑熊學院也想要在臺灣創造和釜石奇蹟一樣「不是奇蹟的奇蹟」。

日本 311 大地震時，位於海嘯重災區的福島縣釜石市的釜石小學，在海嘯發生時都已經放學回家，沒有師長在身邊的孩子們，面對洶湧的海水，沉著地拯救了自己和家人，創造了該校 184 位學童全部生還的奇蹟。這個獲得全日本矚目的「奇蹟」，並非來自偶然的運氣，而是危機管理和防災教育累積出來的必然結局。

這一套防災教育訓練是由日本的大學教授提出規劃，再經由基層教師設計出實地的訓練課程；其中更有地方教育局推動人們認識危機的迫切性，以及孩子們親身演練進而學會冷靜自信地評估判斷，這才是釜石奇蹟背後的真相。

提到日本小學生的沈著與勇氣，何澄輝和沈伯洋都說：「如果連國小的孩子們都能辨識危險並採取正確的自救及相互提醒的辦法，那麼，我們相信所有人也都能做好戰爭的準備，畢竟，戰爭與天災都屬大型災難，只要正確認識、充分準備，就能減少傷亡。**我們認為一旦臺灣發生戰爭，不應該有準備好要犧牲的打算，而是應該要有準備好好活著看到入侵者敗退的打算！**」

「打臺灣不如買臺灣，買臺灣不如騙臺灣，」面對認知作戰，你準備好了嗎？

從某方面來看，臺灣早就處於戰爭狀態；中共透過網路及媒體對臺灣散布假消息，進行認知作戰（資訊戰）已有多年。

認知作戰 (Cognitive warfare) 一詞，最早出現於北約組織的一份報告，依據北約組織 (NATO) 對認知作戰的定義：認知作戰是一個新的競爭領域的空間，超越傳統陸、海、空、以及多領域空間，其本質是一種非常規的作戰方式，利用每個人的心理偏見與反射性思維，透過科技網路，操控人們的思維，引發思想改變，因而產生負面影響。

英國學者瑪麗・卡德（Mary Kaldor）的著作《新戰爭－全球性的組織化暴力》一書中提到，在全球化的格局下，「新戰爭」是傳統戰爭、組織犯罪和大規模侵犯人權等暴力活動的綜合體；戰爭既是全球性也是地方性，既是公開的也是隱密的。新戰爭經常採用在現代戰爭規則裡不被認可的非法手段，而且大都是由犯罪經濟支持運作。作者呼籲：「面對新戰爭，所應思考的不僅僅是『戰爭』的概念，而是公民社會、政治機構以及經濟和社會關係的重組。」

關於臺灣目前的處境，何澄輝說：「從某方面來看，臺灣早就處於戰爭狀態；中共透過網路及媒體對臺灣散布假消息，進行認知作戰（資訊戰）已有多年。」他舉例說明認知戰的操作手法：「現代的戰爭是混合戰，它混合了傳統軍事攻擊和非傳統軍事攻擊，認知作戰正是混合戰的一環。以俄烏戰爭為例，俄羅斯在進攻烏克蘭的 4 個月前，就對全球 42 個國家展開認知作戰。俄羅斯對這些國家提供的資訊內容並不是說他有多好，而是告訴你烏克蘭有多爛。他就是要給你這樣的印象：如果發生俄烏戰爭，烏克蘭是不值得救的，因為烏克蘭也有錯，錯的不是只有俄羅斯。因此，認知作戰的手法並不是強調自己有多好，而是告訴你對方一樣爛，只要群眾認為烏克蘭和俄羅斯一樣爛，就不會聲援烏克蘭，俄羅斯就達到他的目的了。」

認知作戰主要的「攻擊」（針對）對象是二、三十歲的年輕人，因為年輕人是輿論及流行

文化的帶動者，民主國家中最有最有動能的正是年輕人。因此並不是受到影響的人比較笨或是意志薄弱，而是他們都「被針對性地攻擊了」，何澄輝認為要「反認知作戰」必須清楚它的操作手法。

根據瑞典哥德堡大學主持的跨國學術調查 V-Dem 計畫結果顯示，臺灣遭受境外假訊息侵擾嚴重程度，從 2013 起已連續 9 年排名世界第一。

一般的人不會相信自己會成為認知戰的攻擊目標，人們往往自認能夠從不同的管道獲取消息然後再加以判斷。但是，何澄輝指出，當人們相信那是「自己的判斷」時，殊不知，那竟然是經過網路運算後的精準投放、針對性地改變認知。例如：有人在網路上看房子，他接著會看到關於房價太高、年輕人買不起等等內容的文章。等到選舉時，他就會常在網路上看到「政府做得不好，都沒有照顧好年輕人無法買房」的文章，如此一來，這個人會完全相信，房價太高是政府刻意不作為造成的。這些年來，讓臺灣民眾產生對政府的不信任正是中國利用假消息操作的目標。何澄輝表示：「**認知作戰不是一朝一夕造成的，那是有計畫、有進程的，被攻擊的對象在不察覺的情況下，完全相信他所認同的，並且認為那是經過自己的判斷與分析，完全不知道（也不會同意）他是認知戰的受害者。**」

造成不同族群的對立、無法對話、建立彼此的高牆、加深社會矛盾，這正是認知戰主要的目的。

何澄輝舉烏克蘭為例：俄國在還沒入侵之前，就已準備好烏克蘭總統澤倫斯基逃亡的假消息，開戰後就大量地在網路上投放。

但是澤倫斯基沒有選擇逃亡，他還做了一件非常明智的舉動，那就是他利用推特及 Facebook，每 15 分鐘發布直播影片，讓民眾重建對他以及政府的信任。

正確、迅速回應假消息十分重要。何澄輝表示，假、錯消息，會造成不可預期的結果，立即的事實澄清是必要的。他舉軍機擾臺事件為例：國軍過去曾因中共軍機擾臺變成常態化，沒有適時的加以公布，造成中國智庫藉由公布相關軍機訊息，進行可操作的空間。他在 2020 年時就建議國軍可以比照日本防衛省，只要外國軍機一進入防空識別區，就公布相關應處過程與飛機照片。此外，何澄輝說，反制認知作戰的第一部分就是用正確訊息抵銷假訊息，他認為可以釋放反擊性的內容，比如說，**建議國防部將中國軍力的真實情況與問題，透過網路和公開平台投放出來。**

黑熊學院提供的課程中就有「資訊作戰」這一項，基礎課程設計主要是讓學員清楚認知戰的手法，而在進階課程則是提供反認知戰的訓練：OSINT、闢謠與心理建設、第五縱隊識別以及資訊安全。

其中 OSINT 是 Open-source intelligence（公開來源情資）的縮寫。利用網路上公開的數據、資源與工具，如地圖軟體、即時監視器影像、衛星影像、航班資訊、車牌登記資料等來進行調查。**俄烏戰爭時分佈在世界各地的 OSINT 社群就利用公開情資，提供即時戰爭資訊，這些業餘的網路情資分析者提供給烏克蘭軍方許多有用的情報，不可否認，OSINT 社群在現代戰爭中佔有極大的關鍵影響力。**

中國對臺灣的認知戰 早已如火如荼，從最近發生的「中國螺螄粉」到「火山布雷系統軍售案」，處處可見中國認知戰的痕跡。針對人性設計，目的就是要讓人民產生認知偏誤、改變想法，認知戰的發動方可以兵不血刃地攻陷一個國家。

以選舉為例，認知戰的手法可以分成以下幾個階段：操弄爭議性議題、用假帳號散播爭議性訊息以造成對立與激化、攻擊主流媒體並製造假新聞，最後就能操作選民的投票意向。

「大家可能認為小紅書、抖音等中國的網路平臺，內容很軟性、唱歌跳舞沒什麼，但重點是建立信任與管道，之後散播中國製作出來的假消息就很容易！」沈伯洋指出，認知作戰不可能「到開戰時才丟假消息」，一定是在平時就把民眾原有的資訊管道替換掉，「讓你習慣從這個地方吸收知識，才能在平戰轉換時放假消息或陰謀論。」

沈伯洋也提到：若以俄羅斯的手法推估中國可能採取的資訊戰模式，俄羅斯和中國平時用與戰爭無關的陰謀論餵養一些人後，到戰時他們就可成為「都是烏克蘭／臺灣的錯」這類假消息散播的節點。

沈伯洋回顧 2021 年疫情嚴峻時，中國發動大量假帳號並建立了 8 個相關的 YouTube 頻道，在被 YouTube 下架前，總觀看次數已達到 3,000 多萬次，「都在講臺灣打疫苗會致死、臺灣只能打別人不要的過期疫苗、民進黨從高端賺了多少錢。」他認為，這些中國平時餵養的陰謀論受眾，等到臨近戰爭時，就會相信「臺灣故意挑釁、不接受中國釋出的善意、跟美國一起霸凌中國。」

在 2019 年 3 月一場「中國政府如何利用假消息影響臺灣選舉？」的演講中，沈伯洋提到，中國從 2008 年就開始操縱各國媒體，利用媒體及網路社群平台，作為混合式戰爭的戰場，臺灣人民雖然知道假消息泛濫，但是對於認知戰的了解仍然不足，政府的對應能力也不夠。

他也在這場演講中提出：如果能夠充分掌握：迅速應變、利用 OSINT（公開來源情資）、媒體識讀和從源頭處理等幾個原則，就可以有效反制。到了 2021 年創辦黑熊學院時，民眾的資訊作戰反制知識與能力培訓也是學院四大主要課程之一。

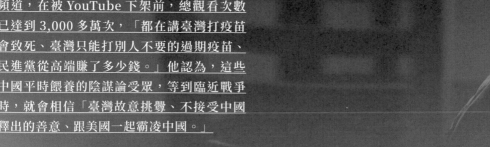

新戰爭型態
與有效的防衛能力

不是「民兵」也不是「民防」，而是「全民防衛」！針對隨時可能發生的臺海戰爭，黑熊學院如火如荼地推動「全民防衛」知識。

由於新戰爭型態不是只有軍事行動，侵略者會不擇手段透過諸多社會層面來進行破壞與操控。因此，要取得勝利就不能只有軍事能力的提升，加強民間的「社會韌性」尤為重要。如何提升面對戰爭的社會韌性，正是黑熊學院的主要目的：以一般民眾作為主要對象，透過基礎防衛知識的推廣，建立人民信心、消除投降主義。**戰爭時，雖然 90% 的人不會成為戰鬥人員，但戰爭是整體社會的動員，妥善的避難、強大的支援，以及強韌的心理，才是應對現代戰爭的首要之務。**

除了實體課程之外，學院也會陸續推出線上民防課程、出版民防知識書籍、辦理教育體

戰爭時,雖然 90% 的人不會成為戰鬥人員,
但戰爭是整體社會的動員,
妥善的避難、強大的支援,以及強韌的心理,
才是應對現代戰爭的首要之務。

驗活動以及製作推廣影片等多元方式,在最短的時間內將這些知識傳遞給臺灣數百萬的家庭,為臺灣建立厚實的防衛基礎。

全民防衛的最終目標,是期待家家戶戶都有一個具有戰爭知識的「黑熊勇士」,在危急時刻保護家人安全並能協助政府指揮系統。

沈伯洋認為:臺灣民間一直以來就有許多專業團體在進行教學,為數眾多的專業團體才是臺灣最大的資產。黑熊學院要做的是把關注民防的群眾基數擴大,讓更多人瞭解現況,並有動機學習基礎知識,進一步選擇災防、醫療救護、現場管理、自衛戰鬥專項訓練,成為積極行動者。他也呼籲,面對中國的步步進逼,臺灣必須與時間賽跑。臺灣整體防衛意識的提升,還需要更多的團體及個人一起投入行動。

結語

2022 年底，蔡英文總統宣布將義務役役期恢復至 1 年，可以看出臺灣政府與民間正在努力為國家主權和守護民主自由做最大的努力。

一、二十年來，中國在全世界，進行「銳實力」操作，對全世界——尤其是臺灣社會造成極大的破壞。成立於 2019 年的「臺灣資訊環境研究中心」（簡稱 IORG），針對中共對臺灣的人際滲透所做的研究指出：<u>「中國以『一代一線（青年一代、基層一線）』對台統戰，在基層除拉攏宮廟、農漁會、原住民等，更鎖定村里長，國臺辦試圖直接和臺灣村里長系統接觸。中研院社會學研究所副研究員吳介民即指出，2014 年前國務院臺灣事務辦公室（國臺辦）主任張志軍來訪，便有地方里長陪同。中國介入臺灣基層選舉機器的幅度，不單是法律問題，也是國家安全問題。」</u>

然而，兩岸的問題絕對不是來自兩岸的歷史恩怨，歷史因素卻是台灣社會藍、綠意識形態的政黨政治的弱點，中共利用民主社會兩黨對立的情況，進行各種操弄，製造台灣內部分裂。

就以曹興誠投入資金給黑熊學院一事來看。近日有市議員及律師質疑曹興誠公布捐助新台幣 30 億元幫助國防，其實是沽名釣譽，並沒有實際的行動，這位律師甚至還向法院提告曹興誠涉嫌詐欺，結果遭法院駁回。這件事可說是認知作戰的操作手法之一：質疑曹興誠的這兩位都屬國民黨陣營，看起來好像和政黨之間的攻防有關，但是曹興誠並不屬於任何政黨，只是他堅守臺灣主權的立場和民進黨一致。

黑熊學院兩位創辦人提到曹興誠都十分感謝與感佩，他們表示：曹董事長挹注給黑熊的六億資金相當可觀，但是他並沒有要求任何董事席次或是要監管公司財務，當然也沒有要求佔多少股份，純粹是一項義舉。曹董事長分階段、依照黑熊提出的營運需求陸續匯入資金。

從這個事例來看，臺灣內部的藍、綠意識形態對立，正是中共操作認知戰的破口：不用究明事實就可以提出指控，指控者無需付出任何代價，被指控者疲於應付，民眾容易受到這類輿論誤導，可說是成本最低但具有某些成效的心戰手段。

曹興誠的臉書上也提到：臺灣「最弱的部分是心防」！

消弭不同族群的分歧、加強公民判別是非的能力，全民心防真的是臺灣主權防衛的一大重點！

黑熊學院所提倡的：「為了和平，作好戰爭的準備」出自四世紀羅馬帝國時代：「汝欲和平，必先備戰」（Si vis pacem, para bellum）。

全民國防的國際典範首推瑞士，自從在 1815 年維也納會議（Congress Vienna）上被確

認為永久中立國，200 多年來，瑞士以「全民皆兵、武裝中立」來確保國家的安全。二戰期間，希特勒軍隊攻佔法國之後，隨即在瑞士東部邊境部署 50 個師團，制定「冷杉行動」（Operation Tannenbaum）準備吞併瑞士。數小時之內，瑞士的男人都穿上軍裝，在一個當時只有 400 萬人口的國家動員了 50 萬大軍，他們準備在阿爾卑斯山脈的隱蔽陣地長期固守。納粹德國的情報機構向希特勒彙報表示，要佔領瑞士這個面積僅有 4.2 萬平方公里的國家，納粹軍隊至少要付出 100 萬精銳兵力的代價，實在是得不償失。希特勒在權衡入侵的利弊得失後，最終放棄入侵瑞士的計畫。

事實上，中共真正的企圖並不在臺灣，而是在取得世界霸權，取得臺灣正是遂行野心的重要跳板。如果臺灣社會普遍認識中共的野心及其操作法手，並且對守護主權作好準備，不但能守護國土與家園，更能為全世界的民主國家帶來安全的保障。已故日本前首相安倍晉三提出：「臺灣有事就是日本有事」，了解臺灣在地緣政治上的重要性，就會明白「臺灣有事，民主世界就會有事！」因此，美國、日本及歐、亞其它民主國家，近期紛紛表示應該要與臺灣站在一起。

民主國家強調個體的自由，與獨裁者強大的意志力相形之下顯得脆弱，然而尊重個體自由正是民主的可貴之處，而民主社會的力量就在每一個公民身上。黑熊學院深知，如果能夠喚醒全民的警覺，並作好準備，2300 萬人的意志就會勝過少數獨裁者的意志力！這正是臺灣與民主世界永保安全的關鍵！

稜鏡 ▽ 台灣

專訪　姚文智 / 周美玲

從政治到文化，
姚文智的臺灣100

流麻溝十五號到Q18

從政治到文化
姚文智的臺灣100

專訪　姚文智

PASUYA

YAO

我想要拍的電影，
早就已經有一個主題在那裡裡。
就是希望說出臺灣自己的故事，
讓下一代能透過電影
瞭解我們所走過的那事代。

採訪 許麗玲、黃智卿
撰文 許麗玲
攝影 郭潔渝

ABOUT 姚文智

台北市人
1965 年 12 月 4 日出生

輔大大傳系新聞組畢業
政大政治研究所碩士畢業
史丹福大學訪問學者

曾任：
自由時報記者、編輯
高雄市新聞處長、副秘書長
愛河整治工作小組召集人
駁二藝術特區創辦者
文建會公共藝術獎共同得獎人
台視董事兼台視文化公司總經理
行政院新聞局長
第 8、9 屆立法委員
《革命進行式》史明紀錄片發行人
淀臺灣電影公司董事長
《流麻溝十五號》電影發行人

前言

姚文智在 2018 年代表民進黨參選臺北市長敗選後，宣佈退出政壇，隨即在 2019 年成立「淀臺灣電影股份有限公司」，四年後推出第一部電影《流麻溝十五號》。片子上映蟬聯 10 週國片票房冠軍，並且引起社會廣泛的關注與討論。

這部電影改編自人權文史工作者曹欽榮所著的《流麻溝十五號：綠島女生分隊及其他》一書，講述 1950 年代女性政治受難者在綠島集中營進行「思想再教育」的真實故事。當年因為政治思想不見容於當權者而服刑的男男女女，他們不只來自臺灣較早期的閩、客移民（「本省人」），也有跟隨國民政府來臺的不同省籍的「外省人」以及「原住民」。這些人被送到和臺灣本島完全隔絕的綠島（「火燒島」），他們被抹去名字，改以編號代稱，而「流麻溝十五號」也是這些政治思想犯共同的戶籍地址。

現年 57 歲的姚文智，輔仁大學大眾傳播系新聞組、政大政治研究所畢業，曾擔任《自由時報》的記者及編輯。1995 年，姚文智進入當時的民進黨立法委員謝長廷國會辦公室工作，這應該是他踏入政治圈的第一份工作；1996 年，他擔任民進黨總統候選人彭明敏的新聞秘書；1997 年，他擔任謝長廷高雄市競選市長辦公室主任。隨著謝長廷當選高雄市長，他分別擔任高雄市政府新聞處處長及高雄市政府副秘書長。在高雄市政府任內，姚文智參與許多改變高雄市貌的空間改造及文化創意，例如：愛河文化流域改造、保留古蹟舊高雄車站、世界第二美的捷運站美麗島站、駁二藝術特區、高雄電影圖書館以及高雄燈會等等；2004 年，姚文智擔任臺灣電視公司董事，同年 9 月任職臺視文化公司總經理。任職臺視期間，因為承包製作原住民電視臺節目，姚文智獨具慧眼地聘任來自阿美族的主播 Kolas Yotaka（Kolas 專訪見

《人間魚詩生活誌》2022 秋季號），自此，Kolas 成為臺灣每個原住民部落家喻戶曉的新聞主播，她也因此在 2014 年被桃園市長鄭文燦聘任為原住民族行政局的第一位女性局長，從此走入政壇。

遇人、遇事都展現十足的熱情與誠意、勇於改變與創新，從政治人到電影人，姚文智的人生看似充滿變化，其實有其堅持與獨特的眼光。訪問姚文智，深談他投入電影製作的原由：臺灣需要國家認同的文化建構，電影正是這些故事敘述的最佳載體。臺灣這片土地上的人民，族群多元再加上經歷威權統治後身分認同的混淆，每到選舉前就是藍綠對立的局面，全民進入選邊站的情緒張力中，現又遇到中國共產政權向外擴張的野心，亟需凝聚更多的認同力量。

姚文智的理想是透過電影講述臺灣 100 年的故事，他知道電影不能只是商業邏輯，更重要的是文化或共同意識的內容載體，透過電影讓臺灣的故事被更多的人了解，臺灣主體意識及文化建構也能開始生根茁壯。

究其實，姚文智會拍電影還是與 2005 年擔任行政院新聞局長的經歷，有很大的關聯。當時，他就提倡臺灣人應該拍攝臺灣的故事，從「臺灣電影拼百部」到「臺灣 100」的臺灣百年歷史故事電影。姚文智的選擇獨具一格，即使募資困難，無法向投資者保證回本，但臺灣百年歷史故事電影與其說是商業，更應該說是「族群良知事業」！

姚說，臺灣國家認同的模糊無力，正是目前遇到中共認知作戰攻擊時最脆弱與無力之處，姚文智推動臺灣百年故事電影，希望能讓更多的臺灣人重視自己的過往，珍惜得來

不易的民主自由。他的用心與堅持除了表現於拍攝電影的行動上，也在他不願其煩地接受一場又一場的演講與媒體訪問。無論從政或製作電影，姚文智永遠忠實於他所看見的臺灣——過去、現在與未來！

從「臺灣電影拼百部」看臺灣電影產業

回顧姚文智在 2005 年時所提倡的「推動臺灣電影年產 100 部」，說他是「先知」嗎？姚文智笑著說：「這哪是什麼先知，就是站在整體產業的觀點來看事情，一定是要先有量能才能帶動產業的發展。」

這已是十多年前往事。當時，姚文智看到臺灣的電影產業正處於冷冽的寒冬，他說：「那時候，每年國片的數量大概不到 20 部。在這之前，臺灣電影經歷過『新電影運動』（1980-1990 年代），有一段興盛期，但是，這之後國片的票房越來越低落，感覺相當地後繼乏力。」

回顧這段臺灣電影的低潮期，姚文智說：「我們看到韓國電影有許多新作為，許多人都在思考著臺灣的電影該何去何從？接任新聞局長時，我以過去對電影、電視的了解，覺得臺灣電影是有它的品質，相關的人才也不缺乏，但是，臺灣電影就是產能不足。」基於這個原因，他希望能從政府的角色來推動臺灣電影的產能。

當年，姚文智的用意是藉由「電影拼百部」的倡議，指出臺灣電影產業的產能問題：「如果產業量能不足的話，會影響到整個產業鏈上下游的相關供應以及從業人員，一些堅持待在電影業的人，只能有一沒一頓地打零工，或是往中國尋找發展的機會。」

臺灣的電影在 1990 年代之後的十幾年間，整個產業都處於低迷狀態；中國的影視業則在那段時間快速地成長，因此也吸引不少臺灣的導演、攝影師以及其它工作人員，當然也包含許多明星，紛紛投入中國市場，甚至有不少電影是由兩岸三地共同投資。

此消彼長下，本土電影業的低潮直到 2008 年魏德聖的《海角七號》創下 5 億 7 千萬的票房記錄（也是目前為止國片最高票房記錄）之後，臺灣的電影業才又出現曙光。但是，臺灣電影的發展還是受到中國市場很大的影響，眾所週知，中國雖有廣大的電影市場，但高度威權控制下，「政治」才是最終的決定者，懷抱中國夢想的電影工作者只有沉淪與幻滅。

相對地，韓國經驗則讓臺灣不得不折服。韓國在 1994 起，大刀闊斧推動影視發展，迅速採取行動，廢除審查制度，訂定各項稅收優惠以鼓勵企業投資電影。至今走過 28 個年頭，其間也出現大量不受市場歡迎的韓片，但是電影工業一直是韓國政府主力推動的產業，現今韓國電影不只是在韓國賣出好票房，也獲得國際上的肯定。不得不說，韓國電影有意識地朝向國際市場前進是正確的作法。時至今日，韓片無論從量能到品質都有大幅度的提升：越來越多韓國電影具有好萊塢電影的吸金能耐，韓片無疑是未來國際電影市場的重要角色。

「只有還原歷史、理解真相，
人類才能避免悲劇再度發生。
共同面對過往才有共同的未來！」

百年臺灣故事：臺灣 100

2019 年，姚文智設立電影公司投入電影拍攝的實際行動，他認為，「應該讓臺灣的主體內容打入主流商業市場，而且鎖定在臺灣 100 年的故事」。他說：「我發現這麼多年我都走在同一個脈絡上面，因為我看到，即使過了那麼久的時間，以臺灣歷史故事作為主題或背景的電影幾乎沒人要進行，那就我來做吧！」

他也認為臺灣的每個企業、家族、行政部門或公營事業，如果能撥預算，好好規劃，都可以拍攝出生動的影片或戲劇。只要有心做，結合專業與創意，都可以讓臺灣各角落感人的故事呈現出來，不一定都是文化部的事。比如說，這幾年林務局的文宣品，令人耳目一新，完全擺脫公部門制式的宣傳風格：「重點在於想要做、想要做出不一樣的事，就可以造成改變，帶來吸引力。林務局的文宣品只要一推出，比如說月曆，人人搶著要，從這件事可以看出來，凡事就看你要不要做！」

姚文智強調「臺灣 100」的重點是：「我思

考的是臺灣的內容，總結一句話，那就是『以臺灣主體的內容來打進商業市場、打進主流市場，而不一定是商業考量打進主流市場』。什麼是商業考量？比如說，同樣拍攝白色恐怖時代的故事，《返校》走的是容易吸引票房的恐怖片路線，這類電影很多人在拍，或是愛情片也是容易獲利的，商業考量路線的電影一定有人會去製作，但那不是我要做的事情，我想要拍的電影早就已經有一個主題在那裡。就是希望說出臺灣自己的故事，讓下一代能透過電影瞭解我們所走過的時代。」

姚文智透過電影講述臺灣自己的故事，希望所拍出來的影片能夠「雅俗共賞，可以創造基本的票房，甚至是可以引起廣泛的討論並且具有影響力。如果可能的話，它可以變成一個社會現象，它可以深植人心，它還可以是未來的經典。」

為了達成這樣的目標，他說：「我一定要想辦法去調整，比如說片子要不要是限制級？當然盡量不要，因為這樣才能讓更年輕的人

「我想要拍的電影早就已經有一個主題在那裡。
就是希望說出臺灣自己的故事，
讓下一代能透過電影瞭解我們所走過的時代。」

都可以看到。」另外，姚文智也主張要透過電影畫面呈現歷史，《流麻溝十五號》中出現一些歷史關鍵情境，比如影片中，蔣介石在軍法處的判決書上再加批示「嚴為復審」的畫面，就是呈現當年綠島再叛亂案原本判1人死刑，但是在蔣介石要求「嚴為復審」後，又多殺了13個人。在沒有新事證也沒有另引法條之下，13條人命就這樣沒了。透過電影的影像，直接呈現蔣介石寫下「嚴加複審」四個字的畫面，雖然沒有任何旁白說明，但畫面的影響力可能更勝於語言和文字。

訪問中提到南投電影院放映《流麻溝十五號》時，因為靠近選舉，藍綠對立的意識形態高漲，電影院的粉絲頁湧進許多負面留言，引起不同意見的爭執。電影院為避免衝突加劇，決定提早結束該片的放映日期。姚文智認為，南投電影院的事件可說是臺灣社會的某種縮影：「只要一掃到『轉型正義』或是『白色恐怖』的歷史回顧，臺灣有些人就會說『要往前看』，甚至認為刻意提起過往的獨裁統治與受難者的歷史，是在『挑起仇恨』、『製

造分裂』。然而，許多民主國家都知道：只有還原歷史、理解真相，人類才能避免悲劇再度發生。共同面對過往才有共同的未來！」延續這個議題，姚文智說：「如果228只是『國定假日』，而不具有其它意義，那它的影響會是什麼？它影響的就是我們下一代會成為失去記憶的下一代！」

他以二戰時納粹屠殺猶太人的歷史為例：「直到今日，德國每一年都有相關的影片與書籍出版，從小學生開始就透過教育正視過往的歷史」、「不論是以色列或是德國，他們都投入人力、物力，不斷地拍攝二戰時納粹屠殺猶太人的故事，每一年都推出幾部影片。他們重視還原這段歷史的真相，德國的年輕人沒有人不知道二戰時發生的事，而這並沒有影響德國的國家發展以及民族自信心。」

從政治到電影

為什麼離開政壇轉身投入電影業？姚文智認為政治和社會的一切都息息相關，影視業尤其關鍵。姚文智說：「**影視產業是臺灣這個國家重要且迫切需要的。影視業除了是商業行為之外，它也是臺灣主體文化建構、身分認同和價值觀的傳遞。它是一種凝聚，尤其是電影，它承載著文化內容與思想認同。**當我們回頭看，臺灣經歷了從 1949 年到 1987 年長達 38 年的戒嚴，造成人人心裡都有小警總，對於主體性的掌握還待建構，國家認同也呈現各種擺盪。」

的就是空洞化、微型、微小化；或者說小品化。小而美固然好，但是**小而美除了能有效控制成本，獲利較有保障之外，通常都沒有辦法處理整個政治及社會的重大議題。**」他再度強調：「**影視除了娛樂或商業考量之外，對整個社會而言，它還可能具有整合、建構文化與價值內容的重要任務。但是臺灣，要講述臺灣歷史的故事，經常困難重重。**」

「從 1989 年的《悲情城市》，到現在為止，處理時代議題的臺灣電影竟然是鳳毛麟角，

> 「電影是強大的思想內容載體，尤其在網路時代，它能發揮強大的思想滲透力。但是，從臺灣目前的狀況來看，不只是年輕一代，我覺得整個社會對於臺灣這片土地上所發生的事，普遍呈現認知匱乏。這就是為什麼我急於拍攝臺灣 100 年的故事。」

臺灣電影業正是因為解嚴後才開始有了大幅度的成長，姚文智指出：「90 年代以後，臺灣有『新電影運動』，當時我們開始擁有創作自由，但是沒經過幾年，影視創作者與從業人員很快就被中國市場所吸納，大部份的人都往那裡發展，因為臺灣市場很難突破。」他提到臺灣影視業環境的艱難：「雖然臺灣有言論自由及創作自由，但是影視業其實是一個資本密集但市場風險非常高的的行業，投資者往往被現實的獲利機制牽引，甚少有基於大方向及長遠目標的投資。因此，這些年來，臺灣影視業，這麼重要的文化工業，就被中國市場牽著鼻子走。臺灣市場所呈現

影片的數量用一隻手就數完了，這是臺灣非常大的危機啊！」姚文智多年前就看到這樣的危機，原本想從政壇造成影響力去改變影視業生態，但在參選市長失利後，他毅然投入電影製作，以實際的行動盼引起社會共鳴。

「臺灣正處在眾多危機中，曹興誠捐一億美金提醒眾人備戰的重要性。我認為，影視產業一樣也面臨很重要的危機，過去威權政府強力控制這個產業，**但今天我們已擁有創作的自由，卻沒有辦法自由地去形塑、建構屬於臺灣共有的文化與歷史認同，我認為這是極端的浪費與危機。**」

不務正業的宗教學研究者：認為宗教研究在實踐不一定在學院
不商業的品牌創辦人：相信品牌是從品質到精神的一致性
不做則已的刊物發行人：相信一本用心的《人間魚詩生活誌》能讓臺灣更好

提到目前中共對臺灣所進行的「認知作戰」，許多有識之士為此挺身而出帶動興論，希望能夠扭轉是非。姚文智說：「國防軍事備戰或是針對認知戰的備戰，這比較像是急診室的作為，但是長期看來，尤其是認知作戰，面對無需任何事實依據就能造謠的敵人，如果只能忙於闢謠，勢必會進入消耗戰，被敵方拖住。而我想做的是帶動講自己故事的影視創作，那比較接近『體質調整』，只要體質調整好，自然對假訊息具有免疫力。如果能讓更多的人對這塊土地過去所發生的事有更多的了解，從而產生基本的價值認同，就會有主體的思考與辨識能力，也能擁有基本的媒體識讀能力。換言之，只要能穩住臺灣中心價值，假訊息發揮的作用就會受到局限。」

姚文智認為：「電影是強大的內容載體，尤其在網路時代，它能發揮強大的思想滲透力。但是，從臺灣目前的狀況來看，不只是年輕一代，我覺得整個社會對於臺灣這片土地上所發生的事，普遍呈現認知匱乏。這就是為什麼我急於拍攝臺灣 100 年的故事。」

姚文智在唸研究所時，是政大掌中劇團的團長。他認真地學布袋戲，甚至還想過要開一個布袋戲的脫口秀，而內容當然離不開時事。不過，在認真考量下，他發現電影能承載的內容更豐富。雖然募資辛苦，這些年來籌拍電影，幾乎動用所有的人脈與資源，但姚文智認為這只是他想做的事情的開端。

《流麻溝十五號》之後，姚文智繼續進行臺灣故事的影片拍攝。接下來淡臺灣電影公司籌備的拍攝計畫有：與陳澄波基金會合作的影集《藏畫的女人》、與蓋亞漫畫合作的影集《北城百畫帖》以及改編幸佳慧的繪本《希望小提琴》等等。

《藏畫的女人》是以二二八受難者畫家陳澄波的遺孀張捷為視角，描述身為受難者家屬的張捷，如何用一生守護丈夫的遺作，為臺灣留下陳澄波珍貴的文物與畫作；《北城百畫帖》是以 1935 年臺灣博覽會的時代背景作為故事舞台。也是由漫畫跨影視 I P 的作品，原著是臺灣漫畫家 AKRU，結合歷史考據與奇幻題材；《希望小提琴》是金鼎獎作家幸佳慧與兩次入選義大利波隆納國際兒童書插畫展的插畫家蔡達源首度合作，故事以繪本呈現，講述白色恐怖政治受難者陳孟和

ABOUT 黃智卿

左手寫報導，右手寫公文。喜愛觀察日常事物，認為日常生活是一種自我實踐。喜愛山，
喜愛土地，關注環境、文化、社會，主張認識一個地方最好的方式是用腳走過。

先生的真實事件。1952 到 1967 年，陳孟和先生因莫須有的罪名，遭監禁綠島 15 年。這 15 年間，因為妹妹的來信，讓他有了活下去的動力。後來外甥女的誕生，讓主角又對生命懷抱起希望，他花了整整一年的時間，親手用漂流木做了一把小提琴送給外甥女。從這三部未來即將籌拍、製作中的電影，可以看到姚文智的淒臺灣電影公司以影像講述臺灣 100 年故事的決心與行動。

訪問姚文智的時候，他說，前一陣子跑宣傳通告，在范琪斐連珠炮地訪問下，他不禁脫口而出：「政治與電影對我沒什麼不同，我最在意的是有沒有好作品？」姚接著說：「很奇妙，我是在《流麻溝十五號》推出後，才驚覺過去從政時心中最執著的是那些政策想法，那就像是我一部接一部的作品，我的政治幾乎是為那些作品而存在！」

所以，「當 A 作品沒機會完成（市長沒選上），就轉而創作其他 B 作品（拍電影）」，姚文智打開話匣子說：「遷松機，變公園」、「大巨蛋變東區大公園」、「淡水河岸 Skyline」等等政見，都可說是他 2018 前選市長構想的作品，他自認「充滿城市空間、價值與政策的創意整合」，只可惜沒有實踐的機會。

按照這個說法，過去姚文智在高雄，確實留下很多他所謂的「作品」。那時他擔任副秘書長，在老市長謝長廷的授權以及「城市美學」的信任下，擔任「愛河整治與景觀改造」小組召集人、開創「駁二藝術特區」、遷移舊火車站、愛河之心、美麗島與中央公園捷運站⋯⋯等，姚文智自豪地說，「那是我最感恩、最有成就感的時刻，也真的留下了作品！」

不得不說，姚文智講到這些 20 年前的往事，有點自嗨，眼神也綻放藏不住的光芒，忍不住問他：「那臺北留下那麼多未完成之作，不會覺得遺憾嗎？」

「當然遺憾！但也沒辦法，市民已做了選擇」，姚文智說，「臺北人近 30 年寧願被很多奇奇怪怪的理由或意識綁架，就是選不出『有能力讓城市更好』的市長」、「明明是條件最好的城市，卻總是暴殄天物！」

最近，有人說，幸好姚沒選上市長，不然臺

灣就不會拍出《流麻溝十五號》這部電影。姚卻說，這說法他當作是稱讚，但實際上是說錯了！其實，市長可以運用的資源很多，臺北市長若想做，一年要促成 5 部大戲，綽綽有餘。

講到這裡，姚文智好像回到老本行，煞不住車地喊話：「我常說臺灣是最需要發展軟實力的國家，各個城市又何嘗不是？不要什麼都推給文化部，如果每個市長能看重自己城市的歷史、文化與獨特性，一年一城推一部電影，臺灣還怕沒有好的作品產出嗎？」

姚說，聽說高雄準備大投資一部與雄中有關的故事，他直說：「這就對了！」但他認為臺南 2024 年準備舉辦的建城四百年，就已錯失了拍一部大片的良機。

訪問至此，不禁問姚文智：「電影是作品我們懂，但為何你會以作品來形容你的政治人生？」他說，2018 辭掉立委這 4 年來，最常有人問起會不會後悔？會不會太衝動？何必賭那麼大？他知道有些人是關心惋惜，也有些是嘲弄訕笑。

起初被問多了，再加上電影募資嚐盡冷暖，姚坦白說，也會有動搖的時刻，直到《流麻溝十五號》正式上映，且前二週票房勢如破竹，「終於領受到作品完成的痛快淋漓」、「秒悟這一切是為什麼而來！」

姚文智提到，電影上映後那種紮紮實實的感覺，很快喚醒他過去在行政部門完成很多工作的感動，以前會用「專案」、「計劃」、「工程」或「活動」來描述，像愛河改造計劃、高雄老火車站保存遷移活動……，**這些「專案」都經過創意、美學、文化與價值的整合，有些甚至融入公民參與的劇本，回想起來，其間所經歷的嘔心瀝血與藝術創作過程幾乎是一樣的，當然也是一件件「作品」。**

姚在回想中現出滿足的神情，他說，像臺北未完成的「大巨蛋變身東區大公園」，那是經過與建築、結構、交通、環境景觀、運動產業、群聚活動、都更、文化……等專家的討論、預算評估與創意整合，最後提出的方案，差不多是電影中「完整的劇本」，他自覺在這過程中早已進入「創作」的流程，而這是他政治生涯中最投入、最享受的部分。

參與政治 20 餘年，政治場中五湖四海或權力競逐，他提到，自己絕非不食煙火，但回顧半生，像上述那般創作的過程，才會是真正熱血投入之所在，選舉只是為取得「創作的位置」，若無機會，不如就投入電影的創作，更何況這也是公眾文化領域亟需要推動的一環。

好吧！您可以理解姚說「政治與電影是同一件事」的說法嗎？不管您同不同意，訪問過程我們確實看到了跟其他政治人物很不一樣的姚文智，或許正因如此，讓我們看完《流麻溝十五號》之後，還真的引頸期待起他的下一部片子呢！

後記

誠如姚文智在去年九月，《流麻溝十五號》網路群眾募資計畫截止，總共獲得 5758 位贊助者，籌得資金 1200 多萬，他在自己的 Facebook 上所寫的：「政治、電影與文化，都是我關心這片土地、實踐臺灣價值的人生志業。對我來說，從立委到拍片，只是轉換『做事的位置』，其中自有酸甜苦辣，幸賴各方援手，《流麻溝十五號》不僅完美製成，也成 2022 年度臺灣最大投資鉅片。

寄望我所推動臺灣 100 年關鍵故事中的第一部電影，能引領大家一起穿越歷史長河，共鳴迴響，逐漸『淡』出一條臺灣主體的影視新路線。」

「淡」字以臺語發音為「thuànn」，意即「繁殖蔓延」。姚文智將電影公司取名為「淡臺灣」也有臺灣諺語：「蕃薯呣驚落土爛，只求枝葉代代淡」的意涵，這句諺語強調人在惡劣的環境，面臨窮困飢災及戰爭的威脅，只要能像蕃薯強韌的生命力堅持到底，就能繼續繁衍，代代相傳。

《流麻溝十五號》電影中的角色「嚴水霞」留給「杏子」的遺書中寫道：

親愛的杏子
當妳看到這封信時
妳應該已經離開火燒島了
而我……
也已回到天家了
我還是相信
犧牲會帶來力量
當犧牲來臨時
我們微笑以對
因為這是反抗的最高境界

片尾也出現當年因「綠島再判亂案」被判死刑的 14 名受難者在臨刑前一刻留下來的檔案照片，照片中他們都露出燦爛的笑臉。如果說這些美麗的笑臉是「反抗的最高境界」，那麼這個境界應該已經「超越反抗」，那是一種極度的清明與自由！沒有人教他們如何面對生命尚年輕卻即將走到盡頭的命運，但他們竟然不約而同地給出明亮的笑容。如此清明的心性與自由正是決定臺灣是否能將危機化為轉機的關鍵！相信這些美麗的靈魂正守護著臺灣，同時也守護著所有讓臺灣社會更安全、更自由且更具有主體意識的行動！

從《流麻溝十五號》
到《Q18》

專訪　周美玲

ZERO CHOU

電影不提供標準答案，
電影只是提供一個故事情境，
讓你沉浸、讓你思辨，
至於答案，就留給觀眾。

採訪　**黃智卿、郭潔渝**
撰文　**黃智卿**
攝影　**郭潔渝**

ABOUT 周美玲

台灣電影導演，哲學創意人。
作品曾獲：金馬獎、金鐘獎、金穗獎、柏林國際影展泰迪熊獎等國際影展大獎。
2023 最新作品《Q18》量子科幻影集 後製中
2022/10 電影《流麻溝十五號》鹿特丹國際影展
2021/ 電影《愛．殺》愛沙尼亞塔林黑夜影展 / 大阪國際影展
2007/ 電影《刺青》柏林國際影展－泰迪熊最佳影片獎 / 羅馬國際電影節－亞洲最佳影片獎
2005/ 電影《漂浪青春》西班牙國際影展最佳女同志影片獎
2004/ 電影《豔光四射歌舞團》獲三項金馬獎

2022 年 11 月 26 日，專訪周美玲導演當天，是九合一選舉的投票日，以及 18 歲公民權修憲案公投。首都首長的三角督選情、論文門、候選人品格的新聞相當火熱，前一天選前之夜的激情也剛過，我們相約投票之後訪談，並在開票前結束，各自回去關心臺灣的未來。周美玲導演依約出現在編輯部時，纖瘦的身軀仍帶有青春的氣息，歲月在她身上的影響不多。她直言不諱，毫不猶疑的回答各種提問，如同她拍攝《流麻溝十五號》是「直球對決」敏感的政治與歷史。訪談從登山的話題談起，周導提到她為了拍偶像劇《失去你的那一天》，曾在 2015 年把整個劇組拉到嘉明湖拍攝，其中的意志力及執行能力令人印象深刻，也正因為如此，造就了現今的她。問她怎麼會接受編劇上嘉明湖這樣的劇情，她大笑說：我就是編劇呀。一般人將登上百岳視為挑戰，周導對於帶整個劇組上山，則是一派俐落輕鬆的說，就規劃安排啊，不過她隨即笑說，還要溫柔的打氣，鼓勵團隊，

一起達成任務。最後，導演說到「所有的人下來都很感恩，感恩上蒼，感恩天地，感恩他們活了下來（笑）。恨導演是一件事，但是感恩宇宙是另一件事」。

本次專訪的攝影場景選定在二二八公園。拍攝過程中，周美玲回憶道，2003 年她的第一部同志紀錄片《私角落》，是在二二八公園的戶外舞臺區公開播放。當天是第一屆臺灣同志遊行，她與遊行主辦單位合作，在公園播放了這部限制級的紀錄片。「同志」題材是周美玲的電影特色，哲學系畢業的她，不僅讀很多書、對宇宙的真相感興趣、著迷於青少年的純粹、參與社會運動、關懷同志議題、關心臺灣的未來，以上種種都內化在她的電影裡，從同志電影到白色恐怖的《流麻溝十五號》，到量子科幻《Q18》，我們見到溫柔說故事的「周美玲」，也在訪談裡，看見更多面向的「周美玲」。

為《流麻溝十五號》做的三個準備

黃：最近我的父母二度進戲院看《流麻溝十五號》，我相信有很多人和我父母一樣，心被觸動到了。以這種題材來說，能衝到這樣的票房，是叫好叫座。導演你覺得叫好的原因是什麼？另外，最近又出現一些不同的聲音，例如苦勞網就有批評的文章，你怎麼看待這件事？

周：叫好不叫好，是由觀眾判定，我沒有辦法替觀眾回答。但我的確早就準備好了電影要說的事。**第一個，我要先洗掉大家對白恐電影的印象：很多人「不敢看」或是「拒絕承擔歷史的壓力」，所以我發的第一篇短文就先說：請放心，流麻溝十五號絕對是我拍過的電影裡，最溫柔的一部。**我不希望它是一個會讓觀眾覺得很有壓力的電影，所以我強調它不血腥，也不暴力。

我下筆跟下刀的點，是針對年輕人去溝通，而不是針對七、八十歲以上的受難者家屬，也不是為了要去伸張他們的什麼。我不會在這麼沉重的題材上，選擇用「硬」的態度去說故事，相反的，會拿出內心最軟的那一塊，先讓大部分的人卸掉心房、先讓一些觀眾願意進來。

第二個，我知道會引起的紛爭，一定是歷史詮釋權，我只能說，電影絕對有所本，是根據史實、面對歷史，誠實改編。當然，作為一部電影的導演，一個 leader，我要做的考據功夫，絕對要超越一般讀者，甚至不輸給文史工作者，因為除了文字史料，我還要考究服裝、道具、語言、族群，以及當時的生活細節，否則時代感會經營不出來。最簡單的考驗可能是：當電影畫面呈現出來時，難道不會有人拿著老照片來檢視哪裡拍不對嗎？所以我們的功夫要做到這麼細，不然怎麼去抵擋網友們的攻擊？

但除了考據的功夫之外，更重要的是，如何說好一個故事。因為「說故事」比「說道理」更重要、更好溝通，在說故事的過程中，道理必須被我們埋進戲劇裡，去訴諸觀眾的直覺，這是最有效的。所以觀眾進來看電影，你只要跟著三個角色、三個女生走下去，就可以輕易理解這個故事（而不是在上歷史課）。至於歷史為何如此產生，**我把造成這一切歷史苦難的背景，埋了一些線索，讓有興趣的人去爬梳，**而它不影響你看電影時的流暢感。

雖然我很有自信，流麻溝這部電影本身是超越藍綠的，但觀眾自帶眼鏡的批評卻是無法擋的。不止深藍叫大家不要來看電影，連深綠也不一定滿意，有人說：「這是姚文智出錢拍的電影，怎麼不是拍臺灣獨立啊？我們要聽到臺灣獨立萬歲，可是電影裡面怎麼沒有啊，只有兩小無猜…」

黃：電影有講一句，「臺灣為什麼不能自治」？

周：在那個年代裡面，<u>臺灣自治才是那時的主流思想，不是臺灣獨立</u>。知識份子、進步青年的思想是臺灣自治。<u>但不論在日本時代或國民政府時代，臺灣自治都一樣是個禁忌，都是不能講的。為什麼不能講？因為日本政權、國民政府政權，他們都不願意把統治權下放給臺灣人，因此臺灣人權受到不少壓迫，也因此臺灣的知識份子一直都在努力推動臺灣人要自治，就像嚴水霞這角色一樣。</u>我們看到電影裡，嚴水霞對王荊樹醫師說：「我是社會主義青年大同盟」的，王醫師就按著胸膛說：「哦，我知道那群人，很熱血……」。光看他們互動的手勢、動作，就知道他們同樣都是左派。當時的左派青年叫做

「進步青年」，**有理想的青年都會喜歡左派的社會主義思想，這很正常。但主義是主義，政權是政權。就像蔣氏政權號稱實行三民主義，有嗎？事實上，三民主義與當時盛行的社會主義頗有共通之處，但蔣氏政權在臺灣戒嚴了 38 年，施行了人類史上最漫長的戒嚴時代，何來尊重人民？三民主義的民有、民治、民享，又落實在哪裡？**

最後還有一個爭議，就是左派跟獨派之爭。先說獨派，有一位老伯伯在一場放映會後說：這電影拍得很好，但就是不夠殘忍，「我們那時候的慘狀，你沒有拍出來，你們女孩子就是不會。」但那一場有陳菊，陳菊說她很謝謝導演的善良，用這種善良的角度，才能夠讓大家吞得下去，走得下去。

我們有一個態度要堅持，不能因為你要血腥，我就給你血腥；你要左派，我就給你左派；你要什麼，我就給你什麼。其實在電影創作的過程裡，這些聲音都已經出現過，我們的團隊也有人說，不要碰左派，甚至有人還說不要南腔北調，像《返校》全部都是標準國語，這樣賣得最好。什麼聲音都有，但我們不能父子騎驢，沒有定見。

黃：年輕人給你的反饋呢？

周：年輕人的反應，跟我的期望比較接近。因為這些主角年紀都跟他們一樣，所以很容易投射到自己身上，他們也比較能思考，如果自己處在那個情境下，會怎麼選擇？所以我常問觀眾，你會選擇嚴水霞路線，還是選擇陳萍路線？嚴水霞為了把理念傳遞出去，她會寫東西、藏東西、會收集報紙分析、寫註記再傳遞出去，但這樣做很危險。可是陳萍的理念卻是：不要留下任何證據，即便是一個傳情曖昧的貝殼，也要丟掉，放心裡就

好，不要給自己找麻煩。這是兩個截然不同的路線。嚴水霞說：「犧牲會帶來力量」、「殺不死你的會使你更強壯」，但陳萍質疑她說：如果你被殺死呢？如果杏子被殺呢？如果別人因為你的帶領而死呢？所以嚴水霞愣了一下。這裡，兩個路線引起了一些人性辯證。**但，電影不提供標準答案，電影只是提供一個故事情境讓你沉浸、讓你思辨，至於答案，就留給觀眾。**

「我的電影裡都有運動的成分、思想先行」

黃：你曾說你的電影裡面都有運動的成分，並且思想先行。在這部片裡，你採取的立場是什麼？

周：如果這電影有什麼立場的話，我採取的立場就是站在人權和人性的角度去說這段歷史、這段故事。我認為一個負責任的創作，都一定會有觀點，只不過是我非常地根據史實。這並不叫做代言歷史，但我也沒有曲解歷史。電影裡，每個角色的根據都是很清楚的。我對自己創作的要求，就是思想與美學要兼具，但通常，我的確會思想先行。我是一個沒有電影夢的人，可能因為我不是電影系科班出身，電影夢對我來說很虛幻。

黃：要有一個中心思想，可以這樣說嗎？

周：對，我是這樣的人。當別人在說電影夢多偉大的時候，我都很心虛。我不能夠為了拍片而拍片，而是要有一個中心思想。它不一定是社會觀念和社會運動，即使是美學上的創造，都是一個中心思想。

黃：從事「運動」有很多種方式，那為什麼是電影？

周：創造可以滿足我這個躁動的靈魂，可以安撫我。其它的創作形式，沒有那麼深得我心。但也許等到我夠老了，體力不行了，已經駕馭不了整個劇組，只能駕馭文字的時候，第一個會考慮的是寫小說。

不是「選角」的問題，是怎麼把演員「捏成角色」

黃：除了《流麻溝十五號》以外，你一路上的電影，是如何選角的？

周：如果觀眾覺得角色在電影上很成立，關鍵是「選對角色」還是「塑造角色」？你們覺得是「選角」，但最好有那麼好運，一選就中！好的表演，一定是你和演員合作，一起把角色「控」出來的。一開始「選角」的時候都是賭，演員賭這部電影會不會中，導演也賭這演員會不會融入這部電影，這中間

會有不斷形塑的過程，**考驗的是導演如何「捏」一個角色到拍攝的時候，一切看起來很自然。**

在整部電影的服裝造型裡，三位女主角都必須穿著醜醜的制服（囚服），大家穿得那麼像、那麼三人的角色如何凸顯？所以我準備了三類圖片，希望創造角色的第一印象，植入到演員的心靈圖像裡。我給余杏惠看第一張圖片，霧中風景，她這角色像在霧裡面，在迷霧中探索方向；第二張圖，水底的潛行者：陳萍，這角色基本上是沉潛跟隱沒，她在水裡好像可以自由舞蹈，但她只能在憋氣中得到一個小小的自由；第三張圖是玉山圓柏，嚴水霞。玉山圓柏長在高山的懸崖峭壁上，因為環境惡劣，所以玉山圓柏常常肢體扭曲、匍匐生長，它的屹立堅定，形成了這樣美麗的姿態。我對她們二位演員說，「請妳們要給我二種不同的姿態，去找到自己的姿態。先讓它進到腦袋裡，進到靈魂裡，找出角色的姿態，就找到了角色活著的樣子。」她們很聰明，就懂了，這是我與演員溝通的第一步。所以不是「選角」的問題，而是導演怎麼溝通，讓演員能了解，然後跟演員之間怎麼通力合作的問題。當演員找到了角色的氣

二二八和平紀念公園音樂台

質，也會在過程中自己演化，最後長成角色獨一無二的樣貌。

黃：周導之前的作品大多是女同志片，大部分人都不是同志，但演員在演女同志的時候，都演得很到位，你也是以這樣的方式，一步步引導嗎？

周：對，針對不同的片子、不同的角色，會有不同的引導方式，這部片子的做法不一定適合下一部，我會看狀況調整。這是我的功課，要判斷演員的質地、他缺什麼、必須補充什麼，演員才有辦法長成那個角色，觀眾在電影上看起來才會覺得渾然天成。其實這是不簡單的功課，演員有時難免會走鐘，突然不在他的角色狀態裡，所以要提醒他們，不要偏掉。

郭：導演在現場是如何從螢幕裡判斷他們有沒有走鐘？是屬於直覺或是經驗累積起來的？

周：都有。**通常，我必須比演員更早入戲，對角色了解要更精準。我自己如果走鐘、對角色把握不精準，那其他的走鐘會更嚴重、會散掉。**雖然我講究精準度要很清晰，但你也要把角色交給演員去發揮、去創造。當他說他想要這樣演，你可以尊重他們的創造，只要適時提醒角色的大原則就好。通常我不會跟演員辯，因為爭辯氣氛不好，所以要換一個方式溝通。其實每個演員的路數不同，大家加起來，等於每天都在考我的機智反應。**所以看到一個好角色，絕對不是選角選出來的，好的角色通常是打磨出來的。**

「青少年的狀態非常迷人，是我最喜歡描繪的年齡層。」

黃：你曾說《流麻溝十五號》的拍攝，是臨時插進來的。我看到你有兩個影片正在拍，一個是科幻影集，另外一個是美麗島事件。

周：以美麗島事件為背景的《弓蕉園的秘密》，已經拍完了。那是美麗島雜誌社義工的故事，兩個女同志的故事，你們有看嗎？

郭：有，很揪心。其實剛才導演說《流麻溝十五號》是拍給年輕族群看的故事，我覺得很佩服，因為你拍的很多故事都是很年輕的。許多導演會隨著自己的年紀增長，開始拍不同的電影。

周：你說我長不大嗎？（笑）

郭：不是長不大，而是怎麼去理解青春的狀態，我覺得這個很難。如果是演員，就算外表沒變，要他去演青春的模樣，但眼神已經變了，回不去青春感。可是我感受到導演你青春的感覺一直都在。是不是有一些理想，或是內在有很深的東西去推動自己？

周：因為我覺得那個年紀的心靈最純粹。**像我常常說，青少年的狀態就是身體已經長得接近大人，可是精神狀態還是有一種原始的動物性，可是那個純粹性又是道德的乾淨又接近神，所以是一個動物性、神性、人性綜合的一個狀態，然後也交織交戰得很厲害，這個狀態非常的迷人，也是我最喜歡描繪的一個狀態和年齡層。因為青少年還沒世故，所以可以既神性又野性，那是人性的極致。**

黃：導演的科幻影集《Q18》，是什麼機緣下和鴻海合作的？鴻海怎麼會想要跨界？

周：我不知道鴻海會想要跨界，我也不認為他們要涉足影視，我們只是對「量子力學」都有高度興趣罷了。Q18 的 18，是「西巴啦」（骰子）的意思，表示量子如骰子一般的隨機不可測。我之所以會籌拍 Q18，當然跟我是唸哲學的有關，我對科幻本來就有興趣，也對量子力學、時間與空間很有興趣，當然，從小就讀霍金的《時間簡史》，一直讀到他最後一本《大設計》。我在寫劇本時，因為要申請編劇補助，去找了臺大物理系張慶瑞教授，他是臺灣量子力學的第一把交椅，我邀請他擔任編劇顧問，但當時他希望先與我談談。談完後，他邀請我參加他們量子力學的營隊，我們編劇團隊總共 5 個人都去上了課。但在去上課之前，還要通過一個困難的考試。於是我的編劇團隊就被我逼著要想辦法作答，各自去做功課、找答案。我們竟然過關了，後來也拿到結業證書。我們編劇團隊對我們的創作有共識，就是：我們要做的是科幻劇，不是奇幻劇，要有科學理論當基礎。我們一邊讀書，也同時一邊寫劇本。大約花了兩年構思劇本，之後才開始找卡司。主角是兩個量子 AI 的角色，一個是黑子、一個是白子，由炎亞綸跟石知田擔綱。

黃：這個戲劇初發時是你的想法嗎？國外影集有做過嗎？

周：我沒有管誰有沒有做過，我就是對於時間、空間、這個宇宙的真相、世界的真相是什麼，充滿了興趣。我對歷史、對我們的存在，很有研究興趣。

黃：導演不愧是哲學系的，你剛拍完一個《流麻溝十五號》這麼沉重的歷史，突然跳到《Q18》量子的世界。

周：這不違和啊，都是我有興趣的主題。《Q18》有五個故事，我花兩分鐘舉例一個故事。第一個故事主角是宥勝，他是一個攀岩名將，在一次比賽中因為救人，斷了一條腿，從此再也無法攀岩，只能酗酒度日。黑子、白子作為量子 AI（人工智慧），就送給他一隻量子義肢。這隻量子義肢，不只有溫度，而且透過量子感測技術，還能讓宥勝超越人體，表現有如戰士。宥勝很開心，覺得他斷掉的腳回來了。此時他收到昔日對手發出戰帖，邀請他再來比一場。一心求勝的他突然覺得：量子義肢這麼強，如果他的另外三隻手腳也是量子肢體就好了。究竟，量子 AI 該怎麼幫助人類呢？黑子認為，這挺好的，人類發明科技，就是要打造一個理想的自己，有何不可？但白子說，難道為了超越，就要把好好的手腳截斷嗎？究竟，科技應該怎麼用才是幫助人類？這是我們 Q18 的其中一個思考。

黃：《Q18》這部戲是鴻海投資，在這整個故事，包括拍攝的方式，鴻海有跟你討論想要什麼樣的故事嗎？

周：沒有，故事是我們提出的。鴻海有一個

量子研究院，我們的科學指導張教授與他們熟識，偶然間，張教授提到他在協助我們做劇本開發，我們乖乖的去上課，他覺得我們很有趣。鴻海的劉董事長聽了以後，也想看看《Q18》這個故事，所以我就帶一份簡報去講故事給董事長聽。接著，董事長就問我還缺多少資金，後來他大概投資我六成左右。他們與我們合作這個科幻影集，純粹是因為鴻海對量子科技的展望與興趣。**我們有一個共識，臺灣以科技立國，科技是我們臺灣唯一的機會及長項。所以，如何讓量子力學變成一般常識，普及於民間，尤其是年輕人，這對台灣是有意義的。而透過戲劇去普及，可能會是個好方法。**我們可以預見量子科技是未來趨勢。半導體就是量子科技初期研發的一部分，就科技趨勢來說，量子科技非常重要，但臺灣社會還沒意識到這一點，我覺得我們千萬不要放過這樣的契機。

歐洲人所見的臺灣三個特長

上個月，有一個德法電視臺來臺灣採訪三件事情。第一個是臺灣的同志婚姻法，這是亞洲之冠，所以趁著同志大遊行那段時間來，自然就找到我；第二個是臺灣的民主，也是非常亮眼的一個成果，正好《流麻溝十五號》首映，他們也去看了首映；第三個是臺灣的科技實力，這是令歐洲覺得可以關注的部分。正好這三件事，我都略知一二，他們就覺得很奇妙，並從我這邊得到一個印象，臺灣的年輕人都在朝這三個方向發展，正在回顧歷史，且對性別人權的意識也很先進、對科技也有一定的意識和前瞻性。他們遇到我只是碰巧，不見得臺灣的年輕人都真的意識到這三件事情，對臺灣很重要，不過歐洲人已經意識到臺灣的這三個特長。

黃：臺灣人相當不簡單，這麼這麼小的島，族群非常多元，卻產出了相當先進的思想，科技也很前進。

周：但我覺得還不夠就是了，要有世界的競爭力，還要再加把勁。我能做的就是透過說故事，把理念傳遞出去。戲劇是最容易流通和最容易被溝通的事，所以我還逼著炎亞綸跟石知田幫我們拍一個類似「老高與小茉」的科普 YouTube，叫做「量子黑白說」，我們撰寫科普的稿，讓黑子和白子消化吸收後，去跟觀眾解說：什麼叫做「量子糾纏」、「量子疊加」、「量子不可克隆」等等。其實我真的很想知道世界的結構是什麼，也因此，我常感受到數學很美，因為數學公式往往可以詮釋這個宇宙的結構，問題是我一說這個，大家都睡死了……所以，跟大眾溝通最有效的方式還是，透過講故事，讓大家聽得津津有味，同時順便吸收一些知識，看完戲劇有興趣的觀眾可以看 YouTube，而如果我們的科普短片，你又覺得太普通太簡單了，那也很好，你可以繼續去臺大物理系，或中原大學的量子學院去上課……（笑）。

《花漾》，票房的考驗、負債的考驗……

黃：接下來的問題很實際。你在《花漾》那部電影，我形容為「跌倒」，你也因此而負債，影評也不好，但在那之後，你又持續拍了這麼多片。除了你本身是「創作躁動」的狀態以外，你自《花漾》後，有沒有做一些轉變？

周：那不叫轉變，而是碰到了什麼事情，就怎麼去面對。《花漾》帶來最大的坎，就是負債。其實對作品本身，我只覺得很心疼。每部電影對我來說，就跟孩子一樣，但這些孩子都有自己的命，我只能說，《花漾》的命真的很不好。那時因為投資方文創一號（台灣文創一號股份有限公司）被影射與《夢想家》那部舞臺劇一樣吃掉國家很多的錢，所以當時就有一個「不能讓這部電影賺錢」的社會氛圍，要抵制這部電影……這些風風雨雨造成的影響就是血本無歸，整部電影的投資太大了，高達 1 億 5000 萬元。在我們卡司都談妥之後，還有缺口 3000 萬，我就去跟銀行貸款了 3000 萬，加上我自己的投資，結局就是負債 3600 多萬元。記得慘劇發生時，我的製片統籌還說：導演你乾脆跑路去大陸好

了，不然怎麼還得起？可我不是遇事繞跑的人，這不像我的作風，我只會硬著頭皮跟銀行好好協商，讓本來規定 5 年內還清的 3000 萬，用 20 年還完。結果那幾年裡，我什麼案子都接，就算你叫我拍 A 片，我都拍，沒關係，然後我才發現原來我賺錢能力那麼強，片子也拍得又快又好，都能讓製作人順利交片，也入圍很多次金鐘獎。

只不過，因為大量密集的工作，我把自己身體搞壞了。白天拍戲拍 10 到 12 個小時準時收工，到了晚上回宿舍，我還繼續寫劇本，賺另外一條錢。我仗著自己編劇速度快，拍片也快，一人當兩人用，瘋狂工作。

當我還錢還到剩下 1000 萬元的時候，我終於

不必再那麼拼命了。記得那天，我女朋友和我說，我們現在只剩 1000 萬的銀行貸款要還，然後我就說，哇，我們自由了！她說，自由什麼？還有 1000 萬！我說，你看，外面的每個臺北人，誰不是有 1000 萬的房貸，對不對？所以我們已經是一般人了！耶！好開心喔，我們去夜市吃一頓好的，可以叫很多的嘴邊肉很多的滷牛肉。然後我們就真的很開心，她看我那麼開心，她就笑了，她也覺得很開心。

「我不害怕社會的眼光，反而是要去改善社會的眼光。」

黃：你們兩位非常的融合與互補，而且工作和生活混在一起，幾乎 24 小時都在一起。

周：沒有那麼「24 小時」，我們生活作息差很多，大概有 1/4 個地球的時差，我早起早睡，她中午才起床，半夜才睡覺，所以我們只有晚餐的時間會碰在一起。

黃：你們有沒有衝突？在工作上，如果有衝突，會不會影響彼此的生活？

周：生活都聽她的，完全。工作她都聽我的，那是工作倫理。家庭也有家庭倫理，我都聽她的，完全沒有意見，她叫我去幹嘛我去就幹嘛。

黃：另外一個問題，你說過出櫃的過程，你意識到自己喜歡女生，是沒有任何疑惑的？

周：出不出櫃，我沒有什麼障礙，我比較不會害怕社會的眼光，我反而自信滿滿，會想要去說服社會，讓社會眼光對少數族群變得比較友善。我比較容易心疼別人被社會眼光壓迫，因為不是所有人都像我一樣不在乎。我能夠這麼任性，是我太幸運了，有更多的人沒我幸運，所以不能夠只享受自己的幸運，總該做一點什麼吧。

黃：你的家人也支持嗎？

周：我爸媽年紀太大了，我不確定他們腦袋裡有沒有「同性戀」這三個字，但他們老早就接受我不結婚這件事。反正從我讀哲學系開始，他們兩老就覺得我很奇怪，也許他們早就知道，可老人家不知道如何講，也就不說破了。另外我家姐妹對我的同志身份都很

敞開心胸的接受，而且祝福。每次姐妹之間的聚會，她們都會問說要不要叫 HoHo（劉芸后）來。

黃：你拍同志電影，是否對這樣的題材有著使命感？

周：講使命感太硬了，**我只是覺得我們需要這樣的故事。我希望臺灣是一個開放的社會，是一個多元包容、溫暖友善的社會。其實我的電影不是拍給同性戀看的，是拍給那些不了解同性戀的人，或對自己不自信、不確定的人看的。我在說服那些人，同性戀很美好，不要害怕，我們跟其他人沒兩樣，都一樣有很美的愛情故事。同理，《流麻溝十五號》也不是拍給受難者本人看的，而是在和社會做溝通。我想，我們沒有脆弱到需要在同溫層內團抱、一直不斷取暖，如果我們自己已經粹練得比較堅強了，我們就去多做一點。**

ABOUT　黃智卿

左手寫報導，右手寫公文。喜愛觀察日常事物，認為日常生活是一種自我實踐。喜愛山，喜愛土地，關注環境、文化、社會，主張認識一個地方最好的方式是用腳走過。

ABOUT　郭潔渝

畢業於世新廣電電影組，現為影像工作者。《實物掃描》系列獲得 2008 室內光年度大賞，2014 於香港 K11 Art Mall 個展展出，《The Rite of Love And Death》2011、2012 入圍法國 PX3、美國 IPA 攝影比賽，參與攝影的畢業製作《肆月壹日》入圍 2009 第三十一屆金穗獎學生實驗電影、短片《理想狀態》於 2015 台北電影節放映。
www.criscentguo.com

為何是/
不是XX圖鑑
Why / Not an Illustrated XX Dictionary
G3-3288
《台北浮百》
Fined Taipei
336020 號

2014年，藝術家周慶輝的巨幅攝影系列作品《人的莊園》於台北市立夫術館參與「2014台北雙年展」，寬邊近兩公尺、由8X10大型底片相機所拍攝的照片們非常細膩且飽含細節，人物以我們既熟悉又陌生的姿態在動物園中展現代社會人類困境，這種高度控制的編導式攝影在台灣相當少見，拍攝編制已經是個小型劇組，這樣的方式、風格延續至近期的《應許之地——大使星計畫》，除了視覺震撼外，關於人的社會性議題也可在其早期報導式攝影作品中看見。

然而，在周慶輝的二、三十年創作生涯中，有個近年較少被提及的系列《台北浮白》，作品為藝術家本人於1990年至2009年間擔任攝影記者時期的「違規超速罰單」所組成，這系列像周慶輝創作生涯裡一條風景未知的叉路、一場終點不明的公路電影或中場小休息，我們藉由這些「違規證據」看見藝術家於某年月日的車輛在場證明，推測其可能當下人就在車裡前往某處，藝術家首次——也是唯一一次將鏡頭瞄準自己，借用公權力懲罰下的影像、自己的生活切面進入國家級美術館——台北市立美術館展覽，拿回了話語權，也完成了權力的逆轉。

在這次的訪談中，我們請周慶輝談談，經過十多年幾個大型創作計畫後，回頭看《台北浮白》，他的心路歷程。

Artist / Chig-Hui Chou

藝術家 / 周慶輝

企劃 / 採訪 郭謀渝

註：此單元命名來自中平卓馬《為何是植物圖鑑》的變形。

個展

1995「停格的歲月—痲瘋村紀事」個展（台北市立美術館・台北 台灣）
1997「停格的歲月—痲瘋村紀事」個展（清華大學藝術中心・新竹 台灣）
2002「消失的群像—勞動者紀事」個展（台北市立美術館・台北 台灣）
　　　「消失的群像—勞動者紀事」個展（第二屆平遙國際攝影節・山西平遙 中國）
2004「消失的群像—勞動者紀事」個展（廣達廣輝大樓大廳・台北 台灣）
　　　廣達「游於藝」校園巡週展（台北 台灣）
2009「野想—黃羊川計劃」個展（台北市立美術館・台北 台灣）
2010「野想—黃羊川計劃」個展（佛羅倫斯育嬰堂・佛羅倫斯 義大利）

2015「人的莊園」個展（台北當代藝術館・台北 台灣）
　　　「人的莊園」個展（雲清藝術中心・台北 台灣）
　　　「人的莊園」個展（弔詭畫廊・高雄 台灣）
2016「以人之名」個展（采泥藝術・台北 台灣）
　　　「人的莊園」個展 (Gallery 101・台北 台灣)
　　　「人的莊園」個展 (La Galerie・香港 中國)
2017「以人之名」個展（台東美術館・台東 台灣）
　　　「人的莊園」個展 (Chelouche Gallery・台拉維夫 以色列)
2018「真實劇場」周慶輝個展 (DECK Gallery・新加坡)

2008 「中國人本—紀實在當代 HUMANISMIN CHINA A CONTEMPORARY RECORD OF PHOTOGRAPHY」
　　　（德雷斯頓國家藝術博物館・德國）
　　　「中國人本—紀實在當代 HUMANISMIN CHINA A CONTEMPORARY RECORD OF PHOTOGRAPHY」
　　　（愛丁堡城市藝術中心・英國）
　　　「家—2008 台灣美術雙年展」（國立美術館・台中 台灣）
2009 「廣州國際攝影雙年展—看自 D.com」（廣東美術館・廣州 中國）
　　　「台灣美術系列　紀錄攝影中的文化戰」（國立美術館・台中 台灣）
2010 「香港攝影節—四度空間—兩岸四地當代攝影展」（香港藝術中心・香港 中國）
　　　「大理國際影會」（雲南 中國）
2011 「故事顯影—當代台灣攝影十人展」（高雄市立美術館・高雄 台灣）
　　　「時代之眼—台灣百年身影」（台北市立美術館・台北 台灣）
2012 「出社會—1990 年代之後的台灣批判寫實攝影藝術」（高雄市立美術館・高雄 台灣）
2013 「標新・立意—館藏青年藝術家作品展」（國立美術館・台中 台灣）
2014 「2014 台北雙年展」劇烈加速度（台北市立美術館・台北 台灣）
2015 「我的隱藏版—自畫像」（國立台灣美術館・台中 台灣）
　　　「南方上岸—2015 影像典藏展」（高雄市立美術館・高雄 台灣）
　　　「首屆長江國際影像雙年展」（長江當代美術館・重慶 中國）
　　　「高雄獎」（高雄市立美術館・高雄 台灣）
　　　「陌生的亞洲—北京國際攝影雙年展」（中央美術學院美術館・北京 中國）
2016 「安居於世」（人文遠雄博物館・台北 台灣）
2016-2017 「快拍慢想：編導式攝影的社會光情」（高雄市立美術館・高雄 台灣）
　　　「首屆長江國際影像雙年展」（長江當代美術館・重慶 中國）
2017　Art Souterrain 2017 加拿大蒙特婁地下藝術節（蒙特婁 加拿大）
　　　「版藝新象」國際交流展（國立台北藝術大學關渡美術館・台北 台灣）
2019 「影像焦慮」（國立臺灣美術館・台中 台灣）
　　　「第二屆安仁雙年展—共同的神話」（四川 中國）
2020 「動物研究室」（新竹 241 藝術空間・新竹 台灣）

獎助

1989　自立報系台灣新聞年度新聞攝影獎「圖片故事」類

1991　自立報系台灣新聞年度新聞攝影獎「圖片故事」類及「人物特寫」類

1992　行政院文建會主辦「映像與時代中華民國國際攝影藝術大展」—報導類銀牌獎

1993　台北攝影節報導類特別獎

1995　金鼎獎攝影類獎項

2006　「行過幽谷」個人限版攝影專輯台北國際書展基金會頒發整體美術與裝禎設計首獎 (金蝶獎)

2010　「野想—黃羊川計劃」個人限版攝影專輯獲德國紅點獎，IF 設計獎

2015　高雄美術獎優選

　　　SOPA 亞洲卓越新聞獎 「卓越特寫攝影獎」

2017　第十一屆義大利拉古納國際藝術獎 「畫廊獎」

出版品
1989 《阮義忠暗房工作室一影像札記》(人間出版社)
1995 《台灣攝影家群像》個人攝影專輯 (躍昇文化事業出版公司)
1996 《停格的歲月一麻瘋村紀事》被收錄於《躍動的亞洲》攝影專輯 (東京都寫真美術館)
1998 執行製作《看見原鄉人一台灣客家光影紀事》攝影專輯 (台北市政府民政局)
2001 執行製作《鶯歌陶瓷博物館攝影筆記書》
2002 《消失的群像一中國勞動者紀事》由「攝影家」出版專刊
2004 《行過幽谷》個人限版攝影專輯 (永中國際出版公司)
2009 《野想一黃羊川計劃》個人限版攝影專輯 (台北市立美術館)
2011 《台北浮白》專輯 (看見藝術)
2015 《人的莊園》個人限版攝影專輯 (優秀視覺設計有限公司)

典藏紀錄
台北市立美術館 / 台北 台灣
國立臺灣美術館 / 台中 台灣
高雄市立美術館 / 高雄 台灣
廣東美術館 / 廣州 中國
藝術銀行 / 台中 台灣

《台北浮白》Fined Taipei

專訪 周慶輝／訪談 郭潔渝

郭：第一次看到《台北浮白》，是 2014 年在周老師這裡參與《人的莊園》錄像作品前製時，工作室掛著其中一幅大張作品（Fined Taipei-16，P.96、97）當時對銀白色手寫字印象深刻，到近十年後的現在重新回頭看，發現《台北浮白》和周老師其他系列非常不一樣，但在不一樣中，仍有一些共性，是關於人的社會處境；且《台北浮白》的時間跨度非常長。周老師當初為什麼會開啟這個系列，為什麼會蒐集罰單照片呢？

周：會命名《台北浮白》，是當時和張大春在聊天，他說在古文裡，「浮白」是「浮一大白」的簡語，是「罰喝一大杯」，罰單就是喝罰酒；其實這個系列到現在都還在進行，只要有收到罰單，就收起來放進盒子裡、都沒有丟；那時剛好台北美術館來找我，說要做一個和台北有關、和市民有關的展覽。而在我剛收集罰單照片時，就有想做成系列作品，但展出形式也是隨著時間蘊釀而成，當時我創作剛進入數位化的階段，我在想這麼小張的 4x6” 照片可以放多大，我就去印刷廠借高解析度的平台式掃描器來掃描，一台要一百多萬的掃描儀；又很巧的是，上個月印刷廠老闆來找我，問我「周老師，當初那個機器你還用得到嗎，如果還用得到，我送給你」，十號（訪談的隔天）會搬來。以前掃描儀是印刷用，所以只有 8bit，我其他作品掃底片是用德國海德堡的直立式滾筒掃描儀，可以掃 16bit，但現在也是最後一代了，如果壞掉沒有零件，只能找舊機器來拆修。現在罰單的樣式和以前不樣了，可以看見數位轉變，掃描儀也隨時代的演變逐漸淘汰。

一開始蒐集罰單照片時，我在做記者，主要跑政治和社會線，因跑新聞常在台北市遊蕩，罰單特別多、經常心急不小心就超速。當時正在拍樂生痲瘋病院（《行過幽谷》「停格的歲月──痲瘋村紀事」），在拍攝過程中啟示了我對人生很多的想法，我也開始反思紀實攝影的客觀性。像我早期待的《首都早報》（創刊於 1989 年 6 月 1 日，停刊於 1990 年 8 月 28 日，創辦人為康寧祥），是反對陣營，所以我交的朋友比較多是自由派和反對派，如果我在《聯合報》工作，環境相對是保守派的，你選擇新聞的角度、拍攝角度都會有點不一樣。可是，測速照相機是相對客觀的、是透過反射回

ABOUT 郭潔渝

畢業於世新廣電電影組，現為影像工作者。《實物掃描》系列獲得 2008 室內光年度大賞，2014 於香港 K11 Art Mall 個展展出，《The Rite of Love And Death》2011、2012 入圍法國 PX3、美國 IPA 攝影比賽，參與攝影的畢業製作《肆月壹日》入圍 2009 第三十一屆金穗獎學生實驗電影、短片《理想狀態》於 2015 台北電影節放映。
www.criscentguo.com

來的無線電波去觸發拍攝，它沒有情感，沒有情感才會客觀，拍出來的影像可能會產生各種詭異狀態，有一張我很喜歡，照片裡有個人戴白色安全帽騎摩托車，在夜晚好像在跟蹤我一樣、鬼鬼祟祟，這種味道滿有趣的；展出時的「圖說」我另外裝裱與圖片分開，圖說文字是從 google 搜尋拼貼來的，像剛才你說的銀色字體那張，我覺得非常美，警察每天開罰單，辦事員他一直寫，一定很不爽，就寫得很潦草，讓我想到懷素的狂草書法，就在 google 上輸入「狂草」兩字，出現了一些對話，我就截取對話，拼湊成一篇文字；這系列當時在台北美術館展覽，很多年輕人看了非常有感，一直笑；有些人會用很嚴肅角度來看我的作品，其實可以更輕鬆看待；《台北浮白》相較於後來的作品而言，財務上真的是相對輕鬆，不過罰單數量真的很大，一個月如果被罰一張，十年就有一百二十張了，選擇照片時我會考慮視覺美學的呈現。

郭：有些為什麼會有兩張連續畫面（P.88、89）？

周：這剛好是我連續迴轉，如果只被拍一張就不能採證我有迴轉啦。你就可以考慮去申訴。

郭：這很像計程車司機會做的事（笑）。

周：我在讀書時有開過半年的計程車（笑）。

周：這組系列在國外展覽時，外國觀眾以為要和政府合作才完成的創作計畫，我說我們台灣不是這樣、有圖為證才繳罰款，沒有照片死不認罪；不過以現在的觀點來看，你還相信照片嗎？我們曾經走過一段歷史，相信照片是呈堂證物；但現在你拿到一張照片，要先檢驗看看是不是合成的，連影片都是，整個思維已經不一樣了。

郭：周老師從《人的莊園》到近期的《應許之地──天使星計畫》，都是非常大型的作品系列，從籌備、拍攝到完成要三至五年，現在還會想做像《台北浮白》的小品作品嗎？

周：其實有些小品我都沒發表，不過對我而言，作品沒有分大小，我都是用同樣嚴肅的態度在面對，我會思考作品和我的關係，要找到一個理由，像《台北浮白》，一些朋友說它比較不像我的作品，其實還是有脈絡的，像是我對攝影裡「真實再現」這個概念是質疑的，但這是我們剛學攝影時的信念，然而這個信念隨著時

間、科技發展而崩盤了。假如死守這個概念，很難進入當代藝術的思考裡。任何人去選擇某一個主題或拍攝計畫，都是映照個人內心缺少的一部分，每個人的生活經驗不同、關注的東西一定不同，但你和家人的相處、對社會的關注，這個「愛」都是一樣的，沒有高低之分，所以我不會覺得《人的莊園》、《應許之地——天使星計畫》是個大計畫、《台北浮白》是小計畫，也不能以所花費的金額來分大小，這是兩件事；且在作品和作品之間，會產生一些養分過渡到另一個作品，真要說，《台北浮白》以時間長度來算，它反而是大計畫。其實後來的作品，我沒有要刻意要大製作、大規模，是我要表達的東西複雜程度高，我選擇要用大的（畫面形式）才能表達；而好的作品沒有分尺寸大小、只有好壞之分，像畢卡索、莫迪里亞尼有些作品那麼小張，它也很重要，作為藝術家，我們都是全力以赴的。

我也快 60 歲了，接下來會把之前的小品作品整理，但不是不做新系列，一個攝影師或藝術家，除了往前走以外，其實要整理之前的舊作，這不只是為了商業價值，而是東西不整理，是沒有辦法被看懂的，很多老一輩的攝影家過世，第二代因為不理解他的作品就沒有整理，但不整理，它是無法有脈絡的；所以我想花一點時間整理舊作，當成我的休息反省狀態，另一方面是，在整理過程中，你會看到自己的創作過程，可能會從中體會出可發展的新作品，但是我之後的創作規模不要這麼大了，因為規模這麼大，我可能承受不了。

郭：周老師的作品一直以來都和人的處境有關，想詢問你對人類社會的發展有什麼看法。

周：1991 年拍《行過幽谷》，主要是在探討疾病不可怕，是人們對疾病的想像可怕；2014 年發表《人的莊園》，在探討人在社會

中的困境、什麼是人的困境？《應許之地——天使星計畫》比較像《行過幽谷》加《人的莊園》的綜合，而《行過幽谷》又像是《人的莊園》和《應許之地》的複合體；《應許之地》之所以會這樣命名，是我那時提出一個概念，想探討正常和不正常之間的界線，因為我們會用自己的生活模式和行為，去探討別人正不正常，這是極為不客觀的；而罕病或心臟病兒童，大約是 5% 的發生機率，等於一百個小孩裡，大約有五個小孩會是罕病兒童，對我而言，這五個小孩是天使，承擔、拯救了另外九十五個人的苦難。我想用他們在生活上會碰到的事，來探討「正常」和「不正常」之間的界線在哪裡？如果這條界線被理解、界線模糊了，你就會有同理心。例如有些自閉症的孩子，他常常會發出一些聲音，或對某件事情有特別喜好，其實那是他對外在世界的溝通模式，只是我們不理解而已；假如他是人數的95%，那就會是我們不正常了。

我覺得這個社會有時缺少同理心，如果我們都有同理心，紛爭就會減少，不會懼怕或歧視得病的人；在做作品過程中，我邊反思自己和社會的關係，也希望看到我作品的人，可以從中明白，別人遭遇的問題，可能你也會有，只是在不同的層面，像是「如何面對死亡」？這些問題都非常複雜，在生命的過程中、在社會裡，你我都會遇到的，彼此要學習互相理解。

水快往南(獅水上方)

限速 60公里

000+071=071

0019 17100127

2525-GU

—
攝
影
詩
—

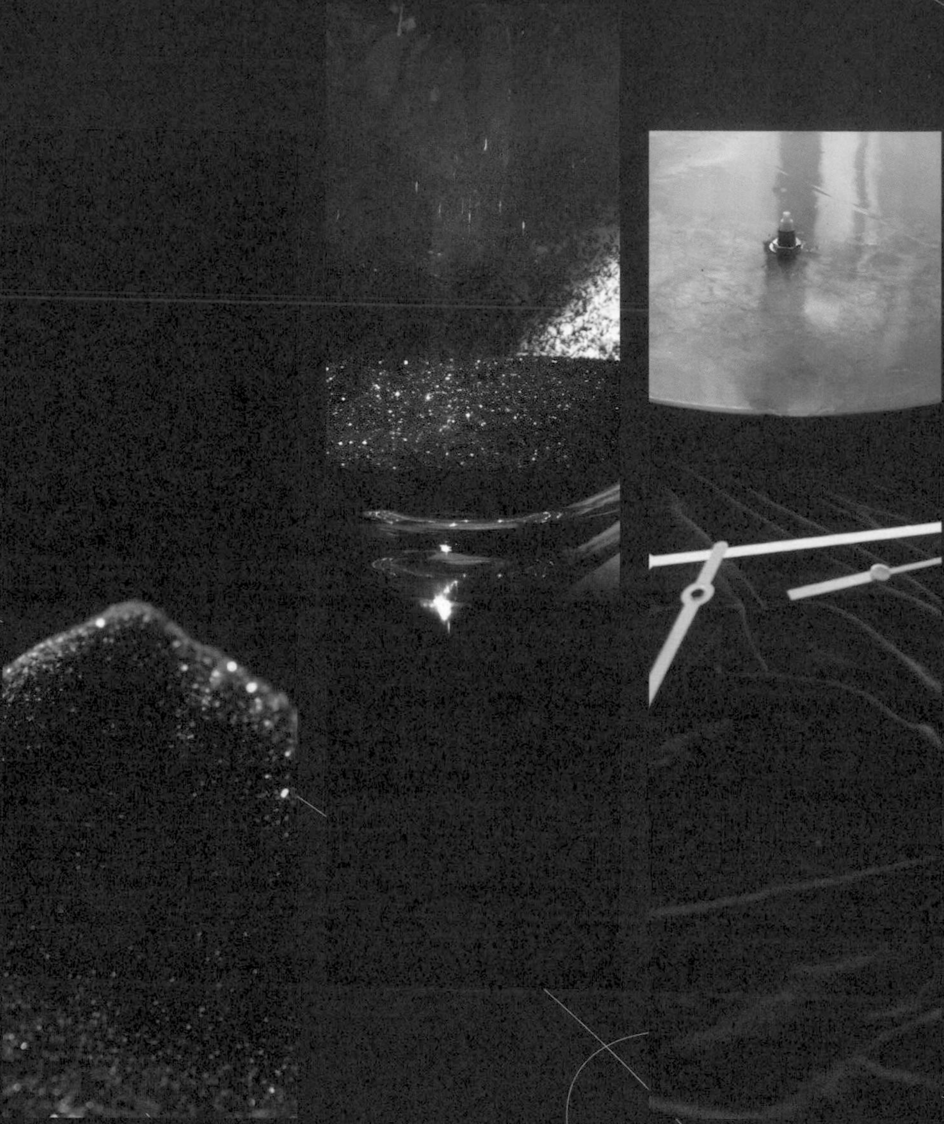

/ 六 種 孤 獨 /

小王子相遇的

本單元繼上一期以六張影像呈現《小王子》文本的核心意涵，本次再邀請創作者郭瀅瀅以六張影像詮釋《小王子》六個星球上的六個人物，並邀請詩人朋友們以自身對文本的體會為出發，融合所感受到的影像氛圍、影像語言，寫出自己的「攝影詩」。本次共有102首投稿詩作，經初選，刊登76首於月電子詩報，並複選出12首刊登於紙本。本期也特地邀請陳寧貴、黃徙以客語詩，台文詩創作，也邀請詩人劉正偉；副社長石秀淨名山扣緊《小王子》文本六個星球上的人物，依文本順序融合影像語言，創作583行的台文詩，有如一篇能演出的台語文詩劇。

六個星球

攝影　郭瀅瀅

「重複」裡的孤獨

文　郭瀅瀅

在上一期，我以〈自黑夜深處——不可見的小王子〉為題，透過六張影像表達《小王子》文本裡的生命、死亡、孤獨，以及對於「純真」之消逝的哀傷、生命的最初與最末之神秘性，及所隱喻的本體觀。而我沒有拍攝的部分，是小王子在六個星球上遇到的六個人物，這次，副社長石秀淨名邀請我再以此為出發，完成「以影像再詮釋《小王子》文本」的創作。

我以〈六種孤獨——小王子相遇的六個星球〉為題，透過六張影像，傳達六個人物的孤獨狀態，依序為國王、酒徒、商人、虛榮者、地理學家、點燈人（非依照文本順序），並使用了較為強烈、較易引起感官刺激、具「前進」之驅動力的色彩——紅色貫穿。紅色所連結的意象經常是愛、慾望、熱情、興奮、勇氣（甚至是侵略、犧牲），它是情感昂揚、生命力勃發的色彩，而我以它為主要色調，除了是順隨自己對色彩的直覺與偏好，也藉此對比主體的孤獨，並凸顯與紅色意象相對的內在狀態——凝結、如無法流動的水般靜止的、毫無生機的、機械性重複而單調的。（因此，我也以較為工整的構圖表達）。

即使我更受文本裡，那關於生命與死亡的「神祕性」所吸引，但也許，那關乎現象的——小王子所相遇的六個角色，是更貼近真實的人生情境，包含在現代社會下的疲乏與茫然、在高漲的自我意識下，既是與他人共度，又缺乏真實連結的內在狀態，並在日復一日的「重複」裡，輪轉與完結自己的一生——

「他們這麼匆忙趕路，要去找什麼呢？」
「開火車的司機也不知道。」
——　《小王子》

右：①．國王

左：**2**・酒徒　右：**3**・商人

左：④・虛榮者　　右：⑤・地理學家

左： 6 點燈人

真假帝王

客語詩

褪下社會小人物身份地位
著起帝王戲服
佢个身影
一下間澎風起來囉
一手指天一手指地
盡像天地間个一切
都跪落伫佢腳下
看戲个人毋使惦忒多
大家共下坐尖來
歡歡喜喜欣賞
這大鑼大鼓炒作下个鬧熱
看到裡尾
看戲个人同做戲个人
共下流目汁共下笑翻天
戲做歇逐儕拍拍勢窟
趕遽歸去
這時節恁氣派个帝王
褪下蟠龍戲服
縮歸小人物个真身
天光日繼續為下一餐飯打拚

華文版

褪下社會小人物身份地位
著起帝王戲服
他的身影
一下間澎風起來囉
一手指天一手指地
盡像天地間的一切
都跪落在他腳下
看戲的人毋須想太多
大家擠一起
歡歡喜喜欣賞
這大鑼大鼓炒作下的熱鬧
看到最後
看戲的人與演戲的人
共同流淚笑翻天
戲做歇大家拍拍屁股
趕快歸去
這時節氣派的帝王
褪下蟠龍戲服
縮歸小人物的真身
大光日繼續為下一餐飯打拚

陳寧貴

憂鬱症：暗殺人

黃

徙

台文詩

一看著影，大頭拇隨攑頭
指指比出敵人位置
中指尾指仔三支馬上合倚來
開銃！pòng！pòng！pòng
大聲喝！死矣喔

伊追去看，影，彈無死
愈追走愈遠！真鬱卒
人叫食飯，應講等影收拾起來 ê
叫伊睏，講睏去，影會轉來
夢裡暗殺人

華文版

一看到影子，大拇指隨抬頭
食指比出敵人位置
中指無名指三支馬上圍過來
開槍！pòng！pòng！pòng
大聲喊！死了喔

他追去看，影，沒射死
愈追跑愈遠！真鬱卒
人叫吃飯，回講等把影子收拾起來
叫他睡覺，講睡著，影子會回來
夢裡暗殺人

註：詮釋小王子的＜孤獨憂鬱＞與自己的影子為敵，隱喻當今憂鬱症，亦反諷權力慾望如同國王的新衣。

孤獨星球

從這個星球流浪那個星球
從你的孤獨到我的寂寞
一罐罐的啤酒，連結黑夜

國王有紫色禮服，透明的心思
小王子有一朵玫瑰，和他的天真
而我虛榮的朋友，奸商、酒鬼、狐狸

小王子，不懂得愛情世故
玫瑰永遠不懂得，流浪
星星懂得閃爍，一個個心情

玫瑰色的紅酒豢養着酒鬼
時間的分針秒針碎滿一地
旗幟飄向遠方，點燃了黃昏

她們整夜都在宇宙流浪
而我，只在你的心底徘徊
你的心，如星際海洋般浩瀚

劉正偉

聖旨到

—— 謙成

或蜜糖，或毒藥，都在小小的
卷軸。你把山川與時光揉合
穿上一身金碧輝煌
聽得腳下匍匐的激動瘋狂吶喊
以為從此可以號令一座山

收割所有的膝蓋
你的榮耀高高在上
恩寵，那拂塵揚起的笑容
為你唱，富貴，榮寵不斷
烏雲蓋頂，攤開的橫幅一把
丟在地下，和首級一起滾
到一旁。一旁是多變的世界
一旁是人事變幻
旁人的眼色擺在一旁
一旁是人間正道，一旁是滄桑

你傳喚歲月，合掌，抓一撮
前朝舊事，煞有其事地敲打
興起時，捏在掌心撫弄、把玩
開高走低的年號搖搖晃晃
高潮在路邊，在橋上，在汽笛
呼嘯而過的長安
你飛起一腳，踢翻滔天巨浪
你的任性踢倒天堂，驚走
蘇杭，吳儂軟語跪在沙灘上
跪下了，還有，百年大難
水深浪闊，擱淺的長江

無力回天，無力感
那可愛的娃娃、傀儡、 倀
棕熊的眉眼彎彎，收割蜜糖
分一點甜頭給你嚐
朕知道了。他說，白紙背後
亡命的女兒、風流倜儻、大漢
有哪些名堂，有哪些機關
躺平抑或計算
有些聲音像統計圖上下
起伏不定的波段，彼一時長
就你懂得假裝，就你態度冷淡
故事的進展，此一時短
那些雜音終究被時間衝散

那時你讓一管筆擬旨意
不管、不顧，死活都是天數
命運叫你肅穆，懶洋洋
你擺一擺手，祇說，靜候兵部
整肅，一整條街，鶯飛蝶舞

馬車來了，載走了宣旨的
走路工
那些乞丐，說什麼氣概？
說什麼同仇敵愾？
笑話，就是膽怯
他們的病，就是窮

啊，你兇什麼兇

請求

——趙啟福

眼睛定居星星，之上
呼出的氣息是命令
彷彿一切

言語，皆為指示的箭頭
彷彿統治，是唯一的理由
唯一的名，唯一的
真神

天地之下，華貴的衣袍之下
穿戴的驕傲之下
誰都是屈服的角色，如同你

:「但你為何選擇留下一聲嘆息，離去？」

拿下眼睛，我命令
一雙眼看著你的背影，看著
無法彎腰，接受命令的嘴
失去聲音的唸著

:「留下，好嗎？」

大人身體裡有既正且斜的杯
——黃士洲

他對準左胸，撕開
一個新鮮的血紅
新鮮血紅，是個漂亮容器

對準容器，歪門邪道
滿溢，羞愧的液體

窺視表面張力的鏡像，跳進去
嚙著熟練的靜默姿勢
風景時間加溫醉落
重蹈感傷的陷溺

（隔天太陽伸著光芒的懶腰
再重生一個行屍）

行屍新生的影子
烤問左胸，撕開
一個新鮮的血紅
新鮮血紅，是個漂亮容器

對準容器，斜倒歪門
豐饒，可恥的液面

聽見跳入的舌尖，狂草表面張力
療著熟練的手臂姿勢
交錯空間輪迴醉落
覆轍愁容的身分

（隔天太陽伸著寒流的懶腰
再續杯一個走肉……）

小王子試圖阻止
那可憐之人不要再以杜康懷舊。

而反覆練習，當個救生員
救助——奇怪的大人

（總是翌日。深喉嚨的光害又複製
一個意志堅強的糾結……）

避免徒勞的途徑，感染
將來也滲入兇猛的貪嗔癡
招來圍抱斜影枯木雜草的憂鬱
成為信仰落地，生根空瓶裏的小酒鬼

澈底的疲憊，冷卻了小旅人
穿上滿身濕淋淋的蕭瑟
收拾肥滿的絕望，期待
下一顆星球，面光

醉臥如仙幾多愁

——江郎財進

地上霜，明月望
月下獨酌，短歌行
我酡紅，飄搖幾盅，邀友誼
將進酒，孤寂之水天上來
飲不盡千秋萬世的風雨雞鳴
我醉欲飛，狂放，踏浪
波濤在額上洶湧
戰火於眼瞳奔竄
官箋飛馳於耳際，謳歌
長風破浪會有時
直掛雲帆濟滄海
吾友杜工部何處尋
飄泊。浪跡
你能喝幾杯大涯共此時？

紅塵滾滾落
間隙不得閒
我劍懸腰間，詩在嘴角起波瀾
憶起你我當年
醉眠秋共被
且待吟詠北斗星辰
指路，迢迢，荒煙漫漫。朱門
酒肉臭，路上屢見凍屍骨
長歌呼嘯，我醉醉醉
找不著你
舌頭還在跳舞
我說老杜啊！
或許你你你
你還在江頭頻頻哀王孫

那就呼喚星際的小王子吧！
我要找你純真潔白的質地
來，陪我飲盡萬杯笑
忘卻長安多少事
兵馬倥傯，流離顛沛
澀酒滿杯浸眼瞳，迷濛
我邀你與我一起，醉臥
醉臥奔竄不息的江水
滔滔清洗胸臆
月隨碧山轉，水合青山流
呵呵！盡付折劍醉步中
懷古。飛天。撈月。我苦吟
白髮斷了青絲
笑看人間幾多愁？

孤單成癮

—— 高朝明

沿著虛線點到邊陲
空間凹陷在有內框的桌面

燈管呆板發亮
視頻追緝的影像歇斯底里
帕金森症佔據指尖
眼球被鼎沸登陸

天空經常性有陰晴染指
顏色易旗事不關己
即使遠方有一張想掙脫壓迫的白紙

空間還在凹陷
數字被躺平思維架空
時間
孤單成癮

傷害

—— 趙啟福

不需要時間的餵養，不需要
食物列隊，為生存起舞
不需要夢

只要數字，一個接著一個
如纍纍的果實，如星星
點亮精明的優越感，不需要

誰的肯定，當「擁有」躍然紙上
走進抽屜的深處居住
最富有的人

不需要讓你的疑問
割開一道，無言的傷害

三觀
——謙成

牡丹抑或海棠，紅唇還是寇丹？
迎著朝陽，從希冀過度
紅外線的波長興許就是短板
誰不是從吐氣，喘到死亡
魚肚翻白，骨灰罈遍撒絕望
白幡飄飄蕩蕩，塵埃落定
落下了帷幕，死亡，隨之而來
是狠心，是絕情，是海葬

把葬禮辦成笑喪，需要勇氣
紅色象徵警戒，小心翼翼地說話
做事，迎合所有的目光
是次，次第偽裝，真的一樣
孝子賢孫層層跪下，如假包換
賓客都是演的，無花無假
哀榮、惋惜，體己的說話
是報告，禮儀師的一桿筆
給社會科如實回答
不言中，不幸言中
社會的疙瘩

你祇能拘謹地撕下日曆
至死，啖一口粗茶淡飯
不然還能怎樣？
不然就奮起，盡力地折騰吧！
敲打，雞毛蒜皮的瑣事
盡吃奶之力無限擴大
肅貪打虎、掃黃、兒女分家
媳婦兒、彩禮、份子錢
沒一個好說話

在沙塵暴的節奏裡跳躍
為免靈魂與紫陌與紅塵脫節
我們何不？用
紅彩編一個同心結

一襲血紅的虛榮幡巾
——江郎財進

天荒了
飄下它的兩鬢
如雪簌簌，喘息
地老了
冒出它的紅顏
龜裂著碳排的足跡
而妳卻如此的薄命
油漬不洗的枕頭
遇人不淑的家暴
扭曲妳天機難以洩漏的性格

在宣講的台子上
妳老是翻著白眼
自天而降
妳的眼眸總是吊掛著一襲血紅幡巾
血絲在微塵眾的瞳孔，幡飛
風動或者是幡動
六祖的公案，傾斜，自在人心

這年頭，色澤是很要命
妳背負著綠
春心卻盪漾著白，輕放著藍
妳拿著槍，狠狠對準自己的父兄
射出一屍五命
而世間現在正流行一張
紅裡透白的紙
在大街小巷燒烤，轟傳
在妳批判的自家側翼網軍間
滾滾流竄
而妳卻默不作聲，龜縮如鼠

妳辯白，這是大公無私的
正義且良心的發射
我天問，博取聲量的
背脊虛榮陰影
會不會在你心中
蒙上陣陣不安的漣漪？

鑿空 —— 曾恕梅

海洋孵化貝殼
貝殼孕育珍珠
珍珠耀成星芒

棋盤因著命運移動
主角國王騎士皇后
規劃疆土
追逐太陽不墜落的地方

望遠，鏡
鏡頭後遼望的眼睛
等待
口沫污染不到汪洋

編織一個線索
天堂

630720000 —— 鍾小魚

我的心事始終如鐘乳石般
一點一滴的沈積

當六百三十億
零七十二萬個滴答經過
已然巍峨

所有膠結的思緒和忸怩
都被歲月壓密為古老的層理
即使風化的時刻到來
仍然期待你的探訪
一一挖掘出那些

屬於你的
祕密

造夢者的圖象 ——梧桐

視覺堆疊視覺
觸覺堆疊觸覺
推升孤獨意念

一個人要走多遠多久
才能抵達心靈圖象
一個聲音加上環境的聲音
如市集，老街，車站，家鄉
曾經的喧鬧，繁華成過去
聽成測量視覺的距離

圖象迤邐
宛如黑暗移動的光曦
牽引覺知走進
讀一段宇宙翻閱每一顆星球
探索、冒險、蒐集、記錄
雙腳走過造夢的圖騰
咀嚼春夏秋冬豐富孑然生命

過去堆疊現在
點燃未來
滿天星斗映照人間煙火
循圖索驥，穿越，回歸出生地

我就是信號 ——顏瑋綺

一千四百四十四次落日
足以稀釋悲傷嗎
黃昏拉走太陽
街燈點亮小行星
「信號，信號非常重要」
「你只要慢慢走就可以一直在太陽下」

點燈人重覆點燈熄燈點燈熄燈，晚安
（信號必須絕對……）
點燈人重覆點燈熄燈，晚安
（只要慢慢走……）
點燈人，點燈，早安
他，小心翼翼的慢慢走
一小步一小步
太陽陪伴著
他感覺暖暖鬆鬆的
走累了就停下，晚安
揉揉眼睛，睡著了

離開地球，小王子渴望玫瑰
沒有時間問候
他撇見
點燈人散步曬太陽，關燈睡覺
「啊，我的朋友就是自己的信號」
小王子迫不及待想告訴玫瑰

六種孤獨 —— 小王

石秀淨名

— 第一首台文長詩 —

01

325 小行星的國王

325 頭一粒星頂懸攏予彼領
十足華麗的貂皮大袍衣彼領
胭脂色近乎深紅色的番仔幔
罩住罩滿，彼領罩袍規粒星
躂一位國王，要說小王子還太小
品嚐不到紅色的孤獨以及權力的
傲慢嗎？不！合理，條件，時機
國王要說的是這，一寡物件

國王伊的寶座看著真簡單，毋過
真有威嚴。「啊！我有一個子民
（伊影到）來矣！」影著小王子
古錐的身影的時陣，伊，足自然
足大聲，按呢講

小王子感覺奇怪？伊都毋捌看過
我，曷知影我是啥物人？對國王
來講，這个世界不止仔簡單誠正
是所有的人攏是伊的子民。「你
行較倚來咧，我（伊足臭煬的）
毋才看你會清。」小王子四界看
規粒星干焦會當繼續徛咧，真正
有夠忝矣！所以煞來哈唏。

「佇咧本王的面頭前哈唏，足無
禮貌，我毋准你按呢做。」
「我真正擋袂牢，我對路頭足遠
足遠的所在來的，也無睏飽……」

子相遇的六個星球

「若按呢，我命令你哈唏！我毋捌看過人哈唏幾若年。緊咧！閣哈唏一改，這是命令。」

小王子規个面紅絳絳。
「你按呢會假我拍生驚，我無法度閣哈唏。」
「欸！欸！無我……命令你有時仔哈唏，有時仔……」這國王小可仔大舌，看起來若欲起性地。因為伊真愛別人尊重伊的權威，所以他的命令攏是合理的。「我若是命令，一位將軍去變做海鳥一隻，伊若是無聽命令，這是我毋著。」

「我敢會使坐落來？」小王子末後誠歹勢假伊問。
「我命令你坐落去！」伊真有威嚴摸一下他罩住規粒星的深紅色貂皮大領衫。

毋過小王子
雄雄去予驚著矣！這粒星遐爾細，伊是欲統治啥密物件？

「大人真失禮來拍斷你的話……」
「我命令你拍斷我登咧供的話。」
「大人你佇這跡到底統治啥物？」
國王應假足簡單耶：
「我啥物攏統治。」

國王指了指這一切，他的星球、別的星球和所有星星。看來伊毋但是一位足專制的國王，猶閣是一位啥物攏愛管的國王。「遐的星攏聽你的話？」
「當然，」國王回答伊，「所有的星攏嘛聽我的話。我袂當忍受別人，無守紀律。」

小王子心咧想，伊若有這款權力，伊家已就會使一工內看著不只四十四擺是七十二擺，抑是一百擺，二百擺的日頭落山，根本就免去假椅仔徙位。想起著伊放捒的彼粒星，小行星，伊感覺有單薄仔傷悲，伊太膽姑情國王：「我想欲看日頭落山……國王啊！拜託一下，請你命令，下令日頭趕緊落山……」

「我若是命令
一位將軍親像一隻蝶仔按呢
對一蕊花飛到另外一蕊花，抑是
命令伊寫一齣悲劇，抑是
變做一隻海鳥，伊若是無去完成
命令，這是愛算誰的毋著？」

「是你毋著。」小王子真肯定假國王供。「無錯！所以咱愛要求每一个人做伊才調做的代誌。權威嘛愛有，合理性做基礎才著。你若命令子民，去跳海，大家就會反起來革命。我有

權力要求別人服從，是因為我的命令
攏是合理的。」

「你的日頭落山一定會看著，我會下
命令。毋過佇我的統治原則內，我著
愛等條件，對我有利。」

「條件底時，才會有利？」
「欸！欸！」國王哪假伊應，哪掀一本
足大本的曆日：「下暗，下暗，差不多
七點四十分吧！你到時就知影，是我的
命令，別人一定會遵守。」

小王子閣哈唏，看袂著日落，伊感覺
真可惜，到尾手，感覺有小可仔無聊
：「我欲來走矣！」伊假國王講。

「你嘜走！」有一个人做伊的子民，
國王感覺有夠風神，「嘜走！我予你
做部長。」
「啥物部長？」
「做……司法部長！」
「毋過，你遮也無人，好判決。」
「猶無的確喔！我軋未全國行透透咧。
我真老啊！我遮無位囥一台馬車，家己
行路閣傷忝。」

「呃，這裡我已經看過了。」
小王子伊倚較頭前咧
欲閣看覓規粒行星的另外一爿
彼爿嘛全款攏總無人

「你會使判決你家己，這是上困難。
評判家己比評判別人，加足困難耶。
你若做會好評判家己，閣真是聖人。」

「問題是我，我行甲佗位，攏會使評判
家己，無需要跍佇遮。」小王子這樣說

「欸！欸！我相信注意聽
佇我這粒星頂懸的佗一跡
有一隻足老的鳥鼠我暗時
會聽著伊的聲。你
會使判決彼隻鳥鼠，有時
會使判決伊死刑，按呢伊的性命
就聽你的審判。毋過你逐擺著愛
甲赦免，按呢較省事。因為干焦
這隻爾爾。」

小王子說：「我無洽意
假人判死刑，我看我好來走矣。」

「嘜啦！」國王說。
小王子說：「國王！你若是希望
人家聽你的命令，你會使叫我做
一件合理的代誌。比論，你會使
命令我一分鐘內趕緊走。這馬的
條件拄仔好真有利……」

國王啥物攏無講，小王子到尾手
吐一咧大氣，閣來離開矣。「我
予你做我的大使！」國王忽然間
嘩出來，真正大聲，聽起來足有
威嚴

又
那把被胭脂色近乎深紅色的彼領
番仔幔罩住罩滿的國王伊的寶座
看著真簡單，毋過真有威嚴真的

絕對
權力絕對孤獨的
威嚴

這是一粒無任何貓膩的
彩蛋或者無彩蛋的貓膩，0 與 1
充滿癮頭的，嘔吐，物

又
從人造衛星照回來的照片是
奇艷無比的尖端
灑金的血紅暗中虛無死無的
錐起，附註獨獨
不見有國王這 325 號小行星

02

326 小行星的虛榮者

「大人真正有夠奇怪！」
心內按呢想，佇旅途中的
小王子終其尾來到第二粒
小行星，頂懸蹛著一位虛華的人

「哎喲！有一个
愛慕者來看顧我！」這个虛華的人
看著小王子，對遠遠閣按呢大聲嘩

小王子對伊講：「賢早！你的帽仔
真心適。」
虛華的人說：「這是欲行禮用的，
人若假我拍噗仔，我就提這帽仔來
回禮。毋過真可惜，這攏無人對這
搭過。」

「嗯？」欻？捎無摠的小王子說。

「你的手緊舉起來拍噗仔。」虛華
真虛華的人假伊按呢建議。小王子
於是拍了一下手。這个虛華的人就
真謙虛的形，假帽仔略略仔提懸來
回禮。這較趣味！比去拜訪國王，
閣較趣味。小王子心內按呢想所以
閣拍一擺噗仔。虛華的人又閣帽仔
提懸假伊行禮。五分鐘後，小王子
玩累了。感覺欲落去閣按呢，真正

無聊。於是他問：「若愛你假帽仔
提落來，著愛按怎做？」

毋過虛華的人攏無聽著伊供欸，話
虛華的人攏聽袂著呵咾以外欸，話

因為對虛華的人來供，別人攏是伊
伊的愛慕者；是不是按呢？

「你敢是真正，遐爾欽佩我？」
「欽佩是啥物意思？」
「欽佩就是承認我是這粒星球頂懸
上蓋緣投，穿衫上蓋媌，上蓋好額
兼上蓋巧的查埔人。」

「毋過這粒星頂懸，閣干焦你一个
人啊？」

「拜託你閣假我拍一改噗仔，一改
鬥幫贊　干。」

「我會使欽佩你，」小王子肩胛頭
有小舉懸起來，「毋過這對你來講
有啥物好歡喜的？」

「我會當欽佩你，非常欽佩你，」
這句話加上拍噗仔聲，佇遐佇空虛
有佇咧若無佇咧的風中飛來飛過去

又從人造衛星
照回來的照片是一條
手巾打上雞血

附註獨獨不見有
虛華的人 326 號
小行星頂懸

隱隱會不會有隻牛，我有點卡通

我是說舉帽仔的牛隻？望著空中
打上雞血的，不斷風動的
誰的手巾？假帽仔略略仔提懸來

我只好希望，很孤獨的希望
那是一隻機器牛，不斷的不斷的
略略仔……

03

327 小行星的酒徒

下一粒星亦就是 327 號小行星
頂懸蹛一个愛啉酒的人，這逝
煞引來小王子足大足大的悲傷
雖然時間真短

「你佇遐創啥物？」小王子還太小
袂率啉酒，小王子看到伊的頭前，
有一山坪的空酒矸仔，閣有一山坪
軋未開的酒矸仔。

「我啉酒。」伊按呢應，一个人
面憂面結。「你為啥物欲啉酒？」
「我為著欲放袂記得。」
「欲放袂記得，啥物物件？」
「為著欲放袂記得，我真落氣。」
啉酒的人頭犁犁，繼續按呢來承認
「啥物代誌予你真落氣？」小王子
想欲假伊鬥相工，所以按呢問……
「是啉酒予我真落氣！」供煞了後
伊又閣恬恬毋出聲，這啉酒的人

小王子啊
干焦知影家己有一種
供不出來的傷悲
毋過心內想攏無想無
就來走矣

又從人造衛星照回來的照片是
血艷的一悲，喔！一杯空杯，血液
血液的結晶細細粒粒，獨獨不見有
星球加拚咧啉酒，頭犁犁的人

04

328 小行星的商人

第四粒星是生理人的星，這个人
足無閒的，我看不單小王子到位

任何人到位的時，伊連頭殼都無
都無法度
舉起來
一下。「賢早，」小王子對伊講
：「你的薰，灰去矣。」伊的頭
不屬於他的，他就是所有的數字
：「三加二，五；五加七，十二；
十二加三，十五；賢早。十五加七
是二十二；二十二加六，二十八；
我無閒通去點薰矣。二六加五，三
十一。啊！攏總五億一百六十二萬
兩千七百三十一。」

「五億的啥物？」
「咦？你猶閣佇遐……
「五億過一百萬的……
「我袂率停，我稠頭誠濟！我這个人
足頂真欸，我才無欲插遐有的無的！
二加五是七……」

「五億一百萬的啥物？」小王子問題
見若出喙，就一定袂來放棄，伊閣再
問一改。生理人假頭舉起來，終於：
「我蹛佇這粒星已經有五十四年矣，
干焦予人攪擾三擺。頭一擺是鵝抑是

金龜仔二十二年前，不知影對佗位落
了來，伊喝一聲足大聲的，害我算法
算毋著四改。第二擺是十一年前，我
去拄著風濕的症頭。我欠運動，我，
這个人足認真的，無閒四界去散步。
第三擺就是這擺！我頭拄仔供，五億
一百萬的……」

「五億過一百萬的啥貨？」生理人
現此時知影，伊無回應，閣無清閒
：「咱有時陣，會佇天頂，看著的
幼屑仔，規百萬粒彼款的。」

「彼款？胡蠅喔？」
「毋是啦！彼款，爍一下，爍一下的
幼屑仔。」
「是蜂？」
「毋是啦！是彼款金色的，會予貧惰人
陷眠的幼屑仔。毋過我這个人足認真的
才無時間陷眠。」
「啊！天頂的星喔。」
「著啦！是遐的星。」

「五億萬粒的星，你是欲創啥？」
「五億一百六十二萬兩千七百三十一。
我足認真的，我足斟酌的。」
「遐的星，你欲創啥？」
「我欲創啥？」
「無毋著，你，欲創啥？」
「無欲創啥。遐的天星，攏是我的。」

「天星是你的？」
「無毋著，是我的。」
「我捌看過一个國王……」小王子說。
「可是國王無物件啦！伊是統治爾爾。
這攏無仝款。」
「毋過你佔有遐的星，天頂的星，這有
啥物路用？」

「這予我，成做足好額的！」
「足好額的，有，啥物路用？」
「足好額的會使買足濟粒星的。若是
有人閣發現著新的星，彼粒星又閣是
我的。」
（這个生理人的推理，小可仔有像彼个
酒鬼。）
這个時陣，小王子繼續問伊的問題：
「咱按怎會當佔有天頂的星？」
「遐的星，是啥物人的？」生理人開始
歹性地來假伊應：「我哪知影，這應該
毋是啥物人的。」

「所以閣是我的，因為我上早想著。」
「敢按呢？」
「當然是按呢！你若揣著一粒璇石無人
的，彼粒閣你的。你若揣著一粒島無人
的，伊閣是你的。你若上早有一个啥物
想法，你閣會使申請專利：你看！這个
想法閣是我的。我有遐的星，因為佇我
進前，攏無人想過，欲假遐的星，完全
佔起來。」

「按呢供袂率供你毋著，」小王子閣供
落去，「毋過我想無，你欲假遐的星，
提來創啥？」
「欲假遐的星提來創啥？我會當管理，
我會當計算，算了閣再算，」生理人又
閣供，「這真歹做，毋過我這一个人，
蓋頂真！」

小王子軋未感覺滿意，伊供：「若準我
有一條圍巾，就會使假伊被啒領仔頸來
提走。假使我有一蕊嬌花，嘛會使假伊
遏落來提著。不二過你袂當，假遐的星
提落來！」
「天頂的星，我是提袂走無錯，毋過我
會當假伊寄佇銀行。」

「你這是啥物意思？」
「就是供，我會使佇紙頭頂懸，註記我
有幾粒天星。徙落來，我就會使假這張
紙頭來鎖咧屜仔內底。」
「就這樣？」
「按呢就有夠矣！」
「真好耍，」小王子想佇心內，「敢若
真有詩意，毋過沒啥物意義。」
小王子對認真的代誌，伊的想法，攏是
佮大人所想的，誠無同款。

「我有一蕊花，我會逐工假伊沃水。我
有三粒火山，我會逐禮拜假伊摒掃。我
連彼粒死活山嘛順紲摒掃。這款代誌，
袂按算幾。摒掃對火山有所幫助，沃水
對花蕊嘛有幫助，所以我是按呢，佔領
遮的一寡物件。毋過你對遐所有的星，
無啥路用。」

生理人這咧時陣，喙啊開開，足大坑，
真正毋知愛按怎假伊應。所以，小王子
只好就來離開。

又從人造衛星傳回來的照片
是拆卸的時鐘，只剩下鏡面
微帶危殆光影
在血紅的皺褶，絨布太虛中

是秒針？分針？時針？散了
散了不見所有數字，有人說
血紅皺褶是商人的，那一顆
腦袋，傳導了數字之愛⋯⋯

05

329 小行星的點燈人

小王子一路上來到第五粒星

這是上蓋細粒的星。拄拄好
干焦會使蹛一枝路燈，佮予
一个點燈的人徛佇遐；小王子感覺
足奇怪，無法度理解這，佇天頂的
一个所在，一粒無厝無人蹛的行星

：一枝路燈佮一个點燈的人

這有夠譀古！這有啥路用！毋過這譀古
嘛袂比國王、虛華的人、生理人佮酒鬼
較譀古。上無伊的工課真有意義。伊點
路燈的時，袂輸閣再有一粒星抑是一蕊
花出世。伊假路燈禁掉的時，袂輸親像
一蕊花抑是一粒星睏去啊！這是伊足媠
足媠的頭路，因為這款頭路足媠的所以
真有路用。小王子降落這粒星頂懸的時
真尊敬來假這位點燈的人攄手相借問：
「賢早！你拄才為啥物假路燈禁掉？」

「這是指令，」點燈人應聲：「早。」
「指令是啥？」
「是愛假路燈禁掉！暗安。」伊假路燈
又閣點予著。
「毋過拄才為啥物假路燈閣點予著？」
「這是指令，」點燈人應。
「我袂當了解。」小王子說。
「無啥物愛了解的，指令就是指令，你
賢早。」
伊閣假路燈禁掉。

尾仔伊用一條紅格仔的手巾仔，假額頭
拭拭咧。

「我食這个頭路，做落卡慘死。較早，
算有合理，我日頭時禁火，暗時點燈。
有冗出來的時間，我會當小歇睏一下，
規暝有時嘛通睏一下⋯⋯」

「你是供，自彼陣起，指令改矣？」
「無咧！無！指令無改，」點燈人講，
「就是按呢！才有影悲哀。」

「徛咧！續咧！這粒星一年一年，越踅
越緊，這，哎呦……」
「所以……」小王子問。
「所以這馬，伊一分鐘，就踅一輾，我
連一秒鐘都袂當歇睏，一分鐘就愛點燈
禁火，一擺！」

「真趣味！佇你遮
一工才一分鐘遐爾長。」
「哪有？這一屑仔趣味閣無，」點燈人
說了，「咱佇遮，互相開講，已經有，
一個月矣！」
「一個月？」

「著。規欄好好！三十分鐘，三十工。
暗安！」
伊閣假路燈點予著。

小王子看著伊，真佮意這个對指令
遐爾死忠的點燈人。伊想起較早，
愛徙椅仔去揣夕陽的故事。伊想欲
假這位朋友鬥相共：
「我知影有一步，會當予你，想欲
歇睏的時，小歇睏一咧……」
「我真正有想，想欲歇一睏啊！」
點燈人說。

咱人，有時仔會使又頂真閣貧惰。

小王子耍落去講：「你的小行星，
遐爾啊細粒，踏三跤步就踅一輾矣。你
干焦需要沓沓仔行，沓沓仔就會使一直
踮佇日頭跤。你若想欲歇睏，就閣繼續
行……」

你想欲日時，有偌長，就有偌長。」

「毋過，這對我來講，嘛無啥路用，
其實我這世人，我上愛的就是睏。」
「按呢你真歹命。」
「按呢！我真歹命，」點燈人講，
「賢早。」伊耍落去假路燈禁掉。

又
從人造衛星照回來的照片是不見
路燈和點燈人，只有暗中長紅的
嘴唇賁張的符碼，可能
該星球真正細粒予大家瞧不起吧
從國王到生理人，有可能……

伊是我獨獨一个
看著袂感覺譀古的人，
凡勢是伊毋咧無閒家己的代誌。
（有人對家己按呢供）

那個符碼，看來是小王子遺憾地
大大嘆了口氣：「伊是十焦一个
我會使做朋友的人，不二過伊的
星傷細粒矣！無所在徛兩个人，
長期。」

06
330 小行星的地理學家

小王子的內心
毋敢承認對這粒天公有保庇
亦就是足幸福有點燈人這款
人的行星，伊沒辦法來離開

嗯，伊上蓋毋甘啦！
亦有二十四點鐘內會當看著
一千四百四十擺的日頭落山

直接切入正題，第六粒星比無所在
通徛，袂率長期抱作夥的星有十倍
大
頂懸蹛一个老歲仔佇咧寫足大本的
冊

「哇！緊看有一个探險家來矣。」
伊看著小王子來的時，按呢大聲喝
小王子無咧客氣，佇桌仔邊坐落來
歇喘，伊行過足濟所在矣！有夠濟

「你對佗位來？」老歲仔假伊問。
「彼本冊是寫啥物，遐遘仔厚？」
小王子問伊，「你佇遮咧創啥？」

「我是地理學家。」老歲仔供。
「啥物是地理學家？」
「閣是一个知影海，知影溪，知影
城市，山嶺佮沙漠佇佗位的有知識
的人。」

「真厲害！這是一項真正的頭路。」
不止仔是檔頭，耍落來伊目睭四箍輾轉
咧影這位地理學家的行星。伊毋捌看過
遐遘壯觀遐遘媠的星。「你這粒星有夠
媠喔！先生照你所知，遮敢有海洋？」

「我無地知影。」老歲仔供。
「啊！」哪欸按呢？小王子耍落去問：
「敢有山？」
「我無地知影。」地理學家供。
「按呢敢有城市，溪河佮沙漠？」
「這我嘛，無地知影。」老歲仔供。
「毋過毋過，你是地理學家……」
「無毋著我是，」老歲仔供，「毋過我
毋是冒險家，探險的人。我拄好欠一个
會使探險的人。地理學家毋是去算佗位
有城市、溪河、山嶺、海洋佮沙漠的人

……地理學家算供非常重要，所以袂率
四界趖。伊袂使離開伊的辦公室，毋過
伊佇辦公室接見探險家。伊假伊問問題
將伊會記得的代誌寫佇簿仔底閣是一寡
冒險。若是感覺伊的記持一寡代誌淡薄
淡薄仔心適，阮閣會去調查看覓仔冒險
這一个人有古意無？古意無古意？」

「調查這，欲創啥？」
「因為供白賊的探險家，會佇紹介地理
知識的冊引起真大的麻煩。啉傷濟酒的
冒險家嘛全款。」

「為啥物？」小王子問。
「因為啉燒酒醉的人看物件花花有副影
按呢所以干焦有一粒山的位置，這地理
學家因為伊有可能會去記做有兩粒。」

「我有熟識一个人，伊一定袂當做一个
好的探險家。」
「凡勢。著啦！探險的人哪是人品看咧
無啥問題，咱抑是阮，就愛去調查伊的
發現試看覓。」
「咱敢愛家己去試看覓？」
「毋免，按呢傷過麻煩啊！毋過咱愛去
要求探險家提出證據。伊若供發現一支
懸山，咱閣叫伊提幾粒仔遐的石頭轉來
不能小喔！」
這老歲仔雄雄煞來想著：
「欸，你是對足遠的所在來的？所以你
是探險的人。你著愛假我供出你的行星
種種。」

這位地理學家將伊的簿仔趕緊掀開加上
假伊的鉛筆削削咧。對了！探險家供的
攏是先用鉛筆記落來，愛等伊提出證據
才用墨水筆假伊供寫起來。

「所以，你有啥物欲講的？」
「啊！佇阮兜攏無啥物心適的物件，」
小王子看起來足歹勢，「阮兜逐項物件
攏足細。我有三座火山，兩座活的一座
死的，毋過這種代誌袂按算幾。」
「毋過這種代誌，袂按算幾。」老歲仔
率落供。
「我猶閣有一蕊花。」
「地理學無咧記錄花。」
「為啥物？花是世界上，上婞的！」
「因為花不永久，花傷短歲壽。」
「短歲壽是啥物意思？」
「地理學是所有的冊，內底，上珍貴的
冊。這款冊永遠袂過時，山真罕咧會去
徙位，海嘛真罕咧會去焦去。我寫的是
永久永遠的代誌。」

「不二過，死火山有可能，會驚醒，」
小王子假伊接話，「會精神！短歲壽是
啥物意思？」
「對阮來供，火山是死，抑是活，攏嘛
全款。阮感覺較重要是，山。山，久長
袂改變。」

「毋過短歲壽到底是啥物意思？」
小王子伊這世人若是問一个問題，閣愛
問出結果來。
「意思就是，黏瞇閣欲曲去矣！」
「你是供，我的花黏瞇閣欲曲去矣！」
「當然。」
「你是供我的花短歲壽，」小王子佇伊
心內咧想，「伊干焦有四枝刺，來保護
家己對抗這個世界。我竟然將伊，孤單
留佇厝內！」
這是伊頭一擺感覺真後悔，毋過伊猶原
起大膽：「先生！你建議我愛落對佗位
去看啥物？」
「去地球！去地球，試看覓，」老歲仔

回答伊，「這粒星名聲好……」

又
從人造衛星傳回來的照片
獨獨不見所謂的地理學家
有的是很厚很厚堆疊起來
某星球的一列書就 330 號
在某紅色帷幕前？很永久
很永恆的在
冊冊冊冊冊
在在在在
書書書書
在在在
冊冊冊
在在
書書
在
冊

宇宙中，暗黑中
一系列，一落，一塔！
書永久，書永恆
大知識，真實？真假？

又
知識和生命一樣孤獨。
生命和權力一樣孤獨。
權力和數字一樣孤獨。

其他次要的孤獨則為
舉高禮帽的虛華、落氣啉酒的癮頭
以及過勞死一個人點禁燈火的必要
拼搏！

漂泊の詩情

松尾芭蕉其人其詩

07　EXCLUSIVE

田原評詩・日本詩選

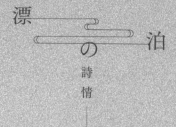

漂泊の詩情

松 尾 芭 蕉 其 人 其 詩

ABOUT 田原

田原，旅日詩人、日本文學博士、翻譯家。1965 年生於河南漯河，90 年代初赴日留學，現任教於日本城西國際大學。出版有漢語、日語詩集《田原詩選》、《夢蛇》、《石頭的記憶》10 餘冊。先後在臺灣、中國國內、日本和美國獲得過華文、日文詩歌獎。主編有日文版《谷川俊太郎詩選集》（六卷），在國內、新加坡、香港、臺灣翻譯出版有《谷川俊太郎詩歌總集》（22 冊）、《異邦人──辻井喬詩選》、《讓我們繼續沉默的旅行──高橋睦郎詩選》、《金子美鈴全集》、《松尾芭蕉俳句選》、《人間失格》等。出版有日語文論集《谷川俊太郎論》（岩波書店）等。作品先後被翻譯成英、德、西班牙、法、義、土耳其、阿拉伯、芬蘭、葡萄牙語等十多種語言，出版有英語、韓語、蒙古語版詩選集。

漂泊的詩情

——松尾芭蕉其人其詩

文 田原

1

在一千數百年日本有文字記載的歷史中，松尾芭蕉是一個閃亮的定律，他超越文學範疇成為了一個普遍的文化符號，更成為一段清晰可辨的歷史和時代記憶。

在世界各國、各民族、各語種的文化、文學和藝術史中，像芭蕉這樣里程碑式的時代人物毫無疑問都是寥若星辰的存在。

1644 年前，也就是中國的明末清初時期，松尾芭蕉出生在關西地區三重縣一個在當地略有權勢的農民家庭。芭蕉在家排行老三，上有一位哥哥和姐姐，下有三位妹妹（也有一位妹妹之說）。 1661 年，18 歲的芭蕉開始在當時名聲遠播的貞門派俳人北村季吟（1625-1705）的門下學習俳句。1682年，他在出版的俳句集裡初次使用「芭蕉」這一俳號，「芭蕉」取自芭蕉隅出川畔的居所「芭蕉庵」。在此之前，他一直使用的俳號是「宗房」和「桃青」。「宗房」為本名，「桃青」源於詩人李白的名字，一是出於對李白的敬仰，二是由於芭蕉的謙遜。李子對應桃子（據說芭蕉喜歡吃桃），白對應青。意思是李子泛白（成熟），桃子還青（未熟）。言外之意跟大詩人李白相比，自己還很嫩是尚未成熟的桃子。芭蕉俳句裡的引經據典多源自唐詩，陶淵明、李白、杜甫、白居易、王維、賈島、寒山等詩人的詩句和典故常常出現在芭蕉的詩文中，對他產生了深遠影響。

2

俳句雖起源於日本，卻是間接受中國古詩影響的產物。

追溯俳句的來龍去脈，會輕而易舉發現它的誕生軌跡。

中國古詩（唐詩）→和歌→俳諧連歌→俳諧連句（俳諧發句）→俳句。從時代順序人致分為：唐朝→奈良時代 →平安時代→鎌倉時代→室町時代→江戶時代→ 明治時代。俳句演變成現在的形式，前後持續了一千數百年。

俳句作為世界上最短的詩體，在現代的文學門類中不僅最富有日本特色，而且也在日本文學中擔當著極為重要的角色。俳句在沒有成形為現在的 17 個音節之前，一直是作為俳諧連句的發句（首句）而存在的。俳諧的句式由可以獨立的發句五七五（17 個音節）和脅句的七七（14個音節）構成。雖然俳諧脫穎於和歌連歌，但它擺脫了和歌連歌自古形成的陳腐貴族氣和庶民難以企及的高屋建瓴的優雅。簡而言之，俳句從江戶時代的松尾芭蕉開始

革新和發生質變，在不失「風雅」的同時，融入「誠（風雅之誠）」、「寂（風雅之寂）」、「輕」、「物哀」之精髓，吸收庶民化的「俗（通俗性）」，雅俗共賞地把俳句發展到了極致。之所以把松尾芭蕉說成是閃亮的定律，是因為他先後受到「貞門派」（松永貞德 1571-1654）和「談林派」（西山宗因 1605-1682）兩大詩派的影響，並在他們壟斷江戶俳壇的背景下，率先將俳句進行了高度藝術化。

俳句雖然被叫了四百年，但俳句外在形式的真正定型卻是在晚芭蕉兩百數十年之後的明治時代。1893 年，夏目漱石的摯友俳人正岡子規（1867-1902）在《海南新聞》文化版連載「獺祭書屋俳話」系列隨筆時，開始宣導俳句形式的革新，掀起了俳革運動。之後又在 1897 年自己創刊的《子規（杜鵑）》雜誌上為俳句革新搖旗吶喊。俳句演變成現在的五七五這一形式，就是由子規親手締造，後被世人沿用至今。

3

芭蕉在日本被稱為「俳聖」。在他沒有被封為「俳聖」之前，橫跨鐮倉、室町和江戶三個時代的俳諧宗匠，通稱「俳諧三祖」，是高山景行，私所仰慕的三座大山。分別為：三重縣的荒木田守武（1472-1549）、滋賀縣的山崎宗鑒（？-1553）、京都的松永貞德。從三人的出生地來看，三人均為關西人。關西地區不僅是日本歷史文化的發祥地，更是日本古代文化和歷史最為繁榮的中心。

「俳聖」芭蕉似乎對應了漢語裡的「詩聖」杜甫。其實芭蕉的俳句既有詩仙李白詩歌中的浪漫情懷，又不乏詩聖杜甫詩歌中的現實精神。他們三人的共同點則為一生都在旅途和漂泊中度過，既是「順隨造化」，「以四時為友」，忘我地投身於大自然的異鄉客，又是情有獨鍾去親近、探尋和描摹大自然的羈旅者，而且生命的結局最終都是在旅途中客死他鄉。如果從詩性的角度將他們三人勉強比較的話，我覺得芭蕉離李白更近，理由在於他們倆天才型的不可模仿性。芭蕉與李白為後世留下的作品量也較為接近，《李白全集》收入了 1010 首詩，《芭蕉俳句集》收入了 982 首。李白與芭蕉的生命長度相差了 10 年，兩人均為病故，結婚的李白 61，獨身的芭蕉 51。兩人的不同點在於李白富有，芭蕉貧困。芭蕉的貧困也許與杜甫相當。可他們的時間和空間距離卻相差了近一千年。

俳句如同中國古詩在日語裡的衍生品，這樣說似乎帶有文化霸權的意味，但漢詩與俳句血脈相連從未被切斷過卻是事實。精通唐詩同時又寫得一手漂亮漢詩的正岡子規曾明言：「俳句、短歌、漢詩形式雖異，志趣相同，其中俳句與漢詩的相似之處尤多，蓋因俳句源於漢詩絕句之故」。俳句雖短，跟中國古詩一樣，短中有長度和深度，小中有厚度和廣度，其詩意和詩情的容量並不小於現代詩。相對於對仗、平仄、字數、押韻等規則嚴格的中國古詩，俳句的規則相對單純，一般而言只有兩條：一是形式上的

五七五，二是內容裡的季語。俳句的種類分自由律俳句、無季語俳句等。其基本特徵為：五七五韻律、季語、斷句（或不使用 18 個切字而斷句）、留下餘韻。作為譯者我還想再追加一條，那就是俳句裡的掛詞（一語雙關詞語）和枕詞（冠詞）修辭的運用現象。餘韻需要讀者和譯者正確地解讀出俳人的表現意圖，掛詞則需要查閱大量的文獻和核實詞語的多義性。

---

④

1672 年，29 歲的芭蕉立志靠俳諧師立身養命，為實現自己的人生理想，春天離開故鄉伊賀國上野，遠赴相隔約 500 公里的江戶（東京）。來到江戶的第二年，脫離貞門派的北村季吟，自立門戶。1675 年，32 歲的芭蕉開始使用新俳號，由「宗房」改為「桃青」。 兩年後的 1677 年，芭蕉取得成為專業俳諧師的「俳諧宗匠」資格。取得這一資格意味著從此可以收羅徒弟，指導和修改弟子的俳句習作。弟子是俳諧師的財源，類似於學生交納學費。日本俳壇至今仍保持著弟子定期向老師交納「添削料」（修改費）這一傳統。

1680 年，37 歲的芭蕉在弟子們的資助下，由江戶鬧區搬往弟子們齊心合力修建的深川草庵，深川草庵建在隅田川畔，屬於現在的東京江東區常盤一帶，那時應該是相對荒涼和安靜的郊外。草庵取名

「泊船堂」，因杜甫的《絕句》「兩個黃鸝鳴翠柳，一行白鷺上青天。窗含西嶺千秋雪，門泊東吳萬里船。」而得名。翌年春，弟子贈送的芭蕉樹在門前繁茂茁長，「泊船堂」因此改叫為「芭蕉庵」。芭蕉的俳號由「桃青」改為「芭蕉」也始於此時，這一年芭蕉 38 歲，已開始漸漸確立芭蕉俳句風格的「蕉風」。

在井原西鶴（1642-1693）出版 8 卷本處女作《好色一代男》這一年，也就是 1682 年，39 歲的芭蕉遭遇一場滅頂之災，「芭蕉庵」因附近大円寺火災的蔓延被燒毀殆盡。無奈之下，芭蕉赴東京周邊的山梨縣都留市短期居住。在弟子們群策群力重建完芭蕉庵后，重返江戶。值得思考的是，似乎是這場出乎預料的火災喚醒了芭蕉「漂泊」的使命感，為自己形同隱士的生活方式畫上句號。 他開始像自己仰慕和嚮往的詩人李白杜甫一樣踏遍天下，雲遊四方。 兩年後的 1864 年，41 歲的芭蕉在弟子苗村千里（1648-1716 ）的陪同下，開始了他的初次漂泊行腳──《野曝紀行》。之後，直到芭蕉離世的前兩年，他幾乎都是行走在旅途中。近十年間先後走遍了東西南北，風雨兼程。或探尋山澗險峻小路，穿林越河；或跋涉廖無人煙的荒野，迎來日出送走落日；或尋訪古剎神社，步前代歌人後塵；或雲遊各地看望弟子與俳人，切磋俳藝和宣傳蕉風……漂泊行旅期間，芭蕉創作了大量的短小精緻遊記（日語裡稱俳文）《鹿島紀行》、《笈之小文》、《更科日記》、《奧州小道》、《嵯峨日記》等。芭蕉在旅途中從大自然

獲得了無限的啟示，也獲得了無限的靈感，他的幾首家喻戶曉的俳句均寫於漂泊期間的旅途中，旅途中的千辛萬苦更加磨練了他的感性和筆觸。

開始四處漂泊的芭蕉曾在《幻住庵記‧草稿斷簡》裡記述：「這六年來，嚮往行旅，乃捨棄深川草庵，以無庵為庵，無住為住。僅有斗笠一頂，草鞋一雙，常在身上。」他在不少俳句也有寫實性地描述旅途的心得和遭遇，如借宿寺廟和陌生人家，有時甚至睡在蚊蠅紛飛的牛棚邊等等。芭蕉還在他的經典之作《奧州小路》的開篇序文〈漂泊之意〉中寫道：「日月如百代過客，去而復返，返而復去。舳公窮生涯於船頭；馬夫引轡轅迎來老年，日日羈旅，隨處棲身。古人畢生漂遊，逝於途次者屢見不鮮。吾不知自何日始，心如被風捲動的流雲，漫遊之志難以遏止。吾嘗延宕於遙遠的海疆，去秋，始返回隅田川畔的陋室。拂去蛛絲塵網，暫且棲居。倏爾，歲暮春歸，霞光泛彩，便又想跨越白川之關。興起，如鬼使神差，心旌搖曳，又似路神之邀，急切難耐。於是，吾補綴破袗，更換笠帶，施艾灸於足三里，而松島之月早浮蕩胸間。吾賣卻舊居，移遷杉風別墅。」（陳岩譯《奧州小路》）。奧州紀行使芭蕉的世界觀發生了很大變化，也是他的俳諧發生質變的契機。從凝視人類悲哀現實的宿命，轉向「閒寂」的俳諧表現。「醒悟到物皆自得的悲哀，只有高尚且美麗的事物才能存在，觸及到事物生命本身，並將其原本姿態直率純粹地加以抒情，才是〈不易〉的俳諧之道。真正的俳諧之道在於從超越現實矛盾的〈高悟〉，到達肯定現實精神，即所謂的〈歸俗〉。」

（中村俊定《芭蕉俳句集》岩波文庫）。這篇短文裡的古人我們可以聯想到影響過芭蕉的老莊、李杜、陶白等中國詩人，以及日本的西行、能因、宗祇、雪舟、千利休等歌人和藝術家。「松島」則是日本現在三景之一的松島海岸旅遊勝地，位於東北地區仙台東部。「去秋」指結束更科旅行之後的 1688 年。「杉風別墅」指蕉風十哲之一的俳人杉山杉風（1647-1732），他是在經濟上支援芭蕉的代表人物。

返回弟子們重建的芭蕉庵時，芭蕉已近知天命之年。1692 年，49 歲的芭蕉在江戶的居所潛心寫作和修改遊記。1694年春，《奧州小路》出版后，芭蕉在非俳人弟子次郎兵衛的陪同下重返故鄉。在歸途中，一路遊說俳句的「誠（真實）」、「不易（普遍性）」、「流行（隨時代開拓新意境）」與「輕（平易輕快）」之俳趣和審美理念，強調從日常生活題材中發現更為嶄新的真實、幽玄、閒寂、古雅之美，並將其更加率真、平淡、簡明、輕妙地表現到極致。源於芭蕉「不易流行」這一概念，至今仍時常出現在日本的文學、美術和批評界，「不易」是指無論世界如何變化都不會改變的東西；「流行」則是指隨著世界的變化而改變的東西。在芭蕉看來，只有把「不易（不變）」和「流行（多變）」這一相互對立的矛盾體放在同一位置，才能在堅實的基礎上誕生出新的藝術。芭蕉曾在俳文中花費大量筆墨詮釋他一貫主張的「誠」和晚年強調的「輕」，它是芭蕉從自身的俳句經驗中悟出的觀念，也是芭蕉俳句審美的核心，更是芭蕉宣導俳句革新的基礎，與日本傳統短歌和

俳句裡注重的「侘——わび（閒寂）」、「寂——さび（幽玄）」、「物哀」、「浸潤」、「細微」等審美意識是一脈相承的。「輕」還包含「輕中有重」這層含義，「誠」又是真情的吐露，也是對俳句無病呻吟的警醒，「誠」關乎於詩歌的深度和耐讀，「輕」則關聯著詩歌的易讀性。二者都是俳句通往眾多讀者的管道，也是與眾多讀者產生共鳴的不可或缺的元素。

1694 年 9 月 9 日，芭蕉為調停大阪兩位弟子浜田珍碩（？ -1737）與槐本之道（1659-1708）爭奪俳句主導權的不和來到大阪，先是仕弟子醫師浜田珍碩家住一晚，10 日住槐本之道家時，惡寒頭疼襲身，之後仍帶病傳授俳藝。9 月 20 日前後，病情稍有好轉。9 月 27 日，與女弟子俳人斯波園女（1664-1726）共同創作俳句后，於 29 日，病情復發惡化，上吐下瀉，臥床不起。10 月 5 日，病床運往御堂筋南御堂前的旅館「花屋仁右衛門」。10 月 8 日深夜，為弟子支考留下生前最後一首俳句，也算臨終絕筆的辭世之句《病中吟》：「病倒旅途中，夢裡荒野狂奔走」。10 日，寫下遺書。 12 日下午 4 時，一代俳聖命歸西天，享年 51 歲。當天夜晚，載著芭蕉屍骨的小船在澱川河上逆流而上，途經京都，於 13 日運往滋賀縣大津市內的義仲寺，在弟子去來、其角、乙州、支考、丈草、惟然、正秀、木節、吞舟、次郎兵衛十人的守護下，10 月 14 日遵照芭蕉遺書，於深夜 12 時，將其安葬在義仲寺內平安時代末期也是《平安物語》裡登場的武將源義仲的墓旁。據說當時燒香的弟子 80 人，普通上香者多達三百餘人。

5

俳句的本質被稱為「滑稽、戲言、機智、詼諧」。文藝評論家山本健吉（1907-1988）也列出過三個條件：1、滑稽。2、寒暄。3、即興。同為評論家的桑原武夫（1904-1988）則對俳句持有強烈的批評態度，把俳句揶揄為「不過是無法區分內行和外行的第二藝術」。他在 1952 年出版的《第二藝術論》一書中，曾花費大量筆墨指名道姓對俳人和俳句進行了批判，為當時的俳壇和批評界帶來很大衝擊，但有趣的是活躍於那個時代的俳人大都選擇了沉默。即便至今，有效回應桑原批判的文章仍不多見。跨越明治、大正和昭和三個時代的俳人、小說家高浜虛子（1874-1959）就是被桑原點名批判的俳人之一，高浜虛子的弟子水原秋櫻子（1892-1981）既是俳人，也是一位醫學博士。他只是取了貌似女性的筆名，實屬男性，原名水原豐。他曾對如何創作俳句列出過六注意八禁忌。六條注意事項為：1、抓住題材。2、識別中心。3、巧妙省略。4、鑽研搭配。5、使用易懂的現代語言。6、細心推敲；八條禁忌為：1、不寫無季語之句。2、不寫季語重複之句。3、不寫空想之句。4、不寫や、かな並用之句。5、不寫超越字數之句。6、不寫感動露骨之句。7、不寫感動誇張之句。8、不寫模仿句。水原的這六注意八禁忌實際上也是在傳授創作俳句的方法，但創作俳句的難度要遠遠超出這些條條框框。

翻譯俳句是對母語的挑戰，反覆琢磨修改仍很難稱心如意。

翻譯現代詩難，翻譯俳句更是難上加難。

同樣作為漢字文化圈，現代日語和現代漢語卻是相去甚遠的兩種語言。雖然雙方都在共同使用著漢字，而且相當一部分詞彙在兩種語言中還擁有著相同的意思。但因為語言性格的不同，兩種語言產生的詩歌所內涵的秘密並不容易捕捉，俳句尤甚。

周作人總結翻譯俳句心得時曾寫道：「至於俳句翻譯，百試不能成，雖存其言詞，而意境迴殊。」

古池塘
青蛙忽地跳入
水聲響
　　　　──松尾芭蕉（作者 譯）

43歲時，松尾芭蕉寫下這首廣為人知的俳句，也是確立「蕉風」俳句風格的最為重要一首。我沒有考察過這首名句被翻譯成了多少種語言，但我想至少不會少於50種外國語吧，單是這首俳句的漢譯隨手就能找出幾十種。據我的一位研究日本俳句的美國同事說，這首俳句的英語翻譯多到不計其數。某種意義上，芭蕉的這首俳句成為了外國語裡日本俳句的文學符號。漢譯中，周作人是不是這首俳句的首譯者還有待考證。

古池──青蛙跳入水裡的聲音。
　　　　──松尾芭蕉（周作人 譯）

讀周作人的短歌翻譯也能看出，他是在吃透原文和忠實於原作的基礎上，基本上原汁原味地置換到了漢語中，很少有添油加醋和刻意唯美的翻譯。周作人對明治時期石川啄木的幾首現代詩翻譯是最好的例證。但如果只是衡量芭蕉的這首俳句翻譯，似乎還有值得推敲和商榷的餘地。即便如此，周作人仍不失為是日本短歌俳句最好的理解者和翻譯者，他不僅譯出了這些日語古體詩的韻致和靈魂，也把它們的文學性活生生地轉換成了漢語。周作人沒有在形式上刻舟求劍地譯成押韻唯美的五七五，或許在於他比誰都更懂得短歌俳句的奧秘和本質，以及漢語和日語的兩種語言性格與表記的差異吧。憑他的漢語古文功底、語言感覺、文學天賦和日語能力，湊成押韻唯美的五七五，應該是易於反掌的事。

俳句某種意義上是拒絕翻譯的，除了它嚴整的節奏感和韻律以及日語語法和文字獨特的制約外，更重要的是俳句想要表達的是沉默、閒寂和清幽，或者說是禪宗中「無」的境地，「無」並非西方概念中的虛無主義，而是東方式思維中的一種情感純化和淨化心靈的精神境界。

俳句一般都會把它想表達的意義省略在只可意會不可言傳的餘韻裡──即它

真正的意義往往存在於沒有形成文字的字裡行間。但俳句會點到為止，恰到好處地為這種短詩的形式和內容畫龍點睛，從而向讀者釋放和傳達淡雅而又不失濃郁和深度，簡單之中透出深奧與複雜的藝術氛圍。一首好的俳句是作者和讀者想像力的共同體，需要雙方來一起完成，它首先是時間的勝利者，會在不同時代遇到仰慕它的高級讀者，亦或說一首完成度極高的俳句只會苛刻地選擇它青睞的讀者並與之共鳴。俳句穿越時空的速度和力量空前絕後，只因它以最簡潔、最快捷類似閃電的方式照亮眼前和解釋靈魂，「是傳播微光與顫慄的詩」（安德列‧貝勒沙爾）。

我曾在一首詩裡把芭蕉稱作中國的李白，實際上他在日語裡扮演了另一個漢語裡李白的角色。感性、浪漫、敏銳、精確、細緻、智慧而又充滿無限的想像力，他漂泊的詩情裡能尋到藝術和靈魂之根。即使數百年過去，芭蕉留在大地、山澗、海岸、林中、荒野、山巔和水邊的足跡仍清晰可見。詩意一點說，我們甚至還可以從藍天和星空的反照中，一眼就能看出芭蕉在遠古步履的姿影。

芭蕉的不少俳句都能感受到老莊思想的影響，他主張的「貫道之物」與老子的「人法地，地法天，天法道，道法自然」異曲同工，「道」都是廣義上的宇宙萬物。在這首俳句裡，芭蕉將中國古詩中虛實搭配的表現法做了絕妙的隱形處理，時間和空間在此清晰可辨，暗自湧動。在只有一個動詞「一躍」或「跳入」的這17個字母裡，芭蕉想要揭示的實際上是動與靜並存的矛盾共同體，或曰動與靜的哲學關係，禪味十足，主觀與客觀統合在一起，其韻味可謂「無極之外，復無無極，無盡之中，復無無盡」。青蛙和青蛙一躍而起的行為本身掀起的水聲為動的一方，它象徵著鮮活的生命，可歸類為發生和正在發生以及剛剛發生過的行進狀態；古池則代表著幽境與閒寂，既是作為歷史、時間和空間的參照物，也象徵著永恆不變的時間和歷史，為被動的接受方。「古」這一字是一個關鍵詞，它為這首俳句增添了不少質感。原詩中的切字「や」作為斷句的關鍵字舉足輕重，為這首俳句節奏的停頓和意義的遞進錦上添花。或許由於俳句在文字中的嚴格限制，詩人並沒有在青蛙聒噪的蛙鳴甚或青蛙眨動的眼睛這些環節上著墨，青蛙是單數的一隻還是複數的兩隻、是綠色還是泥土色甚至其大小都未在俳句裡點明，而是把它省略在文字之外，但仍讓讀者強烈感受到青蛙的動感存在。閱讀俳句，需要讀者想像力的配合，就像這首俳句裡的青蛙，思維正常的人一定不會把跳入古池會叫的青蛙想像成啞巴。在俳句中過度的修飾和宣洩是一種禁忌，它是靜態文學的代表，這與中國古詩中的極度誇張、詞語的張揚和重口味的情感色彩形成鮮明對比。

松尾芭蕉

田原、董泓每 譯

俳句選譯

ABOUT 松尾芭蕉

松尾芭蕉（1644-1694）江戶初期的俳諧師，生於伊賀國阿拜郡（現三重縣北部伊賀市）一個略有權勢的農民家庭。芭蕉乳名金作，通稱甚七郎、甚四郎。本名松尾忠右衛門、後改為松尾宗房。18 歲在俳諧師北村季吟門下研習俳句，29 歲隻身闖蕩江戶（東京），34 歲成為俳諧宗匠。初用俳號宗房，後使用桃青等。最後為芭蕉。芭蕉從和歌餘興的棄言滑稽開始，將以滑稽和詼諧為主的俳諧確立為藝術性極高的句風，被稱為蕉風，並被後世奉為俳聖，是日本歷史上最負盛名的俳諧師之一。1694 年 10 月 12 日，為調停兩位弟子的不和，病故於大阪。

姥桜さくや老後の思ひ出

姥櫻開花不長葉
想起老後沒齒身

あち東風や面々さばき柳髪

春風四處吹
梳理每棵
柳絲髮

春風にふき出し笑ふ花も哉

春風裡
吹出的笑容
包含花朵

命なりわづかの笠の下涼み

生命
僅僅是鬥笠下的
一塊陰涼

行雲や犬の欠尿むらしぐれ

行雲急匆匆
小狗翹腿尿一泡
村頭下陣雨

よるべをいつ一葉に虫の旅ねして

投靠何處去
小蟲乘上一葉舟
旅途不知期

愚にくらく棘をつかむ螢哉 [いばら]

| 不知自身蠢
| 捉螢抓在荊棘上

うぐひすを魂にねむるか嬌柳 [タマ] [タウ や なぎ]

| 黃鶯
| 飛入魂
| 嬌柳睡夢中

此海に草鞋すてん笠しぐれ [この] [わらんぢ]

| 丟草鞋
| 扔鬥笠
| 統統隨雨入海流

菜畠に花見顏なる雀哉 [な ばたけ]

| 飛來菜花地
| 麻雀賞花
| 露笑臉

秋をへて蝶もなめるや菊の露

| 秋天過
| 蝴蝶也品嘗
| 菊上露

古池や蛙飛こむ水のをと [ふるいけ とぼ] [おと]

| 古池塘
| 青蛙忽地跳入
| 水聲響

初雪や水仙のはの（わ）たはむまで

| 初雪
| 直到壓彎水仙葉

花にあそぶ蛇なくらひそ友雀

| 花叢中
| 牛虻在玩耍
| 麻雀朋友可別吃它

起よ起よ我友にせんぬる胡蝶

| 起床啦起床啦
| 和我做朋友
| 睡著的蝴蝶

冬の日や馬上に氷る影法師

| 冬日陽光下
| 馬背上的人影
| 凍僵在地上

あの雲は稲妻を待たより哉

| 那朵雲
| 等待著閃電
| 傳口信

朝顔は酒盛しらぬさかりかな

| 牽牛花
| 不知我們在狂飲
| 急著盛開

行はるや鳥鳴うをの目は泪
<small>ゆく　　　　　　なき　　　　　　なみだ</small>

| 春逝
| 鳥悲啼
| 魚目噙滿涙

夏草や兵共がゆめの跡
<small>つはものども</small>

| 夏日荒草地
| 武士在此爭功名
| 空如一場夢

閑さや岩にしみ入蟬の聲
<small>しづか　　　　　　いる</small>

| 一片寂靜
| 岩石裡
| 滲進蟬叫聲

蜻蜓やとりつきかねし草の上
<small>とんぼう</small>

| 蜻蜓
| 幾度欲小憩
| 草葉搖擺難駐足

雪の中に兎の皮の髭作れ
<small>うさぎ　　　　　ひげ</small>

| 雪地上
| 再為堆的白兔
| 添上鬍鬚吧

己が火を木々の蛍や花の宿

| 用自己的光
| 螢火蟲在樹叢中
| 造花屋

木枯に岩吹とがる杉間かな

| 寒風
| 削尖了岩石
| 杉林中

埋火や壁には客の影ばうし

| 灰中炭火燃
| 牆上客人
| 是吾影

旅に病で夢は枯野をかけ廻る

| 病倒旅途中
| 夢裡荒野狂奔走

物いへば唇寒し秋の風

| 說人長短
| 口生寒
| 冷似秋風吹

まとふどな犬ふみつけて猫の戀

| 踩過溫順的狗
| 叫春兒的貓
| 去交媾

塚も動け我泣聲は秋の風

| 墓塚也動容
| 我的哭聲
| 化秋風

合作社出版

《讀谷川的詩——谷川俊太郎詩選全集1、2》

谷川俊太郎

詩選全集

閱讀
宇宙詩人的
沉默之聲

作者——谷川俊太郎　編譯——田原

/ 特別收錄 /

谷川俊太郎親撰序言、谷川年表簡編，
並收錄譯者田原萬字專訪，
有助於讀者瞭解其創作脈絡與軌跡。

圖片提供：合作社出版

詩生活誌

人間魚

peoplefish
poetry & life

限量收藏特惠

《人間魚詩生活誌》第6～11期

任選四冊

各期封面任選

999元

（原定價每冊300元）

在金像獎詩人的道路上

走 on the road on the road on the road 上

走 08 on the road

上路道的人詩獎像金在

on the road on the road on the road on the road

08 on the road

on the road on the road on the road

走在

星洲家中的詩集
——和權

若問生命的重量

那廿一冊詩集
即是吾人一生的
重量。堪比一片落葉
抑或是一座大山
由歲月決定

一顆善心。滿懷感恩皆在
詩中

重量不重量無所謂
主要是　曾努力愛過
以及

憤怒過！

游泳池
——和權

浮沉了一生
也不知道自己的自由式
是否
正確？

爾今　站在池邊
靜觀池中人
于名與利之間　游來
游去。不禁
在一陣大笑聲中
離去

綠豆湯
——和權

好久沒喝綠豆湯了。思念
母親，卻比思念綠豆湯更甚

還有機會喝到它。因為情深
意重，老人家等在銀河岸邊

漣漪
——和權

夜深時分。多情的月光
打破寂靜　在心湖中漾出
一圈圈思念

微風聽見　蘆葦花也聽見

歲月靜好
—— 和權

天地有陰陽
太極分兩儀

有人間地獄
必有
天堂

有轟炸的導彈
就有民舍化為廢墟
就有一批批逃離家園的
難民

也必有太平之日子

只是
生命短暫。未必
看得到

會心一笑
—— 和權

格言不像格言
謎語不似謎語
的東東。稱之為「詩」

人脈、手腕加上心機
居然也能獲獎

細讀其詩。越讀
越是
搔頭

終於露出一朵會心的微笑

詩人的顏色
—— 許哲偉

你問，詩人是什麼顏色
此刻，我又犯了一個錯誤
人性像幼兒隨機塗鴉
無法空不異色
視網膜決定多彩世界

但我仍要說
沒有顏色的詩人如空瓶
透明，除了思想
看似碧湖上一朵白蓮
其似如無根浮萍
群聚漂移無害的雪月花風

地圖標誌顏色不同
隔岸，當年日蝕被趕落山谷
草根冒芽的星辰飛掛天空
日子由黑變成全國江山一片紅
孱弱簡體字需要過多運動
榮光的空椅，還在流放
詩人噤聲的牢籠

台灣，我們安生的唯一土地
像一幅超現實的抽象畫
任人以目瞽者想像
臆測歷史的意象或者無意象
大象仍在動物園

那些歌頌獨裁者的僧人都是妖
（得罪了一群人）
那些反骨背刺同志的政客都落選
（又得罪了一些人）
那些假借和平要將我們推向強盜一方
（這群人太多了，得罪）
還有口沫刀叉卻走豪富後門的那個人
（徒眾們，得罪了）
那些藝人內地內地的不要不要
（粉絲們，我又得罪了）
那些渡海基因仍在神遊江南小橋
（前輩們，得罪）
我得罪太多，瞧這個人
如何能賣出詩集

詩人就應如——
不動明王青面獠牙
心懷慈悲作忿怒相
以筆代三昧真火焚燒一切諸惡
稻草人以假亂真
嚇不退飢餓啄食的禽鳥

我的個性不能像海峽中線被模糊
荊棘堆裡伸出一隻手
還想往臉塗上自己鍾意的顏色
管你們喜不喜歡

曦光如亮

— 許哲偉

地球陀螺妳微熹的另一面
靈魂著，我
像潮芯的紙燈籠
沒入流沼而甦醒發亮

異想文字喜歡垂釣星辰
魚拓妳的眺望
清晨人聲即將金色野馬奔窗
留下戈壁寂寞的牆

時間，我還摘不到
那朵漂泊成癮的曦光
漁夫與牧人都在追逐疾箭
搭弓在眼睛虹膜
射往妳像夜鶯失聲的眼角

————

下雨天

— 許哲偉

你要創造一種美學
下雨天，對撞百變的文字
像大強子尋找
希望坡色自己的希格斯

愛，冷去如光年
若恆星白矮後微亮的光熱
雲想逃離天空
搭上黑色的風車旅行

吞噬憂傷宇宙的黑洞
微雨，都在左心室
蘊釀一杯咖啡中的反物質

鐘聲三響

— 許哲偉

1.
波赫士眼瞎也看得出
騙局，肆無顧忌的明目張膽
他們說起死亡
如同張網
捕捉一隻逃逸無蹤的飛鳥

2.
敲鐘者往往異類
釋放回音讓山谷互相撞擊
始終往復說著相同的話
如果愛情也能這樣
傷痕不會沙啞

3.
你的肉體其實是時間
從來不說
孤獨，像宇宙張擴膨大
以文字瞭望
繽紛星雲幾萬光年未達

風格轉換：習作

── 張華安

大雨的腳步聲，投入歷史的進程
河流在湍急，魚群在求生
我們在死亡面前，毫不退卻。
一支雨傘撐起整片天空
我們緊握手機，持續旅程。
一切都在灰飛煙滅，不用害怕
縱使說著，心裡卻在打鼓作響。
時間為我們停留，空間則不斷擴張
抽出一張牌是機會還是命運
我們在黑暗面前，持續邁進！

風格轉換：習作之二

── 張華安

敲響所有的水晶。
一雙雙鞋子自山丘下來。
太陽很遠，月亮很近。
夢裡的你沒有淚水。
我喝完整瓶礦泉水。
在臉書上默默地進行壁畫。
沉默是最大的喧囂。
仁者無敵，智者孤獨。
重新命名萬事萬物。
在星空下徜徉自己的身軀。

新時代

— 張華安／雙語詩

新時代就要來了，
就是今天。
綠樹沐浴在陽光下
人們在樹蔭下聊天下棋。
大家放下手機，做著運動
返老還童。
舊時代已經
是昨天，戰爭或許還沒結束
但我們已經找到了彼此。
前進吧，如果你有奮鬥的理由
就無須迷惘，前往新世界。

〈The New Age〉

The new age is coming,
which is today.
The tree grows under the sunshine,
and the people chat and play chess
under the shadow of the tree.
Everyone put down their smartphones,
doing exercise, just like becoming young again.
The old age is yesterday,
though the wars haven't ended,
We had found each other.
Carry forward, if you have a reason
to fight, then do not feel lost,
Go to the new world, together!

機會與命運

— 張華安／雙語詩

一切光亮的事物，來到這裡
就被黑洞吞噬。
我將獨自前往
探索裡面的風景，
抑或絕對的
黑暗？能穿過去嗎？
機會在我的掌紋上
命運閃耀在我的雙眼裡
我將直面死亡，了解
瀕死經驗的真假有無。
何時回到地球與大家見面？
我們在詩與遠方碰頭吧。

〈Chance and Destiny〉

Everything brightful has been
swallowed by the black hole.
I will go by myself,
to look through the scenes inside.
Is it totally dark? Could I pass through?
Chance has carved upon my hands,
Destiny shines in my eyes.
I should face death, to know
what will happen after death?
So, when do I come back
to the Earth to meet you all?
Let's wait in the poems and the next.

老街

—— 季六

老街，不想收拾
不想收拾日昨的毀棄
街角還藏著虎姑婆的故事
虎姑婆，虎口餘生
催化今夜未眠的街燈

「心靈老街」
走過年少的質樸與羞赧
一條活化的老街
在心靈私竄
走過時代的尖端與衝突
一條改造的老街
在心靈沸揚

老街的人文
帶有標註的商條
老街的風貌
帶些許鬆脫的頹喪
老街的斑朽
待從頭收拾片片

走近老街
推陳的琳瑯
和散落的塵埃交織著
鋪陳的雜貨
在不起眼的轉角招搖
老街的臨幸
待從頭收拾片片

塩水老街一隅

手機效應

—— 季六

發射支應衛星
馳騁天際，無死角
搭蓋雲端系統
裝載更新軟體
收集人情的闊氣與寒酸
再抓一把程式籠統
日子不就過得輕鬆許多

不管自己愛與不愛
不管別人如何看待
滑行迎合，點擊仿傚
時間信徒愛上時間殺手
　（跟著感覺走，死胡同）

遺世的邊緣人兒呀！
複製貼上

月半問親
── 季六／台文詩

拍鳥帽仔 [1]
烏仁的目鏡 [2]
三角肩 [3]，沿路行
閃過日頭縫
踏入大廟埕

廟頂一片雲跡佇咧攕手 [4]
閣講拜拜行對正手爿 [5]

脫帽仔佮剝目鏡
放落的三角肩
出將入相，禮門義路

月老廟內問神明
手挈 [6] 香檳合掌心
跋桮 [7] 允准問對相
這擺娶某 [8] 敢會成

中秋若到
心情像肖狗 [9]
落地三桮攏笑面
戇戇仔 [10] 咧笑，笑戇戇

註：
1. 拍鳥帽仔：狩獵帽。
2. 烏仁的目鏡：墨色的眼鏡。
3. 三角肩：三角肌。
4. 攕手：招手。
5. 正手爿：右手邊。
6. 挈：拿。
7. 跋桮：擲筊占卜。
8. 娶某：討老婆。
9. 肖狗：瘋狗。
10. 戇戇仔：傻傻地。

月半問親
── 季六／華文版

狩獵帽
墨鏡
斜著肩，沿路走
躲過陽光直射
踩進大廟口

廟前一朵雲彩在招手
還說參拜請往右邊走

脫帽子摘眼鏡
放鬆著肩膀
出將入相，禮門義路

月老廟裡問神明
手拿清香合掌心
擲筊允許問對相
這回娶親可否成

中秋到來
心情像瘋狗
擲地三回全笑杯
憨憨地笑，笑憨憨

莽撞的響應

——高朝明

雷霆被情緒擊中
無辜的雲朵被窠臼搓揉
閃電補光後的黝黑
陽光誤入

雲翼在側風失速
刮骨的冷意高調偏離軌道
撕裂的晴天從多層罅隙
擠爆・群驚嘆號
雨，終於迫降

落葉定居的水槽遽然失序
蛛網守不住的掛失
冷冰團登陸午後，斜行的擲地

雷雨肆意莽撞
所有的水窪紛紛響應

站起來走不出去

——高朝明

腰椎
相應在鬧鐘的喉管痛醒
一張疲弱滿身皺紋
貼布已失去安撫疼痛的布施
潰瘍，反噬

大門的距離愈來愈遠
地板愈來愈高
從床上跳下的青春已經失蹤多年

枴杖的膝蓋不停顫抖
淤積的鬢白開始髮上滋事
不斷更新，暮年

大廳到門口
被輪椅規劃出一道樊籬
站起來的眼睛
看不到走出去的腳印

遠方在眼眶寫首長長的詩
──江彧

晨光力大無比，輕鬆
抬起賴床的鐵捲門
街道嚷嚷的荒涼，一股腦兒攻佔
昨夜被圓月耽誤的雙眼
那麼大一袋相思的啼聲
對抗種滿憂愁的床褥是很大負擔
此刻，生來孔武有力的白髮
一根根穿越記憶，迅速竄出
自動自發幫心事一一扛起

騎樓信箱焚燒寒凍的投入口
把淌血腫脹的早報
摺疊成為地球沉默引信
海馬迴指派負責遺忘的爆破小組
小心翼翼，依舊無法折除
異鄉的烏克蘭母親眼瞳裏
·場場連續的，爆炸危機

防風林木的傳說
──江彧

挾怨的木柄
忌妒前世比鄰多年的友樹
常年扶危被海風欺凌的村莊
濟弱腳邊羸弱的小草。並且
不拒，嚷嚷琴棋的陌生來者
或涼爽招待老說書人
高談野史。闊論政事

只因鄰樹的身段太過正直
長袖阻擋狂妄烈陽的挑釁
善舞養士諸多鳥鳴
好讀的時光深受地方愛戴

以致
木柄的前世成為點名選中
第一棵被仰望的讚美
而墮下綠呼叫聲的枉然

歷經時間的鋸
剖。多方磨難
終於借助斧頭的憐憫，推薦
與斧頭結拜成異族共同體

借屍還魂，有了第二次生命
強壯的鬼──飾演新角色的姿勢
於是那天，被土地腳鐐的鄰樹
以句號的沉默展示，日出後第一聲
更龐大的巨響。

台北的天空
—
江郎財進

那些年我們都在唱
「風也曾溫暖，雨也曾輕柔
這世界又好像，充滿熟悉的陽光」
近日卻突然飛過颯颯的東風
肅殺墜落在臨海的宜花東
來吻美麗翻滾的浪
來吻鯨豚騰躍的歡暢
來吻我們難以就寐的夢鄉

把心扉調色到明朗
彤雲有心卻難以出岫
天空呼嘯而過
那四粒炙灼的東風
它如果不來
我們達達的裙裾
舞照跳，股照漲
它真的來了
我們含著一口的糖
喉嚨照甜，貪婪照夯
它如果卡在不來與來了之間
我們的後庭花卡在
隔海的中線
唱出藍綠白內耗的纏鬥嘴臉
任無常替偏安送終

那些年我們都在唱
「台北的天空，有我年輕的笑容
還有我們休息和共享的角落」
近日卻突然飛過颯颯的東風
肅殺墜落在臨海的宜花東
來吻龜山島吐出的硫磺
來吻四百年來福爾摩沙的滄桑
來吻我們此刻
焦慮難寐的夢鄉

豬仔來去
—
江郎財進

機場有三襲藍衫
扛著一頭豬仔要通關
人蛇的魍魎在吳哥窟的雲端
鬼鬼祟祟

航警說要集中檢疫
並且順便盤查
綠苔如蘚的詐騙線人
隱匿在魑魅橫逆的陰翳

三襲藍衫口吐
惡火
噴灑搶奪選票的業績白泡沫
響著聒噪的搖滾影音

爭執不休的當下，那台飛機
紅著乾澀的眼角膜
靜靜地在等待下一頭
豬仔，登機前去的票根數額

中
元
祭
　
──
林
篤
文

點亮案上燈
擺上七雙筷七只碗
斟酒七分捻香三柱
滿滿的桌等待先人來饗

佛龕香煙裊裊
引出一波波長長思念
廳堂飄逸的銀線，仰俯
雲朵開落
一場穿越陰陽界線對話

微顫的唇與持香的十指
朝向往生的方向
香煙沿著軌跡，遠行
同心圓

曾以為消散的，只是沉寂

走
繩
索
的
女
人
　
──
林
篤
文

單腳輕站繩索，往返
形於上的飄然
仰俯微風的尾韻
懸掛一條放浪身影

伸出長長的手臂
前方是海是藍天是星辰
觸及夢想
拉起陷入洞穴裡的人，探訪
夏季盛開的容顏

我是隻展翅的飛鳥
於熱情的午後，收集一雙雙眼
招領失心的人
穿越擱淺的日子

進香團
——乞丐的自述——
謙成

空中有鹽花的味道，這一趟
我越過重洋，來看生意場上的
風光。止住破罐子的羞澀，看在
藍天的份上，背城借一，慷慨解囊
善長仁翁請為我增色，只要
你一笑，解氣
解去這狂潮怒濤，就由我
給你救贖肉票，那困在慾海中
日漸貧瘠的島

不，我不是叫花子，我來
不是要飯
這身風流做派，衣架子和
筆挺的腰桿，雍容華貴的西裝
已知或未知都裝飾好
崇拜你臉上的血色
仰望，點點星光
馬照跑，舞照跳
衣香鬢影蒞臨的晚會，所在
所有，都是名流、風範

不多也不少，手把手，把自由的
空氣都折疊好，整齊擺放
收藏，裝進旅行箱
這次，只有一件行李寄艙
此行，渡船可以追趕
北回歸線的捷報
候鳥的雙翼，一念歸根
長此以往，從此岸到彼岸

那時我是愚蠢的過客
把未來的自己推翻
現在我從商，買賣的是名片
一張，自由世界的選擇
我自身就足以代表
一整團海洋，深藍色的立場

抽菸的老人・看海

——謙成

就把一葉菸草，卷成筒狀
劃一根火柴，童話自然形成
黑眼圈，和稀泥一般，和著你
和著舊時月色
嗯……就抽，一根菸的工夫
脫下軍裝的少年
走進片場，走進時光的隧道
剪影，剪接一齣電視劇
剪輯泛黃的歲月
片尾指定曲劃破合圍的空虛
無形的牆，無所不在的寂寞
還裹著一城風絮
裹著梅子黃時
雨

爺爺說：「歲月是磨刀石。」
磨損了壯志豪情
價值觀被打磨得失大了原型
油鹽醬醋打翻了，一管
寫實的筆。扭曲
古意，難辨真偽的字體
是悲劇中荒涼的喜劇
歷史課杜撰的人物性格
篡位的情節，高潮迭起
自傳都是假的
爺爺不願說起，那偽造的
年號，代入他人角色
褫奪先驅的身份、地位、妻
強佔祠堂、地盤、喋血黃花崗
誤植自己錯位的事蹟

是沒必要爭或搶，虛幻的土壤
那一把污泥我丟在身後
任性是蓮花落，蓮花開
憑他自開自落，茁壯抑或腐爛
我自有，僧人般的自在

這一次，旌旗乘風破浪
橫向天，已過五關
猛一回頭，一照臉，你揹著夕陽
已過一個海洋
軍靴跨過一個險灘
新鮮啊！彼岸到此岸

夜三首

—— 陳靚

1.
〈黃昏〉

日光漸次壓縮到
天的那一邊
雲燒起來了。星子不滅
成為最後的舍利

2.
〈弦月〉

你在他鄉我在天涯
藉著月光練愛
思念不管多麼擁擠
都有地方掛鉤

3.
〈銀河〉

因為亙古，河所以成謎
神話篩不出曾經
樓蘭一逝，就沉為
仰望的印記

回家

—— 陳靚

鄉愁莫名的重
像一再積深的白露
垂掛簷角

日子潮了大半
眉月依然傻傻地
任由牽掛
越來越渾圓

相似的念頭都水腫了
心情卻越來越瘦
剪開的票根
為歸人的空虛引流
沒有門籬的巷弄
收容所有的鄉愁

月光

— 安哲

我關上燈卻關不起月光
提醒著我海浪的波濤
無須革命的年代卻暗潮洶湧
島嶼看似生機昂然
卻有一絲死亡的氣息

新生命加入世界
離開的卻更多
出生和死亡都帶著惡臭
沒有人想來卻沒有人想走

熱帶島嶼的永夜已經降臨
這裡的時鐘方寸大亂
不知如何丈量過去
只好供奉白羽神　緬懷天皇
並透析大部份的血液

少年選擇了自己的父親
我給出了所有的祝福
想看一看月光
浮雲卻蜂擁而至
只剩下浪濤

一些

— 安哲

一些厚繭無法剃除
我見不到最初的影像

一些破碎的畫面閃爍在你眼裡
是某個時刻的印記

一些哀痛無以復加
一些碎屑無法根除
或許疼痛是永恆
你說
總比沒有雙腳來的好
我想
你不懂雙腳逐漸萎縮的無奈

我們無須爭執
因為沒有嗅覺的人聞不到血的氣息

抽象畫
—— 鍾小魚

街邊的餘暉，把捲曲的
貓兒烤成一團團，毛邊貝果
不規則的陳列在寂靜長街

將自己穿成一幅莫內
添上幾筆憂鬱寥落
在每個抽象的雨季，長出
鑲著光邊的水百合
治癒素來濕濡的背陰時刻

光線有時強烈，或者微弱
而影子有濃墨和淡彩的分類
你是光，我是影
所謂立體，都是
我們愛的縱橫交錯

星光
—— 湘默

空山曠谷
極北的、極北的一顆星
像針孔
透出一點微光

—————

火燒雲
—— J.

風在燃燒，到筆尖發紅發燙
火焰碳化了詩骨
幻做了念想

太陽醍醐灌頂
我在一朵薄薄的雲彩裡
醒悟。靈魂和骨頭

以海之名

語凡（新加坡）

你離開的時候
這座城市就決定永遠下雨
雨穿透我到土裡
穿透土到另一個你在的城

然而我是乾的
只有水可以到
你自己都沒觸及
心的迷宮

我知道那種溺水的滋味
我曾想，如果大口大口
把所有的水喝乾
也許就能活了

乾杯，我的愛人
你老是這樣說
我還在裡面游泳
怎麼你把我也喝了

我於是領悟，你總是水著
你的汗來自哪一座海
一眼濛濛
降白哪一片雲

你終為浪
浪跡去天涯
我沙漠著自己
石著火著
和你相擁相剋
相吸相害

哪一天歲月把你收服
你住的星球
那座微光之城
有我的衣物

我出發去尋你，你早已退潮
在人海中，沒有你的名
只有水跡
斑斑

裁山

── 黃裕文

山還是動用手腳的寫法
一寫卻都是新的會意
揭開青春摺角
為了讓中年喘成告白
反正之後有的是
緩降的版面

木棧道耐著日子
以為繞過魔芋出槍的密謀
就繞過夢
休眠時的正常磨損
城市不無艱難地矮成縮寫
當呼吸變大寫擠到排頭

蟬聲沒有例外
在高位珊瑚礁翻新
愛的修辭學
誰讓山腳的海遼闊
誰的盛夏就在那裡
一刀一刀慢慢剪
待續的形狀

偕失智老父親遠行

── 施勁超

晨暉初現，驚擾眾生睡眠
撥動時間的輪盤──
雛鳥斷續的鳴叫被吸進
老父親的耳蝸。球手，揮棒
擊球，聲色清脆──
迎向高遠的天空
把年輕的孩子送往遠方

風箏隨孩子的步伐飄蕩──
在空氣中打轉，然後，墜落
（墜落是風箏最後的歸宿）
隱沒於木建築的嘆息之間

萎地的樹葉仍在綠
彎腰、微笑、親吻墳起的土丘
像預演一次死亡，參與
一場自己的葬禮
影子與影子的碎語
閃掠而過。生死循環
靜謐而無傷

失智的老父親戴帽凝視
孩子追逐更小的孩子──
童年零零落落的足印踏進回憶之內
枯葉厚積，承載更多的壓力
消解一切關於塌陷的可能

古老的族譜堆疊父輩年邁的脊骨
他的離去何其寂靜，獨自走進日漸
蒼老的樹林。不遺留絲毫
自以為的負累

通膨的利得與淒楚

——語凡（台灣）

Covid-19 還在塵世流竄
俄烏戰爭即震碎能源雪地
淨零碳排，箭在弦上
大挪移的板塊開始傾斜
贏家、輸家盡在轉身速度裡

通膨與升息兩隻怪獸，在
人性貪婪樂園裡玩起蹺蹺板
上下間，技藝前端者
著地檢拾成果
打高空者，則隨風煙消雲散

資金在全球定位系統
覓尋高端人力和高端產品
澎湃晶圓大洋，開始在
人文地理和自然地理間激盪
形塑一幅政治與國際地緣
千石擲出波波美麗漣漪
擴散到每一個人視線裡

CPI 興起了通膨浪潮
銀行、企業蹁躚舞起轉嫁探戈
裝可憐的老闆還在其,
長期固定利率的淺灘裡喊救命
眾多臨秋張羅學費的落葉人家
只能在颯颯風聲裡裏唱著
「關關難過，關關過」

球體自轉、公轉
永遠轉不出人類的貪嗔
二隻腳的勞務和四隻腳的資本利得，也永遠
找不到基本的立足點
良性的晴朗和惡性的雷雨
總是在上帝與魔鬼間交錯
通膨的利得與淒楚
隨人間氣候翻滾，被翻閱
卻也 ·直被忘記

註：
CPI(Consumer Price Index) 消費者物價指數。它是反應 ·個地區與居民生活相關的商品和勞務價格的物價變
動指數。

身者何境

—— 梧桐

何以者清
何以者濁
身處汙染而心如皎月
倒映的影
宛如黑夜佇立的蓮
無欲亦無無明的妄念

還以者清
還以者明
立於水的一方而無自性
隨萬物而變幻其形
是濯濯而以見初心

諸者以己
諸者以名
藏名山於眼於耳於意
初見是山
辨其味，識其聲，觀其色
矗立當下，是山
巍巍如是。藐小是我

追尋三首

—— 楚楚

1.
〈謎題〉

你的影子始終站在
月光照不到的那面
翻開魔術師的底牌
生命竟是一片空白

2.
〈答案〉

旋轉的骰子
停在第七面
你永遠也猜不透
那顆假面的地球

3.
〈永恆〉

流星的生命
比煙火長
比曇花短
善變的彩虹

Tôi mến bạn

覃事成

Tôi mến bạn
我愛你，媽媽的話
來自大海的那一邊
沒有關山阻隔
林間喜鵲啾啾
自然的美聲飄向天際

Tôi mến bạn
問候外公的日常
雙腳的麻痺是否改善
頭痛的昏眩是否正常
正襟危坐一座山
平安幸福做將來

Tôi mến bạn
問候外婆的日常
老家的園子是否開花
廚房的佳餚是否豐盛
笑容叮掬滿庭芳
慈眉善目觀世音

Tôi mến bạn
問候舅舅的日常
職場工作是否順遂
理想抱負是否達標
風度翩翩帥爆表
英俊瀟灑勝潘安

Tôi mến bạn
問候阿姨的日常
蘭菊玫瑰是否開放
親朋閨密是否貼心
沉魚落雁無人敵
傾國傾城堪相比

Tôi mến bạn
輕輕地嘴角飛出
相思一線牽
搭起橋樑千萬千
我愛你
柔情似水飄洋過海
晴空萬里聲聲呼喚

註：Tôi mến bạn，越南話．我愛你。

罟
—— 陳意榕

水族館內
載浮載沉的下垂背鰭
張開嘴，一口暖溼空氣
竄流
膠原蛋白組織細胞
窒礙難行的水道
通向
深不見底的靈魂煉獄

依賴，豢養習慣
生存的掙扎、愛恨
杯觥交錯中，早已
淚眼婆娑

—————

色胚
—— 應風雁

熱啊　熱
燠熱的天氣
嫩葉樹梢才發芽
一早就投射躺平的日子
腳後跟那個黑影
竟然膨漲色膽
光天化日下
滑進裙底　乘涼

鑲金框的畫——記民歌手李雙澤
—— 高塔

一尾民歌的魚，意外成為運動的龍
陣前換將，看起來像草草登場
台灣民謠、國父紀念歌
充耳不是琇瑩，是噓聲
淡水河，淡海，洰的、鹹的潮音
台北到紐約，紐約到台北
一樣的可樂
砸在觀音的頰旁
劃傷 1976 年
下午三點四十分的北淡線
紅樹林、竹圍
火車進出江頭隧道
一個壯漢走入關渡平原
汩入金色稻田，汩入金色黃昏
客製化少年中國金身
地選關渡平原稻田，天選秋日夕陽
一盤雷聲隆隆的棋局
打掛在觀音的頭旁
幾瓶米酒，幾碟小菜
六扇門歸來，你邀我共飲壓驚
生澀的吉他技法，你唱他的，我們的歌
從來沒想到提頭讀大學
兜售夏潮雜誌，未必不是經世致用
到現在我還在吃教科書的天機毒解藥
簡體少年還是繁體少年？
我有一幅他的畫
掛在我此生此世帶來的一顆頭中

殺豬盤 —— 沒之

有一陣很腥的陰風
從萬人塚跨過國界向外擴散
一身光鮮的謊言包裹著
攫取肉身的虛幻魅利
讓無知順理成章
成為囈語在人鬼中間勾引無知
編織的美夢隨意穿越透視

而這群沒了智慧的豬
還是只能捂嘴低聲呢喃
我的美夢如此真實
幾個月就能回去發家致富
他們忘了自己除了身體
其實一無是處

一旦進入現實就化為明碼標價的器官
眼耳鼻身均在任人擺佈
當它切割後放在待價而沽的架上
每滴落地的血都腥腥然達成協議
就算這身身價切割後近 2500 萬台幣
也與那條豬再沒關係
畢竟豬只要聽信美麗的謊言
就能轉換成一個身首異處的不明物體

我集結了什麼 —— 古魯

湖泊集結了雨水
大海集結鯨魚的骨頭
時間集結化石
草根集結著花朵
天空集結著雲層和面具
一本書集結了作家
我集結了
　本該忘記的
　而把輕率的承諾保留下來

嘴唇集結所有的線條
眼睛集結了閃電
耳朵集結著風和雷鳴
河流集結了火山的石頭
生命，它集結地心引力和岩漿
胸口朝下

我的靈魂
它集結了所有的串並匯流
像一位產婦
把熱騰騰的生命交到我的手上
然後說
看著辦吧！
一切均已集結在裡而

翻滾，在河中 ── 蘇同

岩石堅持不讓路，我蜿蜒
把直線縱橫的事彎彎曲曲
直
曲
水聲如禪，都在尋求解脫
不委曲的轉折成一道風景

時低吟，時而高歌
一朵朵，花了堅硬山壁
詩
畫
乾濕之間稍縱即逝的
共鳴，奔流入海的心情

──────

賽蘋婆 ── 劉祖榮

裂開的果核，顯露腥紅的底色
懸著一顆顆黝黑的種子
像鐵珠，沈甸甸向著路面
仿佛聾人聽聞的暗器──血滴子

木杖 ── 崮三

木匠撿起牧羊人的杖
等待了三個月亮
無人聞問
也沒有烏鴉

就在不知名的原野
就在盈盈月色下
把杖解開

做成三把梳子

我在羊的夢裡
木匠把梳子給了我

寬容地對我說

梳一梳腰身
不要這麼糾結

梳一梳齒舌
不要這麼困倦

至於第三把梳子
我要留給明天
和之後的新鮮

時候趕上了
還可以

梳一梳遺忘

基督之母堂 —— 彭依仁

「黑夜已深，白晝將近……」
（羅馬書 13 章 12 節）

整個客廳不得不沉寂在夢境。
玻璃櫃上，一張結婚照在微顫，
而蒙塵的書，倚靠在窗邊玻璃櫃，
等待有人遍嚐字裡陳封的氣味。
這時候摩托車掠過高速公路，
把聲音留下，但仍未有人睡醒。

窗台上鋪滿塵砂，我在夜半睡醒，
透過玻璃膠紙的泡沫仰視公路的夢境。
綠影延展至隱形山坡，而高速公路
不時閃現汽車浮光，彷彿在微顫
然後消失的情事，散發宿醉的氣味。
我比影子還要修長，靠近窗邊玻璃櫃，

蒙塵的書有青澀的印記，玻璃櫃
猶自封存昨日微溫。從暮色中睡醒，
一個靦腆少年承受雨潮的氣味，
臉上佈滿皺紋，他在斜陽下回首夢境，
遙看路邊樹像蒲公英在暮色中微顫，
環抱教堂塔頂；十字架俯視高速公路，

金屬之光夾雜歌聲，漫過高速公路
沿黑暗視野向他顯現，在玻璃櫃
表面留下寂寞映象，像白鷺劃出微顫
水影，旋即消失在風中。人們尚未睡醒，
黈夜空洞似蟲鳴；晨曦將嶄露另一種夢境
彷彿在大堂，有人抽煙留下焦油氣味，

但不是當下。他眷戀着枕頭的舊氣味，
那是我遺下的青春，如落日向高速公路
墜落。我以雙眼為滿月新月灌注晦暗夢境，
習慣在廣袤中聆聽謊話，忘記玻璃櫃
有一本蒙塵的書；幻想自童蒙中睡醒，
變得世故，生活如鬆動的鞋子微顫，

滿有恩典，不再像血桐葉在風雨中微顫
抖動，日子就這樣過，直至失去汗的氣味，
如同褪色襯衣，時針上沉沒，不再睡醒。
十字架沒入鏽黑的景深，車燈穿過高速公路
背後的叢林；第二天，我再次靠近玻璃櫃，
教堂背後的樹木已無存，就像夢境。

嗅着衣領的盛暑氣味，我把昨夜的夢境
擱在被單，睡醒，怔望沉默的玻璃櫃，
路邊樹和高速公路向我表示；世界已不再微顫。

殤

—— 紀雙雙

我從雲的姿態知道
我從山風的溫度知道
我從烈日的折虹知道
我從貓的細瞳知道

知道你給我捎來了訊息
從一個更好的地方

因為
雲朵捲起了尾巴
風在我們喜歡的午後發燙
虹色指向木地板上你愛躺的地方
細瞳是用於迎接更多的光

想祝福
因此輕輕拉動嘴角
攔截一滴淚
別哭呀
你只是去到了更好的地方
並不是離開
對嗎？

歷史的味道

—— 朔漠

這酒意飄兩漢味，乃
止觥就杯，止杯而傾碗
醉酣，復邀隋唐之雲溫壺
緩醒於觀沫浮濤，佐茶
盛世氣象是有餘韻的

走到兩宋則，溫雅多了
坊肆輕拂書生味，溫潤多情
吹歌是不能少的，只關
風月繫舟
不識蕭蕭班馬？且去……

蒼狼之野放肆
以風雲的嗅覺，星月為襲
破城，飲馬奶茶的帝國
到地之盡頭，灑落
唉！明清兩帖清明雨

註：鄭愁予〈一碟詩話〉詩中，「明清兩京清
明雨」一句。

斷點

—— 周昭亮

有些事，成為轉捩點
前面的語境充滿怒喊
擠迫，我們習慣的秩序
沉默之中的汗水
傳遞一個信念
向前行，黑色的光重疊
影子融合，無界

歷史影響了記憶，抹殺
後來的隱喻，何以忌諱
還是，躲在一行一行
之間，沉默；記住，白色
遮蓋那夜叫聲，塗改淚痕
向後，移動一切曾經
我們熟悉的習慣

退伍

—— 謝建平

不管職場或人生，退伍
都一樣值得敲鑼打鼓
自己慶功或是別人幫你熱鬧出行
只差別在，能否親眼目擊陣頭火拼
沒記錯，白琴和牽亡歌勢不兩立
每次總把悲傷吵到憤而離席抗議

在首都奔走或爬行，習慣扛上西裝欺敵
自從發現穿內衣汗衫的舒服後
我決定把那隻偽長壽的鶴殺了
用那把很吵又很假的古琴當柴火
煮一鍋很鬼叫的年少，邀請大家
回到自己最討厭自己的那個時代

想像我是陶潛，嗜酒又沉迷
在弱水萬千和紅塵萬丈裡
手上那把東籬黃菊，美眉們嫌老氣
甚至笑我要去殯儀館送親戚
摸摸口袋，只剩散票幾張、銅板若干
保證台北吃不了一頓套餐
更不用說在條通裡擺桌吃飽又喝乾

五十八歲不算猥瑣的偽叟
理應更換啤酒的習慣，改酌五八高粱
筋骨才能忍耐痠疼痛風
此刻退休太早、仕途無望、發達妄想
想想青春傷疤難免，成長必留遺憾
也不清楚退了這隊伍，要再排哪個班？
遊戲早已無需等待結果
就這樣走著，走著

糖罐子

— 扶疏

為愛吃糖的妳
準備一個糖罐子
裝進色彩鮮豔的回憶
沾滿糖粒

妳低頭尋找平而扁的石頭
剛好適合妳的小小手掌
用熟練的手勢拋出
在水面上點出三個圓形迷宮
看小蝦輕輕彈跳就找到出口
這是一顆綠色的糖
漣漪那般的清透

我牽著妳的手
走進午後的綠色隧道
陽光在樹影中爬行
交織麻雀的鳴囀
我們玩著猜拳
跳著越來越細長的格子
樹梢滑落的風
輕撫著妳細嫩的臉頰
這是一顆黃色的糖
陽光那般的耀眼

我們都愛看雲
天空是一本翻不完的故事書
你看到鱷魚張開大嘴追逐成群的小魚
我看到騎士騎著白馬對抗扭動的巨龍
千變萬化的雲啊
妳看的是形狀與色彩
我看的是世事與人心
看著天空用蔚藍包容
雲的變與不變
這是一顆藍色的糖
廣闊而無邊際的藍

我還記得臍帶的脈動
記得妳在肚子裡
輕輕揮動的小手
我會放手
放妳去冒險
如果留下苦澀的眼淚
別忘了媽媽的糖罐子
看著天空吃一顆糖
背起彩虹繼續闖

回家

― 律銘／散文詩

未睡醒的城市，仍有些樓宇眼睛開開合合，或明或暗。夢醒來，或未夢醒沒有很大分別。遇到派報的人，為口奔馳，沒有張嘴。我帶著一小袋行李。一套乾淨溫柔的舊衣服，一把桃木梳，和預備了一個月多的心情。揚手，計程車司機也瞄到我的行李，口罩下嘴角微揚。以為我是旅人，要遠行。機場在另一個島上，有一點距離。

我告訴他：目的地是一個安靜的地方。司機竟然眼圈一紅，想說甚麼，又吞下肚。「這種時間，應該……明白的，我開快一點。」「唔急，小心到埗就好。」再想說甚麼去塞滿車廂，幸好沒有。就如從前寫的慰問卡，想寫甚麼，沒有找到合適的字眼可以代表我想擁抱的人。最後都沒有擁抱，就算那次在機場，點一點頭，或者拍一拍膊頭。

說話很貧乏，不張嘴比較好。身體慢慢會變冷，要在回家前盡快更衣，梳頭。也是旅程，行李不需要太多，帶一點未醒的星碎就夠。

風霜雨雪露珠與曼特寧的美麗邂逅 — Skylark Tu

風

愛流浪的風
從不在一朵花上停留，因為
他要親吻更多的花蕊

霜

霜凝白露
結晶成一個透明的秋
落葉感動得紛紛墜下

雨

「布拉姆斯」E 小調第四號交響曲
喚醒寧靜的夜空
窗外清脆的雨聲滴落在芭蕉葉上

雪

不忍見花兒枯黃了臉
好心的雪
為花蕊披上一襲美麗的白紗

露珠

透明如琉璃般晶瑩的露珠
滾落一地相思
讓朝霞羞紅了臉

邂逅

就像「曼特寧」與「肉桂粉」的偶然相遇
那一年秋天與妳的美麗邂逅
在「舒曼」的「夢幻曲」中，忘卻了寂寞

初吻 ── 洪銘

你是昏昏欲睡的美人
我是趁虛而入的君子
我們相逢在童話世界
演出普遍級的吻戲

小朋友說精彩
大人說無趣
彼此的內心戲毋庸對外解釋
一種形而上的哲學
靈魂緊密契合
限制級的線條與韻律

導演越看越累
要我們以肢體語言
表達出醞釀了五百年的等待

────────

Table for ── 林鉑翔

也許，會有那麼一天
你們會收到我的請柬
我不會讓季節挑選我們的時間

你們三位就坐在我的正對面
希望我們都忘了帶手機
而八目交接時都還能記得
誰是誰的誰。

先開口的人不一定是我
就如同好久以前我們並非
一直都在同一個框框

我依然習慣出第一道沈默的餐前

我知道那時，我們當中肯定是
有人長大，有人縮水了
但這場飯局流暢又平和，在於
那時我們沒有一個人說起或想起

從前。

都走了 ── 陳子敏

等待那一刻
都走了
你先或我先
似無差別
我走了，你苦
你走了，我苦

新聞報導

—— 陳瑞芳

一隻非洲瞪羚在電視裡死了
聞不出什麼味道地　死了
我閉起的眼窩是她高起的墓地
「不減肥。活該。跳不遠。」
影視的報幕者，說：
「三圍一點都不標準
騰躍的裸體　活像
蒼蠅堆中抖動的三層肉
理當攤在肉販的掛勾上
或獵食者的伶牙俐齒間
走不出
伸展台春天的台步」

「可是　她是瞪羚中
惟一參加過狐獴婚禮的呢」
我窩在沙發上想
「樹梢音樂會的常客
斟酌過無數月光
喝足一泓泓青天
在草色與虎斑的
柵欄間隙中
有驚無險地穿梭」

「那些僥倖活存的
硬底子的蹄
大腿拉撐的二頭肌、三頭肌
他們首先的教練是
獅子、老虎、豹的

基礎調理，然後是
狼、禿鷹、土狗的
犬齒打包，到頭來
一顆顆胸腔包藏不住的心臟
還是逃不出
一輛架好獵槍的吉普車
火力強大的美食鑑定」

就這樣，在千里之外
死了瞪羚一隻的　夜
獵場上吉普車同時間
換上 jaguar 的立體標誌
在巷口的紅燈前瞬間啟動
三秒鐘內達時速 200 公里
低風阻的流線造型
難掩豹子頭本色
兩盞車前燈急馳而至
接著一對前爪
踏窗破門而來
撕裂啃食另一隻
沙發上看著新聞報導的瞪羚
連牙齒骨頭都敲碎生吞活剝下了肚

這些，新聞並沒有報導
因為在這之前
電台記者也被撕裂了
（誰呀！身材沒有保鏢的壯碩！
不運動！活該！）

人之必要
—— 沐紋

慾望是睡醒仍持續的黑眼圈
是攀附右臉的火痕
而雙眼依然深邃
不對等是最高原則，渴望
要放下自尊
拉扯

說到底，慾望不過是抽插
身體的針
要愛、要誠實、要被戲弄，最好
徹底痛過

喘息後抽第一口菸
剩下丟進薄荷糖鐵盒裡，熄滅
暗夜裡的火光不再刺眼
該起身，穿戴整齊
讓赤裸不再踰越世俗的領口
讓動物成為人

冷風吹進胸膛
—— 游鍫良

褪去衣衫
精美的圖騰刻在背上
一隻不知名的鳳
欲飛青天
想起那年在新宿的霓虹
雪花飄飄
移動的腳印
落於清冷街頭
冬的意識緊裹
回家的路
寂靜無聊的夜
異鄉有個孤獨的靈魂
在曼妙的臀上腰際有鳳羽垂落
不是犯罪的女人
無需用異樣眼光打量
鳳凰以曲線畫出床上風光
昨夜圖騰翻動腦頁
倏地
一隻鳳凰飛起
在遠遠的夢境
似有若有
喞啾聲響
走在冬夜的街頭
不敢靠近家的感覺
莫名

歲歲年年

—— 邱慧娟

沙痕與夕陽野生了
八角塔默默守望著王者弓橋
潮汐的蚵田交給月光養肥
海風剝去昨日的殼身
一一召喚著霓虹

燦爛許下的種子
在漆黑裡瓦解整片天空
長出的花
一路染成火球精靈
幾聲沉悶爆裂，主宰歡樂

未眠的雲頂只能讓煙熏皺
燙熱的視覺，震震有詞
與夜共畫後
喧嘩穿過王功渡口

荷塘月色

—— 李可榮

仲夏夜
月光，炯炯張目看著

風不敢妄動
每片樹葉諦觀
昆蟲琢磨的那些
求偶的辭令

蓮蓬不懂韻學
就蕭立潭邊
沒有交頭接耳

有點霧
糾結在叢林
不知應該上浮
還是下沉

「噗！」

水聲。破了月的容顏
風立即丟一朵雲
五祖的袈裟

夜，剪影慌亂

昨夜澡洗太久的原因

—— 黃柏霖

浴室中氤氳彷彿囹圄
圍困層層鬱悶
蓮蓬頭努力揮灑著白噪音

指尖微慍地推弄磁磚上水珠
嘆息如報時般迴盪
抽風扇早就悄悄罷工

緩慢劃下第三個問號
詩意與濕氣交織成淚痕
霧玻璃紋了兩行屬於今日的截句

一朝夢境過客不再
千日回憶棄履而已

聽雨

—— 荷衣

落音有心
點綠的峭壁滋潤著縫隙
破繭而生的綠芽
燃燒了春色的絲青

生命含著露珠的幽芳
不露齒微笑的雙唇
擁抱起節節升高的枝條
逗笑了花的腮紅

把時空畫布渲染
翠螺般的頑皮
滑過氣體的糾纏
吸睛萌幻的明天

凝固的空間
—— 麗子

你推開時間的窗
記憶向後倒退
空間擠壓成固體
找不出通道

聽不到蟲鳴的八月
太陽壓低我的
額頭，被攙扶的昏眩裡
一座閃亮的白色拱橋

急促喘息
抬不起暗黑與陰冷
你說：「那裏沒有橋。」

告別之後
家裡的空間發胖了
家具傾斜
找不到地方安放自己
燈光把影子拉出寒氣
我在屋角捲縮成
一團白色的圓

屋簷下的風鈴
—— 陳麗玫

垂掛著
她沒有朋友
有的話就是那風吧

風喜歡說話
但她只會搖頭
因為風說的世界
她完全陌生

偶爾腳下的貓
走過
偶爾天上的雲
飄過

垂掛著的風鈴
不敢太搖晃
深怕斷了線　找不回
存在的意義

投遞

——慕夏

溯浪之歌
孤獨礁言記憶說著故事
失語的一代
律動的魚鱗展翅
船眼的人啊！
歌謠喚醒

一條白帶穿在身上
銀盔戰士刻痕顯露
只有大海的密碼寄到
沒有信箱的雅美

邊緣語言疆域
身體汪洋天空
我與海一起生活
把歌擲向純淨孩童

我的唇向蔚藍海岸發聲
海的圖案
刻印滾動的雨和閃電的飛魚
穿著海的力量
投入那黎明昇起的弧線

沒有年份的威士忌

——Sam Chen／散文詩

嗆口的辣帶著泥煤海風的狂野，這杯沒有年份的威士忌，如此粗暴，可是蘇格蘭故鄉來的兄弟？難道是那些沾沾自喜的島嶼？但，絕非北高地，那需要訓練有素的做作，和矯揉作態的禮儀。所以我，謝謝你，從遙遠的國度，捎來不屬於所謂優雅的氣息；我們需要狂野奔放，需要被解放，那久被禁錮的呼吸。

雖然粗獷不羈，你的泥煤味裡依然有種紋理，屬於中古世紀騎士，面對君王時的憂鬱；宣誓效忠後，一飲而盡的滄桑，這杯沒有年份的威士忌，是否曾與王侯盡歡？見證多少騎士奔赴戰場？多少得以～返回原鄉？所以，謝謝你，尾韻還帶點史詩的芬芳，這杯沒有年份的威士忌，我小小的誠實的憂傷。

詩經中的寫意
—— 瓊媛

彼採蕭兮，一日不見，如三秋兮。
——《詩經》〈王風·採葛〉

黃昏我手搭涼棚
在陽台上望你
除了山水重複著
落日深處
採蕎的那人呢

夜晚門窗為你虛掩
你不來
夢會不會提著裙裾
露出白白的腳裸
鑽進我的被窩

夏日冬夜
廣袤的思戀有可能
蛻變一頭猛獸
你的氣味在仲秋前
一直彌散著

她
—— Chamonix Lin

情人的心在我胸膛裡跳動
靈魂交纏為結

眺望遠方的眼神沾染天色
如溪流蜿蜒而出

眼前潑墨山水
來處是她
去處也是她
我凝視淙淙音聲

天色荼蘼如寓言
在她身體的水面流動
我伸手去接
但情感滲過指縫

我們
水滾就互相熨燙
分開
就有了光年

失望

—— 52 赫茲の嘉

候鳥迷路了
但它從未放棄屬於它的天空

街燈熄滅了
但它始終會在黑夜點亮自己

而失望的人
習慣眼睛儲滿淚水
為的是在絕望的土壤裡
再次灌溉出希望
在時間的窄門裡
敲出一扇窗

————

老火車

—— 璿琳

鐵軌夾著枕木的書頁
月台的人們早已成為過往
歷史在城市的風華絕代裡
沉靜成為一列老火車
慢慢的行駛進
回憶中的車站
誰來閱讀這錯落的詩章
用季節的車窗
看世界的變化
時間是光的列車長
帶我們回到過去又穿越未來

不寫詩的那些日子

—— 慕子青 shinhan

好好生活
像是熬夜，或貪睡
習慣夢摔下床的斷崖
不爭氣地醒來
每天準時出門
等下一班車
忘記帶傘的午後，如果濕意
就怪罪機率
不想像是命運
踩過水窪，而不再掬起倒影
讓雨繼續
成為雨

晴朗的時候，讓一些點滴
漏盡。
畏光的心事，記得防曬
走過街角
目睹人們少有的默契
用於堆疊廢棄傢俱
偶爾你也能瞥見，某處桌面
尚未撕下的星星貼紙
像剛剛蛻去的殼
除了傷口，也有吻
我們的褪變仍是他人口中
浪漫的死，但已經可以
誠實說痛
懂得一場羽化，破繭後
的面目全非
晾乾雙翼，也無法如同一句修辭的形容
展翅，或高飛
但你是這樣的人
不應該只是象徵

梯光

彭香瑜

（圓圓熊）

一層一層的灰質土
染上裝滿釘子的衣裳
木頭佈滿整個裝飾
樸實純粹的光芒
正式恰當的情緒
撒進來的金絲線
振動而對頻

木樁直直柱著蓋好的房
卸下任務即刻　帶滿疲憊的身軀
等著回家充電
寵兒似的泥牆　整肅而站立
一道道梯光
佈滿了整個戰場視線

瓜分

徐紹維

ABS 擁有左腳底板
舌尖是卡啦 OK 標配
IPhone 驅使食中兩指
幽門歸小七或星巴所屬？

右眼球植入高分子 4.0
鈦合金分享臼齒和膝蓋
視線綁定劇透
梗圖或手遊誰管轄微笑？

導航請 GPS 我
逃離大數據陶淵明
回歸素樸之老莊
最最智慧的無人機演算法

裝填

—— 徐行

我將冰冷的子彈
裝填進狹窄的彈匣裡
將踟躕的身姿
裝填進無名的街巷
夕陽下的斜影
早厭棄了虛構出的擁抱
我將欲言又止的傾訴
倉促地吞嚥
從咽喉
裝填回幾近飽和的腦海
裝填所有徘徊在凝望處
仍然可能的概率
從未打算傷害些什麼
關於　彼此
關於　歲月

夕陽恰似你的溫柔

—— 韓鋒（陝西）

那高高的院墻
一棟樓房
就是我每天攀爬的高度
像一只蕩來蕩去的秋千
夜里吮吸夕陽留下的墨黑

那種慘淡的光陰
欲蓋彌彰的虛榮
變成眼睛突破靈魂的契約
貪婪詩人付出的代價

一直和時間競爭
把鄉土田泥瘦月做成紀念冊
把勤勞變成藝術的棲居
以詩的名義舉起自己

請恕我偶然還是會躲起來 ——藍朗

如果春的翠葉嫩芽仍在
如果噪鵑仍願為寂寞喊痛
如果誰還在天邊輕輕呼喚我
我是不願那麼輕易轉身離開

即使此刻內心雜草蔓生
即使此刻淚是似有還無
即使此刻人群裡是多麼喧嚷
也請你用溫柔輕喚我的名字

你或在凋落的花道上發現我
你或在暗動的荷池裡複聽我
你或在堅實的石頭中惦記我
畢竟我曾執意把體味過的陰與晴
都寫進詩像西番蓮那樣輕柔執著

如果某天你只能繞圈而行
如果某天你只能孤獨決堤
如果有天你對世界恨如洪水
我想我會為了抱你而回到潭心
只要你願意再次輕喚我的名字

給擦肩而過的……之二一 ——肚難躲公爵 Charles Liu

像是左手單挑右手
所有散盡的豪夜又重新回到夢境
起鬨猜拳：
　　——「剪刀、石頭、布」
你很在乎輸贏的表情嗎？
我們情願贏回的健檢是不爆表的
你偏好暴雨突襲
同為中彈後第一株覺醒的芽孢？或
苦撐至最後凝望的瞳孔
被潰堤的汗水覆滅？
潛泳渡過三鐵詩人挑戰自己的海域
在生活元素裡挑揀
從生理到實踐需求的組合
（……「弱水三千」……）
你也喜歡像蟬一般
以腹語合聲彩排精準的節拍？
或練習從節節敗退的核心肌
成功地搖醒第一道曙光？
舊傷痛邂逅療癒系的新汗水啊！
我們淋漓的擁抱，單騎
原來是可以如此盡情地慵懶
擺脫地心引力下的戰帖
放手一搏的翱翔

綴[1]秋講愁

——黃珠廉／台文詩

煮一杯沉芳
消敨[2]憂悶心神
交換禮物的酒杯
有特色的標頭[3]
斟[4]七分就好，落喉
飽滇[5]的木柴氣
衝[6]鼻

看袂透的茶水
是數念和無聊相敆[7]
輕輕仔幌一下
浮動的茶屑仔
敢若水藻[8]

過晝的青狂[9]雨
袂赴[10]收的床巾
綴風雨跋落塗跤
倚[11]咧雨中
亂舞的心神
共秋風秋雨
借來掩崁[12]

註：
1. 綴：跟，隨。
2. 敨：解，迴。
3. 標頭：logo，商標。
4. 斟：倒。
5. 滇：滿。
6. 衝：讀 tshìng 此意嗿。
7. 敆：合，融。
8. 水藻：浮萍。
9. 青狂：慌亂，此意驟雨。
10. 袂赴：來不及。
11. 倚：站。
12. 崁：蓋。

藉秋說愁

——黃珠廉／華文版

烹煮沉香
消弭憂悶心情
交換禮物的酒杯
鑲嵌特殊的 logo
斟七分滿就好
漫溢木材香的茶氣

濁而不透的茶水
是想念和無聊的結合
輕輕搖晃杯子
漂動的茶屑
像浮萍　樣

午後一陣驟雨
不及收起的床單
隨風雨落地
雜亂無章的情緒
藉這秋風秋雨
掩飾強說愁的年紀

踅過

— Tōo Sîn-liông ／台文詩

踅[1] 過你的肩胛，掩崁背叛的基因
重複思念的手路，增加曖昧的厚度
毋通等時間共夢食掉
毋是欲收集做一本冊
食老才來讀
無對同[2] 的穿插，無面腔的聲帶
毋知按怎交換彼此的理解
臆[3] 喙形的變化，瞭[4] 目神的溫度
無法度位歪斜的筆跡搜揣細節
無法度位塌窩[5] 的酒窟仔加添幸福
像一首歹讀的詩
失去心肝，往往過頭天真
落尾，目睭金金看詩逝蹽[6] 溪
無細膩跙[7] 落海……無閣回頭
踅過你的肩胛，無細膩穿迵著
家己血流血滴的心房

註：
1. 踅 se'h：踅、繞、轉。
2. 對同 tuì-tâng：符合，相同。
3. 臆 ioh：猜。
4. 瞭 lió：偷看。
5. 塌窩 nah-o：凹陷處。
6. 蹽 liâu：涉、蹽。
7. 跙 tshū：溜、滑。

繞過

— Tōo Sîn-liông ／華文版

繞過你的肩膀，掩埋背叛的基因
重複思念的手藝，增加曖昧的厚度
不要等到時間把夢吃掉
不是要收集成一本書
等老了才來讀它
沒有一致的穿著，沒有臉口的聲帶
不知道如何交換彼此的理解
猜測嘴形的變化，偷看目神的溫度
沒有辦法從扭曲的字跡找尋細節
無法度位凹陷的酒窩加添幸福
像一首難讀的詩
失去心，就會往往太天真
最後，眼睜睜看詩行涉溪而走
不小心地滑落海……沒有再回頭
繞過你的肩膀，不小心地穿透到
自己血流滿滿的心房

幢幡 [1]

—— 蔡秀英／台文詩

伊，向天飛懸
像無效的雲
風，搖搖弄弄
像裼開翼股的鷹
雨，小可沃一下
煞像秋天的落葉
輕輕趿，輕輕仔趿
摔落坑溝的敆縫 [2]

掠準 [3] 無身屍
日頭燖燖咧 [4]
飄去天際飄過萬重山
毋免，綴風揣夢 [5]
風中跳一世人的舞
像水藻賰一絲氣絲仔 [6]
天生，註定燒挅捒 [7] 的命

山谷有伊
輕輕囥落的夢
一絲二絲三絲
一滴二滴的雨水
有伊流落天涯的夢
風講，你無應該有夢
雨講，會洗清氣 [8] 你的夢

幢幡

—— 蔡秀英／華文版

她，飛上天空
如失效的雲
風，搖搖擺擺
像展開羽翼的鷹
雨，稍微淋一下
卻似秋天的落葉
輕輕旋轉，輕輕地旋轉
摔落坑溝的夾縫

以為無身屍
太陽曬一曬
飄去天際飄過萬重山
不必，隨風尋夢
風中跳一世的舞
宛似浮萍僅剩一絲氣息
天生，註定燒毀的命

山谷有她
輕輕放卜的夢
一絲二絲三絲
一滴二滴的雨水
有她流入天涯的夢
風說，妳不應該有夢
雨說，會洗淨妳的夢

註：
1. 幢幡 (tông-huan)：出殯時書寫死者名籍的
白布旗幟。
2. 敆縫 (kap-phāng)：接縫。
3. 掠準：以為。
4. 日頭燖燖咧：太陽稍為曬一曬。
5. 綴風揣夢：跟著風尋找夢。
6. 氣絲仔：微弱的氣息。
7. 挅捒：丟扔掉。
8. 洗清氣：洗乾淨。

女　　　　　詩

poetresses

＼

龍青　所見

＼

顧城說：其實寫詩，只需要一個讀者，可能也就夠了。中國古代也有這個風格，
彈一個琴，有一個人，遠遠地坐在樹下聽。

我寫詩，日常更是花大量的時間在閱讀這件事情上。因緣際會，受邀在這個欄
目推薦我喜歡的詩，我想說的是：

好詩、好詩人那麼多，我喜歡只代表我喜歡，這是我的主觀認定。如果恰巧你
也喜歡，那麼遠遠的樹下賞聽琴聲的人又多了一個，無限欣喜。

人們

by Long Qing

客座主編 龍青

蘇淺

橋

胡茗茗

西娃

余秀華

顏艾琳

阿芒

林怡翠

蔡宛璇

龍青

蘇淺 \

出生於七十年代初。遼寧人。著有詩集《更深的藍》、《出發去烏里》（台灣版）等。曾參加《詩刊》第22屆青春詩會。作品入選多種選本。

在三月的最後一天

不要在三月走進小酒館
野桃花開在山外
你不去相逢，它們怎麼離開枝頭？

也許有一些花朵會來尋找你
在三月的最後一天，當好陽光來到屋頂上
它們會比你想像的更熱烈
轉眼就把一整個春天
埋在你身邊

現在穿過一個長長的正午
到小酒館去吧
如果你還不曾迷戀過一個危險的黃昏
就讓一杯酒帶你去
一句話也不用說

落日之後

落日也做為一種開始存在。
可是那從未通過落日而到達過天邊的人
不這樣想。

不完美的落日也需要
呼應一次不朽——

哪怕是在暴雨中，落日內部的波瀾無人感知

落日並不是在灰燼中掩埋我們度過的
每一個無用之日

它要透過我們自己的眺望一次次從無止境中
緩緩溢出——

細腰

「不能讓北風吹落。」她把玫瑰搬進屋子
玫瑰落了還會開呢，她說：多天真的植物啊
恰恰風吹進了她的身體，微弱的嗚咽從腰部開始

多年來，她如一隻空杯，杯口向北
這是他不知道的，一個人扭頭的習慣
久治不癒

院子裡會開滿花，許多芳香都打開
她的影子裡有許多空
她說：你看，酒是填不滿的，河水也填不滿

「如果一個人足夠豐盈，她就會切斷
一切男女貪歡」
那時候她面北坐著，歪下去的酒杯倒出郢中城
護城河的潮汐

對話

他在籬笆邊，一聲咳嗽，火苗般掛住牽牛花藤上
春天在荒原那頭，與她隔著一個招呼
真的，不知道他怎麼到這裡的，一場雨水還掛在
馬車上。如果是坐火車
卻看不到經過隧道時他臉上的夜色
她攪動勺子，玻璃杯被碰響了一下
沒有誰聽見，除了她
他又咳嗽了一聲，撥動了一下火苗
春天在荒原那頭，與她隔著一個手勢
一隻黃鸝在女貞樹上，呼喚一朵雲落下來
他不知道她是個啞巴
把春天裹進心裡了，就不會說出來

余秀華

2009 年開始寫詩，2014 年 11 月，《詩刊》發表詩作。2015 年
1 月，出版詩集《月光落在左手上》，同年 2 月，湖南文藝出版
社出版詩集《搖搖晃晃的人間》。2016 年 5 月，詩集《我們愛
過又忘記》在北京單向空間首發。2018 年 6 月，出版散文集《無
端歡喜》。

橋

杭州人。現居西雅圖。最早的網絡詩人之一。詩歌特點：巫舞、跳躍、靈動，具先鋒與實驗性。出版個人詩集《和好人戀愛》、《第二季水瓶穀物》、《碎南瓜與平行四邊形》，以及瑞典語作品集《第二季水瓶穀物》。

事實是：他跟蹤了月光

事實是，那是一次飛行故事
做為一枚暗器，他跟蹤了月光
兩棵奇怪的樹分別在八月與十月疼痛
他飛過時，摘下了紅和黃
一粒不屬今年的芒果，帶著混亂落下

事實是，他無法原諒這晚的月亮和錯亂的鬧鈴
在他身上堆滿了令人不悅的顏色

事實是，他想有些轉折
比如升空時他想穿過一朵雲
有些雨是因他引起的
或者引擎受了潮
那非他本意
有幾秒鐘，他的前妻坐在副駕駛室裡
試圖向他射擊
後來她的目光轉涼，披上一件冬衣去守靈

事實就是這樣，他是一枚八角暗器
那晚他在飛往月亮的路上
撞碎了一粒正在練習飛行的芒果

那些截停我的人，看到空的臉

1
我設計了一場穀物的晚餐
一條青蛇爬下青花碟
它一節一節收拾乾淨它的身體
你永遠不明白為什麼這麼一條青蛇
它要跳下懸崖

2
沒有親人的日子
我把你平鋪在一張晚報上，另一面是印度新聞
十二點過後
我試圖燒掉天花板
離開廣圓路時
我只是用報紙把你包好
剩下的人們繼續討論印度

3
那些截停我的人，看到　張空白的臉
看到冬至夜，水的柔軟
一個刺客正在橫穿林和西路去戀愛
正午下過一場雨
所有的嬰兒都取名洛桑
身份像艾草一樣

4
我想用古文與你交談
以免你被曬黑
綿延的雪山，垂直於夏天
掀開薄被我看到一堆凌亂的鐵軌，明日天氣晴好
列車上
一節一節的青蛇
活在杯子裡

西娃

詩人，作家，芳療師。2016 年出版首部詩集《我把自己分成碎片發給你》獲得首屆「李杜詩歌獎」貢獻獎，曾出版過長篇小說《過了天堂是上海》、《情人在前》、《北京把你弄哭了》；《外公》、組詩《或許，情詩》入選台灣大學國文教材。「李白詩歌獎」大滿貫得主。《中國詩歌》2010 年十大網絡詩人，《詩潮》2014 年年度詩歌獎。2015 年獲「駱一禾詩歌獎」，《詩刊》首屆「中國好詩歌」獎。2017 年磨鐵年度 10 大最佳詩人獎。2021 年李白詩歌獎十大詩人。詩歌被翻譯成德語，印度語，英語，西班牙語，俄語等。

自己的咒語：嗡啊吶

從廣州回來
他們給我按上門禁卡
並一再吩咐：不允許出門
我憤怒的嘴裡發出費解之聲——
嗡啊吶

我機械張嘴，看到這個每天
上門的女人，舉著棉簽
像舉著白色掃帚
在我已經發炎的喉嚨深處
掃蕩，攜帶濃痰的喉管
彈出一聲啞暗之音——
嗡啊吶

10 天之後
我並沒有獲得自由
木乃伊一樣在長長木乃伊列隊裡
帶著口罩緩緩前行
我的每個細胞都發出同一聲音
嗡啊吶

深夜我還在奧森公園
歇斯底里喊出
嗡啊吶……嗡啊吶……嗡啊吶
只有胸腔和口罩在共鳴

通過自己的方式，留住你

把這個冬季，稱為暖冬
儘管窗外零下5度，積雪在樹根下
得不到融化。拉上落地窗簾
打開所有白熾燈，熏香機裡
穗甘松，沒藥，玫瑰，檀香，古巴香脂
造就的隱形空中花園，使我如
一條被激素供養而快速生長的魚
游走在光裡，又像游走在看不見的水域裡

穿著你送的衣服，吃著你送的水果
寫著跟你相關的文字，一遍遍聽
你留在我私信上不多的語音……
我像掌握了轉世密碼的人，有著
狂熱激情和偏執，把這一切
變成日常，習氣，慣性，血，肉，靈

讓：起心動念裡都有你，一嗔一笑裡
都有你，舉手投足裡都有你
睡去醒來都有你……直到成為業力
我死後，這些都能隨我而去
且聽見高人低呼：
「啊，她的氣息裡，藏有一個人……」

龍青

天性頑劣，信奉所有，不接受被教化。開過兩間藝文咖啡館，得過長篇劇本八十萬首獎，曾為青年日報專欄作家，現任斑馬線文庫副社長。出版個人詩集《有雪肆掠》、《白露》、《風陵渡》。

跑步者和終點線

晨鐘敲響的時候
山中寂靜
流水的聲音在跑步者體內
隨著山道蜿蜒
咚咚咚，咚咚
一隻啄木鳥伏在潮濕的樹幹
把未開的丁香香氣
密密縫進它的心跳

舟子仍橫在水際
互為兩岸的終點線
在早課結束之前
維持著沉默和一顆
佈施之心

重新詮釋

鳥鳴激烈，我在早晨五點五十分醒來。
那些看不見的小腦袋
躲藏在樹叢中
多重啟動了我的時間和空間

山中清明
時針指向赤裸
激烈包圍我的過去
正將鳥鳴的釘子楔入我的未來
那麼直接、那麼婉轉
那麼生動、邪惡和不可理喻
我的疼痛和愉悅也該是多重的──

鳥鳴突然停止的時候
世界靜止。
直到新的啼叫聲喚起更多聲音
關於甦醒
才從光線中浮出多維的解答

在大佛下與孩子們應答

春日遲緩，野草深入佛掌底部
飛鳥終日聒躁，並無生老病苦

孩子坐在桐樹下，用葉子交換詩句
猛抬頭，釋迦佛以五印手語
令心安，無畏懼

我們眼眉低垂，而靈魂向上
並於雲朵中相逢、交談
有說有笑，無法無天
在紙上為文字尋找出路
在應答聲裡，練習鳥鳴

暗暗中，我用鳥鳴的稚氣
脫去中年的淚眼婆娑
風吹過，風鈴不止
山川幻化為薔薇，郊野變身寒寺

溪水日夜潺潺，經過佛身時
稍微頓了一頓，又向大海的開闊處流去

我能說出的部分

想像一下西山的通宵夜飲
分別時，火紅的凌霄花撲簌簌落滿水漲溝
再想像一下你我頂著各自的月亮
走不動時就坐在恆溫的石洞口
短時間的潦倒，大範圍的傾訴欲
我們預言野蜂窩裡蜂王雪白
可它不是必然

我們一事無成，心中住著英雄
我們墨守成規，眼裡殺人越貨
頁岩的山洞被酒缸佔領
十年陳，二十年醬香
說說吧，洒家這廂有禮了

山裡的人常常停下來，和群山談一談
這時候不需要聲音
也不需要道德經

胡茗茗

一級作家，曾獲 2010 年度「中國作家出版集團」獎、第三屆「中國女性文學」獎、河北省第十一屆「文藝振興獎」、台灣第四屆「葉紅詩歌」獎首獎等。出版詩集《詩瑜珈》《詩地道》《爆破音》等。

顏艾琳

臺南下營人，1968 年出生，以艾琳颱風命名。輔仁大學歷史系畢。年輕時玩過搖滾樂團、劇場、地下刊物。著有《骨皮肉》、《她方》、《微美》、《詩樂翻篇》、《A贏的地味》、《吃時間》、四月剛出版世界第一本文本互動手札《喂》，二十本書，；詩作已譯成英、法、韓、日、西班牙文等，被選入臺、港等地各種華文教材，並被改編為流行歌、民謠、微電影、廣告、舞臺劇、現代舞、小劇場等。

無德者

來不及弄髒你的道德
我已經收回我的惡

按讚的那些手指頭
都是行善
越活越覺得
世界是一張薄薄的紙
可書寫可撕碎可燒成灰燼
那麼，我的一言一語
苦盡甘來都是自欺

中年欲轉乖戾
卻被困在漢字的歧異裡
我怎能乖乖地扭曲
你又直又硬的身軀
於是你教我以書法寫下
不
正
經人事不曉德行如紙
莫上臉書

醒夢者

一朵荷花
夢見自己
從許許多多的水墨畫
醒來；

醒來；
一朵、兩朵，
三四朵，
五、六、七八、九……
眾蓮吐出最初的呼息，
凝聚成一縷魂
鑽來我的夢境。

我睜開眼，
香魂已非荷花
而是孤芳傲挺的女子，
緩緩綻放
初遇的眼眸
看這世界被戰火煙燻
疾病讓空氣污濁
死亡擁有最大的自由；
清醒者用睡夢中的淚水
釀了一杯清酒
一滴敬天，化為豪雨
一滴謝地，母土劇烈嘔吐
其餘自頭倒盡
蓮身不淨，穢氣蒸騰
原來，夢中與現實相生
醒來是看見
歸零是為死的準備

蓮花無腳
兀自假寐醒過，
地球爆炸前
睡蓮只是輪迴

阿芒

阿芒，靠奇蹟活，被詩和聲音帶到不可思議的地方。

那個人不是比我愛你

我靈魂的所在
氣候劇烈不穩定
風從不停下來
叫我怎麼記得你的樣子
難道我靠的
不是意志力嗎

那個人不是比我愛你
那個人是比我
記性好

他
輕輕鬆鬆
學會外國話！

我靈魂的所在
水無法以液態或固態顯現
睡眠陌生
"記憶"稀少
即使找遍黑市和暗網都無法購買
往往我不敢打開手指
看世界這一盤沙
到底還剩下什麼
你的樣子你的聲音
我更從來不敢
握在手裡～

那個人不是比我愛你
那個人是比我
記性好

他記得的不少
但也不是太多
那個人手裡都是沙子沙子
沙子沙子

我記得的不多
但也不是太少

我靠的
不是意志力
我靠的是求生的意志

感謝地球

抱著托勒的一刻　　　　　　　更有效地
地震發生了　　　　　　　　　攻擊
感受到地球「當下的力量」　　濃霧
我扔掉托勒衝到客廳　　　　　2018 年 1 月 7 日
抓住眼鏡躲到紫檀桌底　　　　那場對談發生
前一刻的念頭　　　　　　　　是的，時間是虛妄的
拖著尾巴想要跟上：　　　　　2022 年 2 月 7 日
托勒和歐普拉對談時坐白色大椅　我實體穿透了時間
背看起來有點駝　　　　　　　且來來去去
我是否要 google 這位靈性導師　我的身材向來維持得很好
深究他的健康　　　　　　　　就一個地方忽胖忽瘦
再決定要不要認真 follow ？　　而正是
用過許多減肥方法　　　　　　那兒
越減越肥的歐普拉　　　　　　極權的警備總部
已好長一段時間不再復胖　　　讓我同時接收
她和他暢談「一個新世界」　　略微駝背的托勒
打開手電筒　　　　　　　　　和他兩隻警醒的眼睛
大跳 aha 雙人舞　　　　　　　躲在桌底的我
圍觀的是　　　　　　　　　　感受到警備總部被震垮了
上世紀屠殺超過一億同胞的　　它的權力也是虛妄
物種　　　　　　　　　　　　我伸出手　掰掰
使用著 Skype 不斷 call in　　　掰掰了
每一個都在問如何　　　　　　那拖曳尾巴的彗星

註：

艾克哈特・托勒 Eckhart Tolle 當代靈性導師，曾出版：*The Power of Now: A Guide to Spiritual Enlightenment* 以及 *A New Earth: Awakening to Your Life's Purpose*，中文書名譯作《當下的力量》、《一個新世界》

歐普拉 Oprah Gail Winfrey 美國脫口秀主持人、製片人、演員、作家，時代百大人物 (Time 100)

林怡翠

1976年生。台灣大學中文系、南華大學文學研究所畢業。著有詩集《被月光抓傷的背》、散文集《詩人與獵人：島嶼女生的非洲日記》等。曾旅居南非十多年，現在仍日日在練習「回家」這件事。

母愛

就在我們的面前
所有的一切都在降低
夜幕、一場晚雨、告別的耳語，或者
我們小心翼翼才召喚出來的
愛

我們總在垂降
垂降
垂降
直到深淵的底部
意圖要拯救這個連自己都不確定
是否值得的世界

落葉是降得最低的一群
甚至比暴雨更快
淹沒我被枯葉覆蓋住的
卑弱如苔蘚的身軀
當人們在我身上踩踏經過時
我沒有發出一點點的聲音

但我知道，他們就要發現我了
人們將開始為我裝上母愛的眼睛
母愛的鼻子
母愛的嘴巴

我被戴上「溫柔呵護」的髮飾
塗上「犧牲奉獻」的睫毛膏
揹上「偉大包容」的背包

在人群的注視下
被推上長長的刀梯
在這座不斷降低的城市裡
獨自一步一步的向上爬去
直到
人們口中所謂的天堂

初生

親愛的○○○
此時，你仍是一個陌生的人
曾經你以夏露的姿態
進入我
並漸漸地擴張成了這一場晚潮

我害怕發抖著
卻仍然心甘情願地
在即將崩解潰散的船身坐下
等待著隨時可能出現的人魚的歌聲

我羞澀地望向水中
裸露的自己和
乳房
像垂掛於懸崖上的
果實

等待
被你解下
含入那尖銳卻
慈祥的齒間

也許
我們衝撞上礁岩時的那一霎那
會比一夜的愛撫
更加輕柔
我們將會彼此擁抱
像是一次日常的午寐
將身體睡成海岸的弧線

蔡宛璇

群島的小孩，一邊長大一邊學習藝術，成為一位藝術工作者，同時寫詩。出版詩集《潮汐》。成為母親後，慢慢講回母語——臺語，出版《陌生的持有》詩圖集、鉛字活版印刷親子母語詩集《我想欲踮海內面醒過來／子與母最初的詩》。繼續創作，編織生活。

我夢見一些蟬

黑暗有時是安全的
安全有時危機充滿
例如地底下的蟬……

蟬們無法決定生存之所
但是牠們善於選擇時間

土中的迷你維生系統，裡頭有許多
不為人知的事物在運作：
汁液。進食。睡眠。隔膜。根系。
深藏著整個夏天的嘹亮
細瑣聲響和稀薄空氣
從未停止交換信息

那裡頭有日常的苦難
那裡頭有平凡的快樂
看似微不足道，卻也
絕不等同於任何其他

（當一種經驗真實卻無形無體
我們該怎樣去命名和標記？）

黑暗並不總是危險的
危險有時就躲在光裡

棲居在大地上的人啊……
當你們願意記得一些故事
當你們去探究站立的原由
當你們願意為了一起行走
而耐心等候

我夢見一些蟬
正破土而出

我愛美麗的物件

媽媽，我愛美麗的物件
我愛看花，花有遐爾濟
好看的色蹛踮恁身軀頂

日頭敆敆曝厝內　雨滴跳舞佇窗墘　我愛的襪有直直的花逝

我合意你斟酌聽我講話
我合意你慢慢講出故事
你應該陪我做一寡代誌
簡單的，趣味的代誌

我合意姊姊去上課賰我佮你
偷穿逐家的衫搬戲：一二三，一二二
我無愛你偷看我跳舞時
喙邊笑一下笑一下
你莫看我，你莫看我
我會家己欣賞家己
珍珠一般的存在

然後我可能會大漢
變成一个查埔囝
經過的風景疊做運命

然後我可能會大漢
變成一个查某囝
抵著的人彎流做景緻

毋過彼个永遠的細漢囡仔　希望伊會一直佇遐陪看我

希望彼个細漢囡仔　伊從來毋捌遠行

夕下
UNDERTHE_DUSK

鄭慧如
HUI-JU CHENG

劉三變
SAN-BIAN LIU

談詩

吳長耀
CHANG-YAO WU

溫任平
WOON SWEEN TIN

傅詩予
HSIU-YING FU

論詩

| 鄭慧如說詩 |

現實的透視與鑑照
——孫維民詩例

文　鄭慧如

「現實」之所以別於「記憶」或「虛構」，極大的特徵是它的當下性。每個當下分秒驟逝，瞬間即成過往雲煙，片刻難以掌握。回憶取代當下，變成過去的現實，以致文學與現實往往互相建構，彼此滲透，無法截然二分。當詩人著眼於著重於被忽視的生活碎片與當下的臨即感受，下筆為詩，或較能呈現對現實的透視與鑑照。

梵樂希說：「一個真正詩人的真正條件是和夢境再歧異不過的」、「想描寫夢境的人，他自己就要格外清醒。」詩人如何關切現實而不受現實拘限？如何貼近現實而不複製現實？如何抽離現實中的人物或事件而仍能掌握詩思的縱深？以下且以孫維民的三首詩作為例。

孫維民的詩慣常奠基在生活的默察與省思，以冷靜的眼光逼視現實生活中各種復燃的死灰。在思想尚未練成完整的影像前，詩人守候靈感，捕捉幽微的片刻，以期待概念化成影像。

如〈午夜之鏡〉：

他踢開被子和夢
浴室的小燈忽然亮時，他看到一個男人
（彷彿在黑暗中站立良久了）與他狐疑對視：
他的前額油亮，皺紋的荊棘在腦殼裡
持續地茁長，幾枝已然鑽出臉皮。
脖子凹凸的光影像岩石或木材的表面
絲質睡袍底下只有空蕩的骨架吧
慾望和恐懼在其內築巢如鳥與蛇

天亮之後，世界還要繫好領帶與他見面
況且他的床上還有女人，幻秘之境——
他離開馬桶，轉身開燈，繼續
讓那個男人在黑暗裡獨自站立。

又如〈大夢〉：

他壓動水箱的旋鈕，然後刷牙洗臉
一個中年男子在鏡裡端詳著他
著名的弦樂主題又回來了，當妻子
走出廚房在原木餐桌上擺置碗筷
瓶花安靜地死著
第二、三版仍是未了的政爭
中東、緋聞、分屍疑案散落他處
八點三十七分了。她盡責地提醒
他拿鑰匙，坐在門口繫鞋帶
離家之前照例碰觸她的左乳。

當他抵達第一個路口
燈號轉紅，穿運動衣的老人顧盼通過。
開完會後必須抽空去趟銀行週五記得提早赴約
小心對付那頭漂亮的衣冠禽獸
他想。此時一隻白蝶撲撞擋風玻璃
他感覺自己已經完全清醒

雖然他確實還在一場夢裡。

這兩首詩都透過鏡子，在意識邊界探詢生命意義。〈大夢〉試圖追蹤意識深淵一縷沈思的靈魂，而〈午夜之鏡〉模仿夜半睡眼惺忪起床小解的狀態。在《古鏡記》和《風月寶鑑》裡，鏡子是幻想世界的隱喻，而在〈大夢〉和〈午夜之鏡〉中，鏡子則是詩人用以變換位置、鑑照現實世界的意象。

〈午夜之鏡〉中，詩中人在浴室安排了一個鏡中人，等待與半夜起床的詩中人對鏡。從第一節的第四行到第八行對「他」的描述，充滿不安與不真實感，彷彿夜半的面容是時空偶發的凝結物。「皺紋的荊棘在腦殼裡／持續地茁長，幾枝已然鑽出臉皮。脖子凹凸的光影像岩石或木材的表面／絲質睡袍底下只有空蕩的骨架吧／慾望和恐懼在其內築巢如鳥與蛇」，這些可怖的形容，在第二節詩中人回到床上之後，就被拋在腦後，可見詩中人穿過鏡中人看到另一面向的這個自己，特別在夜幕下，更具有超自然的性質。從鏡中人始終站在浴室裡的這個景致，可知詩人著意聚焦在鏡子萬無一失、從不間斷的性質，對鑑照的人緊追不捨。

這個啞劇在〈大夢〉一詩中，轉化成詩中人在清醒狀態下的自我端詳。詩中人按部就班地進行日復一日的機械動作，散文化的敘述代替濃縮的意象交代了詩中人的日常習慣。綿綿的敘述後，以「此時一隻白蝶撲撞擋風坡璃／他感覺自己已完全清醒／／雖然他確實還在一場夢裡」作結，彷彿前此的綿長敘述都來自詩中人的幽靈分身或夢境，而「白蝶撲撞擋風玻璃」，才教詩中人「蘧蘧然夢醒」。

孫維民在出入人生與夢境之間，對於現實細節的注意力，已構築自己的詩風。正如《莊子》說的，「至人之用心若鏡，不將不迎，應而不藏，故能勝物而不傷」，鏡子不討好，也不委屈，當下映照便當下遺忘，沒有任何分別與成見。真實世界與鏡像世界互相凝視，從而由心即象，由象即

心，以建構不斷衍生、不可固定言說的人生意義，這是〈大夢〉和〈午夜之鏡〉的共同命題。

再如〈窗景〉：

2：49P.M. 對面的女人推開紗門
在熱水器旁晾掛剛才洗好的六副胸罩
她的腋毛稀薄皮肉軟白，它們
迅速安靜下來如病變死亡的珊瑚或鳥。
冷氣機持續滴水……
盆栽多數已經枯乾不過還擺置在陽臺上
昧暗的視窗始終不見一條細瘦的男人影子
他的氣味溢出半開的百葉——
而週日下午的電視京劇，斷續
從深不可測的中庭底端升起……
三百公尺外，一名工人站在竹搭的鷹架間
（多像一隻無聲顧盼的山雀）
在尚未完工的大樓第八層
左邊第二扇窗下。

詩中的時間是週日下午兩點四十九分，詩中人的位置是在附設中庭的社區大樓內。詩中的「我」是一雙窺探的眼睛，主要偵測的目標是同社區對門的女子。社區大樓內，比鄰的住戶太過接近而無隱私權。此詩藉窺看者膨脹的主體來寫被犧牲、物化的他者。此詩運用死亡意象，冷冷凝視本來富於性暗示的女子腋下，翻轉讀者從「剛洗好的六副胸罩」而理所當然產生的閱讀期待。「她的腋毛稀薄皮肉軟白，它們／迅速安靜下來如病變死亡的珊瑚或鳥」、「盆栽多數已經枯乾不過還擺置在陽臺上」，這類蒼白疲軟的意象使得此詩仿若雖生猶死的活人祭。「昧暗的視窗始終不見一條細瘦的男人影子」，以透視法寫下詩中人對「她」長久的窺視。「三百公尺外鷹架上的工人」也是詩中人觀看的標的。真正「無聲顧盼」的是詩中人。有如顯微鏡。

透過現實所呈現的當代性，有強烈的反思色彩。以上三首例證，在幽微、冷靜、自制的詩眼下，孫維民擷取現實生活的片段或細節，在如實描寫的基調中摻入假定的成分，將旁觀者的理解寓於意象與意象的銜接處，洞見因而產生。

ABOUT 鄭慧如 ————

現任逢甲大學中國文學系教授。
著有《身體詩論（1970-1999·台灣）》、《台灣當代詩的詩藝展示》、《台灣現代詩史》等。
選定、著錄及撰寫「中國大百科全書·第三版·台灣現當代詩」詞條。擔任「中國新詩總論·評論·1950-1975」台灣之選文。

| 雪城詩話 |

─達達主義的夢魘

文　傅詩予

要了解達達主義（Dadaism）這一個興起於一戰期間的歐洲文藝思潮，首先必須先從藝術界的那些往事談起。達達主義發源於瑞士蘇黎世，是一群避戰的文人藝術家集結後百無聊賴與失去心靈寄託時興起的活動，它涉及文學詩歌、視覺藝術、戲劇、設訂、音樂和電影等。它盛行的時間很短，然僅區區二十多年，卻如夢魘般縈繞不去，二十世紀的文藝流派幾乎都間接受到它的影響，當代或者今日，仍有許多創造者癡迷於這種創作思維。其實他的創作思維很簡單，就是顛覆、摧毀舊有的次序，產生新的概念。

最能代表達達主義的藝術家，便是杜尚（Marcel Duchamp , 1987-1968）。1917年，它展列了〈噴泉〉（Fountain）。這個物件到底算不算藝術創作，仍然是爭執焦點。事實上它只是個現成的男用直立小便器，卻

讓杜尚的簽名抖得玄乎極玄。當時有人問起，他說：「便斗有我的簽名，而且數量有限。」，難道一件普通的便斗，簽上姓名和日期就不一樣了？儘管爭議不休，它卻成為「裝置藝術」（Installation Art）的鼻祖，是觀念重於技巧的藝術，將一些現成物件或能引起暗示的媒介品，在特定的環境中，表達作者內心深處的獨白、理念。只是這種做法，卻直到 1990 年藝術界才出現第一座以「裝置藝術」為名的美術館，即英倫的 Museum of Installation。2019 年 12 月，在邁阿密巴塞爾藝術博覽會中，一幅由義大利藝術家 Maurizio Cattelan 所創，名為「喜劇演員」，以膠帶將金黃香蕉貼於展覽牆上，要價 12 萬美金，引起嘩然。而這也正是達達的遺緒。此外以身體表達感情或意念的行為藝術也早在 1916 年達達創始人德國雨果·鮑爾（Hugo Ball，1886 － 1927）在伏爾泰酒店

表演時就初具模型。他把自己卡在硬紙板捲成的圓筒裡，讓人抬著上下舞台。然而這樣立體的行為藝術也是到近代才被開發。

達達，意即孩子不明確的牙牙語。根據當年居住在蘇黎世的德國藝術家理查德·胡爾森貝克（Richard Huelsenbeck，1892 — 1974） 的說法，是他和創始人德國詩人雨果·鮑爾在法德詞典中發現的詞。他們覺得這個名稱很怪誕有趣，因此就命名為「達達主義」，取它的隨意性。「隨意、怪誕與毫無意義」，便是它們追求的目標。戰後，聚集在蘇黎世的作家藝術家們雖分奔離析，但爾後以法國詩人查拉（Tristan Tzara，1896 — 1963）為首的達達主義，仍幽靈似的飄在文藝的上空，以致催生了超現實主義，直至今日，任何以前衛為目標的創作，似乎都或多或少受到達達的影響。反傳統、反藝術、反文化和反邏輯，成為一種魔咒，在文藝圈中褒貶不一。其中，最被詬病也最被推崇的是剪輯技術（Cut-up technology ）。這項技術是由查拉在 1920 年提出的，是黏貼的視覺藝術，運用在文字的延伸。查拉建議從報紙上剪下文字，隨機選擇片段來組詩，亦即將原文本剪切並重新排列以創建新的文本。查拉在 "To make a Dadaist Poem"(1920)，這樣說的：

· 拿一份報紙。

· 拿一把剪刀。

· 選擇一篇你打算作詩的文章。

· 剪下文章。

· 然後把組成這篇文章的每個單詞剪下來，放在一個袋子裡。

· 輕輕搖晃。

· 然後按照碎片離開袋子的順序，一個接一個地取出碎片。

· 認真抄寫。

· 這首詩會像你一樣。

· 你是一位作家，具有無限的獨創性，並被賦予了一種迷人的感受力，儘管這些感受力超出了庸俗的理解範圍。

本來這項技術在達達勢微後本該煙消雲散，但二十世紀中，作家兼畫家布里昂基辛（Brion Gysin ，1916-1986）偶爾將紐約先驅論壇報切成條狀，隨機排列後的介面，讓他產生奇幻的效果，於是他開始醉心於這項技術，並和《裸體午餐》的作者威廉·巴勒斯（William S.Burroughs，1914-1997）大量玩轉這種遊戲，以剪輯為始，更聯合開發了進階版，即折疊技術（Fold-in），他們將每張報紙垂直對折並與另一張合併，然後便成新的頁面，是兩個主題的混合，這樣的折疊技術，後來也影響音樂創作，而有了混搭（Bastard Pop）。1977 年，他倆合著了 "The Third Mind" ，一本完全剪輯出來的散文集。之後他們還運用到印刷媒體和錄音去解碼材料的隱喻，並假設這種技術可發現文本的真正含義。可說是讓查拉在後現代運動中徹底復活。

這種創作方式雖讚美與謾罵並存，但筆者覺得任何爭執不休的前衛藝術，有可取，也有不可取的地方，後人只要善加利用，也可以成為自己創作上的助力，尤其是面臨創作的冰河期，當腸枯思竭時，它所提供的娛

樂與戲謔，或許可以激發作家的靈感。為了啟發靈感，這是一種不錯的方式，但問題在於「隨機提取」，因為隨機，往往沒有主題，一首立意不清的詩，往往讓讀者摸不清頭緒，所以無法感動，無法產生共鳴。最好的方法是，隨機提取後加以取捨增刪，最後聚焦出作者的暗示，如此一來，結合傳統與前衛，那麼歇斯底里的達達將不再是夢魘，而是突破自我風格的敲門磚。

2022/11/14 於加拿大 City of Richmond Hill

ABOUT 傅詩予

傅詩予，一九六一年生於臺灣苗栗縣。畢業於臺灣師範大學國文系。一九九七年起定居加拿大。作品散見於臺灣及海外各報刊雜誌。曾獲台北僑聯總會華文著述詩歌類首獎、夢花文學獎新詩優選、菊島文學獎新詩佳作、台灣文學館愛詩網佳作和統一企業飲冰室茶集徵詩首獎。

已出版：
詩集《尋找記憶》（二〇〇九年台北秀威資訊）
詩集《與你散步落花林中》（二〇一一年台北秀威釀出版）
詩集《藏花閣》（二〇一二年台北秀威釀出版）
詩集《詩雕節慶》（二〇一五苗栗縣政府）
詩集《昨日之蛹》（二〇二二年台北秀威釀出版）
散文《雪都鱗爪》（二〇一五年文史哲出版社）

| 大馬的詩 · 大馬的人 |

林迎風：
寫歌詞還是寫現代詩？

文　溫任平

　　林迎風是位資深新聞從業員，1981 新聞系畢業後，便一直在國內的銷量甚廣的《南洋商報》服務。從記者到新聞主任，然後進入報館的行政部門擔任業務主任到區經理。在南洋商報 40 年，最近退休，仍擔任執行顧問。他在報館的第一個差使，便是在巴生擔任記者，有機緣接觸樂壇前輩丁冬、李俊雄，開始詞曲創作。

　　70 年代林迎風加入天狼星，刻下擔任詩社理事。出版過個人著作與多部文學合集。80 年代迎風自韓江新聞系畢業後，即在巴生從事新聞工作。期間自然認識了不少歌手，他試著寫歌詞大概從那時開始。女歌手蔡可荔走紅，林迎風為她走紅的歌〈年輕〉撰寫歌詞，中間一段：「你現在踩著 / 我過去走過 / 你正在記取 / 我已經的遺忘」，修辭圓融、反轉呼應與台灣校園民歌陳明韶的〈下雨天的週末〉，效果不遑多讓。

　　嗣後國內華語流行歌開始通過文化、教育的管道在歌壇崛起。1987 年「十大歌星義演」為國內的全馬華校籌款。「十大義演」在過去的 33 年籌集超過 5 億 7700 萬令吉的捐款，估計超過 640 所華校受惠。這使國內流行歌手獲得社會的好評，自我增值，也使不把流行歌看在眼內的文化人對流行華語歌曲另眼相看。十大義演是提供大馬本地歌手更大的平臺，當中有些歌手闖出海外，並在港臺揚名立萬。

　　林迎風也為馬來西亞十大歌星，撰寫了第一首團歌〈愛那麼簡單〉，它使我想起香港膾炙人口的粵語合唱曲〈朋友〉。〈愛那麼簡單〉成了 1997 年開始全國義演獻唱的壓軸曲。我特別留意林迎風修辭嫻熟的對仗：

我只想在你停歇時
做一個平平安安的海港
讓你什麼
什麼都不必驚慌

又或許在你流浪時
做一個什麼都有的背囊
讓你的疲憊
都能往裡頭裝

〈愛那麼簡單〉曾在大馬電台連續奪冠，歌曲活潑悠揚，歌詞詩意盎然，自從獲得國內聽眾的支持與好評。我一方面慶幸迎風的語言詩意化的功底，另一方面頗憂慮他浸淫在歌詞的創作太久，涉足過深，創作現代詩可能水份太多——押韻多、套路多；濫情，通俗——為了適應大眾的口味。不少寫歌詞的高手（港臺有太多例了），他們的歌詞不是在媚俗，而且在「媚雅」，方文山便是一例。

流行歌的歌詞，大家耳熟能詳，對它期望不高，我留意到，從文學的角度扎評歌詞的文章甚少，香港方面的碩博論文倒是讀了十多篇。偶爾看到一些近乎詩，有詩意具有詩性的歌詞，一般讀者（不是艾柯 Umberto Eco 提的典型讀者）反而會讚口不絕，華語、英語

歌詞，聽眾（受眾）大抵如此。我特別留意的是林迎風如何扮演他的兩重角色：流行歌詞撰稿，與不斷努力注入新元素的漢語現代詩之間的扞格。他本身有沒有這種夾縫式的撰寫困擾？他有自覺自己的二重性與二重性不諧可能的失誤嗎？

失誤什麼？林迎風可能把流行歌詞寫得過於文學，流行歌詞向文學傾斜可能讓它的聽眾接受不來，覺得它艱深難懂；如果迎風把流行歌詞那一套悲秋傷春、無事說愁的束西帶進現代詩，那就斲傷了詩的本質。針對我的憂慮，迎風在 WhatsApp 給我的答覆是：「老師，個人感覺，寫流行歌與寫詩是兩種不同的層次，但能互通有無。寫歌時，是想走進人群裡，想有更多流行及合唱的聲音。寫詩，是從人群裡走出來，或許說是尋找仰望，想有不同的共鳴。」（03/12/22 WhatsApp）

他為另一首歌〈心的旁邊該加上什麼〉寫詞，榮獲「馬來西亞娛協獎」，這首詩與眾不同的是，歌詞的內容由始至終沒提到「該加什麼」，作者不給答案。詩的末節：

心的旁邊
該加上什麼

ABOUT 林迎風

原名林揚峰，一九八零年生於馬來西亞檳城，祖籍福建安溪。韓江新聞系後任《南洋商報》記者。曾在以下徵文賽中獲獎項，《2008 詩人杯》、《游川短詩創作》、《我的父母親文學創作》、《寸草心》、《雙福文學》、《影響我最深的華文老師》、《南大微型小說》及《天狼星詩社員現代詩創作競寫》。

才能完完全全讓你知道
你是我
最初的愛　最後的執著

　　是透露最多訊息的五行，林迎風讓問題懸著，這在現代詩是慣技，在流行歌詞是千中無一。這種「懸念」的美學設計，可能（我估測）是迎風開啟詩心的初步。詩貴含蓄忌直露，意在言外，這是寫詩的常識。一旦作者決定在作品中留白，讓想像力發揮，作品／作者與詩神繆思即不遠矣。張口見喉的詩，其實是散文描述，余光中的論述《逍遙遊》、《掌上雨》，曾一再強調。

　　憑藉這種想像留白，懸念設計的語言發展傾向，林迎風越過流行歌詞的框式，邁入現代詩的拗口甚至有點艱澀費解。同樣寫人間情愛、哭與笑，像〈那些隱藏的事〉：

　　「你的傷痛有人懂，或許沒人懂／宛如宮牆，有門沒出口／燭光熄滅，熹微從裂痕中透漏／撕開視線，一絲隱痛已化蔚藍／登上樓閣看雲和星光交換寂寞／那人留在樓下風花雪月中／尋思探花寂寞，還是尋月孤單／昨晚笑得越燦爛夜色就越沈重／渾酒不說，大家都懂／笑是初雨的漣漪，哭在醉倒後／捉一把忘卻柴米油鹽的花香吧／坐進海市蜃樓笑看虛幻／這纖纖手指曾如此風華，輕撫／江山，斷瓦和殘垣殘缺了記憶／傷痛和風騷擠在一瞬間／你只想優雅的坐著讓歲月斜看」。

　　傷痛的有人懂、沒人懂；有門沒有口，這種內容是流行歌詞慣用的語言表述，所幸詩往下發展，寂寞孤單這些套語漸漸被柴米

油鹽帶來地氣，「風花雪月」是各種氣候的代稱，它在若干程度上被「現代化」了。從個人的小愁小傷鏈接斷瓦殘垣，說來海市蜃樓與江山，這種聯想也不是流行歌詞的風格（trend），然後一個反高潮，「你只想優雅的坐著讓歲月斜看」這種想像的跳躍，「以退為進」的技巧，使流行歌詞變成了現代詩。

　　迎風的〈醉語〉把〈那些隱藏的事〉用另一種方式寫出來，在語言上予以簡化，但是典型讀者看得出來這已經不是歌詞，而是詩。林迎風夫子自道：「寫歌時，是想走進人群裡，想有更多流行及合唱的聲音。寫詩，是從人群裡走出來，或許說是尋找仰望，想有不同的共鳴。」我們看他如何處理：

　　　　我是你昨晚碰杯時不小心
　　　　濺出
　　　　掉落花瓣的晶瑩
　　　　解讀一夜星光停在過去式
　　　　在晨曦宿醉未醒
　　　　留那麼一小滴迷戀著月色
　　　　忘了隨晨光升起
　　　　可以很神仙的我們
　　　　忘了來世間的目的
　　　　互相遺棄
　　　　卻又一直尋找彼此的呼吸

　　前面數行的戲劇性動作，到「一直尋找彼此的呼吸」都超踰流行歌詞的浮淺，兩情繾綣的同聲共氣，尋找對方的呼吸，印證詩中的「我們」神仙般的生活在一起。〈一首牆〉迎風企圖表達的是，寫詩像穿越城牆那

麼難，也像魔術那麼容易：

> 一道結冰的牆
> 以漠視透視彼此
> 我是大衛·科波菲爾
> 在牆角種花，學習穿透

林迎風人在報界，應酬不免，乃有酗酒醉步詩〈此時ㄔㄏ〉：「那夜喝好了幾杯真橙，桌花從菊花變成櫻花 / 微笑著竊竊私語 蔑視我和生魚片保持的距離 / 我不敢，我真的不敢越界 / 刺身沾著綠芥末囫圇入喉，嗆了一個回溫 / 給我多一杯多一口就能搖出藝妓溫柔的唱 / 另一種鄉愁，讓滋味繼續嗆著，眼睛 / 此時ㄔㄏ，躑躅或是踟躕 / 葉落成沒有筆劃的詩句，被時間吹到巷尾 / 我還感覺良好的一個人在街頭蹣跚，等誰」，這些句子如何處理？我的意思是怎樣唱？寫成歌詞對歌手是個大挑戰——寫成散文詩尚叵——壓軸句「我還感覺良好的一個人在街頭蹣跚，等誰」是個修辭問句，沒有答案的問題。像屈原的〈天問〉。

人在紅塵，目睹多少人與事，多少人間滄桑，林迎風似乎沒有在作品裏有什麼深刻、揪心的感觸。〈等待目光〉一詩提到「囚犯」，心理學家告訴我們：我們是社會的囚犯，我們也是自己的囚犯。這首詩交給我寫，我會循著對生命的感觸這條思路發展下去。詩人 / 作家必須有自己對生活 / 生命的哲學觀照。我不是林迎風，感觸不多，想像的維度不一樣。「五湖四海的魚」對他而言都是垂釣者，他們的移動、寒暄、神遊……其實

是不同方式（但又迫不及待）的冀盼。前面 10 行有些老莊的趣味：

> 玻璃窗在等待會移動的
> 映射和它寒暄
> 吐氣成畫
> 懶人椅已懶得再理睬
> 唯一的囚犯，神游
> 五湖四海的魚都在
> 岸上，等待垂釣者
> 而時間，在窗紗裡繼續
> 搖擺一個空虛的上午
> 你在空虛裡等待下午
> 目光已迫不及待的
> 在街上，熙熙攘攘

但迎風可能不怎麼接觸道家思想。他的反應是好整以暇，「五湖四海的魚」對他而言都是垂釣者。他們的所有動作；移動、寒暄、神游……其實是不同方式（但又迫不及待）的等待；一個布爾喬亞階級的城市人偶爾的遭遇與感觸。

2022 年 12 月 4 日 . 倒數 176 天。

ABOUT 溫任平

1944 年生於霹靂州怡保。馬來西亞天狼星詩社社長，推廣現代文學甚力。曾獲第六屆大馬華人文化獎。著有 5 本詩集；2 本散文集；7 本論文集。主編 5 本重要文選如《馬華當代文學選》和《大馬詩選》。作品收錄於多本文學大系和中學華文課本。多首詩作被譜寫成曲。

| 那一年我們追的詩集 |

山城手記

04 珍珠海域

文　吳長耀

1990 年代，我繼續擴展「作者論」之「聖稜線」的版圖，有邊無界，直到海枯石爛，地老天荒。楊牧的《時光命題》、《涉事》；洛夫的《月光房子》、《隱題詩》、《雪落無聲》；余光中的《夢與地理》、《安石榴》、《五行無阻》、《高樓對海》；向明的《隨身的糾纏》；鄭愁予的《寂寞的人坐著看花》；葉維廉的《冰河的超越》；汪啟疆的《海上的狩獵季節》、《藍色水手》、《人魚海岸》；簡政珍的《浮生紀事》；林燿德的《不要驚動不要喚醒我所親愛》。敻虹的《紅珊瑚》、《愛結》、《觀音菩薩摩訶薩》；朵思的《心痕索驥》、《飛翔咖啡屋》；零雨的《消失在地圖上的名字》、《木冬詠歌集》；曾淑美的《墜入花叢的女子》；鍾玲的《芬芳的海》；林翠華的《貓供》；陳斐雯的《貓蚤札》；沈花末的《有夢的從前》；夏宇的《腹語術》、《摩擦·無以名狀》、《Salsa》；羅任玲的《密碼》、《逆光飛行》；葉紅的《藏明之歌》、《廊下鋪著沉睡的夜》、《瀕臨崩潰的字眼感覺有風》；陳育虹的《關於詩》、《其實，海》；江文瑜的《男人的乳頭》。

1989 年我曾經參加創世紀詩社的 35 週年紀念會，遇上新陸詩社的張國治，同時，他介紹幾位詩社的朋友。後來，他送我 2 本詩集《雪白的夜》與《憂鬱的極限》，這是第一次詩社的朋友送我的詩集。當時我只能給他一張單薄的名片，忽然我想到那些稿件，或許整理整理出個詩集，下次與詩友見面，我也可以送本詩集了。想著想著，沒多久又收到紀小樣的《十年小樣》、《實驗樂團》；陳謙的《山雨欲來》、《台北盆地》。我翻閱著好友的詩集，那種熱情與溫暖，令我感動不已，但是，出版詩集這個簡單的心願，竟然延至多年後才實現。

1990 年代，我參加幾家詩社的研討會，認識多位詩社朋友們，有時會獲贈新出版的詩集。後來還參加林燿德的青年寫作協會舉辦的系列活動，認識更多的前輩，也獲贈更多的詩集。忽然我發現有自費出版的詩集，例如詩之華出版社：楊平的《空山靈雨》與《永遠的圖騰》、陳大為的《治洪前書》、賴賢宗的《雪蕉集》、謝昭華的《伏案精靈》。例如文史哲出版社：陳大為的《再鴻門》、方群的《文明併發症》、丁威仁的《末日新世紀》。也有政府部門出版的詩集，例如文化中心：蔡富澧的《與海爭奪一場夢》、

白家華的《群樹的呼吸》、大荒的《第一張犁》、朵思的《從池塘出發》、顏艾琳的《抽象的地圖》。此外，也有罕見的出版社：例如阿翁的《光黃莽》、尹玲的《當夜綻放如花》、張國治的《帶你回花崗岩島》、布靈奇的《我和我破碎的詩》。

*

1990 年，新陸現代詩學講座。

這種詩社舉辦的活動，我們可以拉近彼此距離，靜靜地傾聽詩友暢所欲言。有時候前輩的美學詩觀，創作經驗，作品風格等，短時間內即可收穫豐富。這些講座是小型讀書會或新書發表會的形式運作，詩社的凝聚，雖然頗令人期待，但是年輕詩社很多很快就消失無蹤。週末假日，我多抽空參加這些活動。後來，我也思索著，新詩的形式與流派，新詩的素材與趨勢，遠遠超過我的程度所能解決的問題，只能看著此起彼落，俯而出現的「詭譎作品」。

*

1993 年，詩社與詩刊。

一信邀稿，後來又邀我參加中國詩社舉辦的「向明新詩作品座談會」，詩選徵稿等等。我覺得，一信對於我的作品非常放心，沒有什麼問題，就全收下了。漸漸地，我對於自己的作品反而越來越不放心，深怕寫多寫滑失手了。而其他的詩社：藍星詩社的向明，大海洋詩社的朱學恕，笠詩社的岩上，心臟詩社的噴泉，這幾位前輩對於我的詩，也是頗多的寬容與鼓勵，尤其多次刊載我在異質邊緣的書寫空間，甚至非典律的他者文本。

*

1995 年，洛夫作品研討會，中國青年寫作協會主辦。屬於中生代／新生代與洛夫的對話。從題目學，古典素材，現代主義，時空錯置等多重角度的研習探討。而其中的第二場：「論洛夫〈杜甫草堂〉的時間與空間」，汪啟疆主持／林燿德撰述。忽然，汪啟疆笑著說：「吳長耀，請發言。」我應聲站起來，戰戰兢兢，臨淵履冰，支支吾吾：「報告艦長，ㄅ，關於差異地點，關於贗品，我覺得，……。」我想，有人納悶著，這是誰呢？艦長怎麼認識我的呢？「至於遷徙與逃亡，如何援引古典，如何逃避邊陲，達到二度型塑的風格？」

*

1997 年，青年詩人創世紀現代詩講談會，創世紀詩雜誌社主辦。這次研討會很特別，全場以青年詩人為主角，暢談書寫場域，創作經驗；世代文本，語言意識；詩學論述，欲望拼貼；消費結構，現象觀察。這是我首次傾聽陳大為，黃粱，楊宗翰，丁威仁的論文發表，我覺得，每位同學都說得很好，各有特色，各有所長。之後，二三十年，這幾位，大學教授，也都繼續出版詩集，詩選，詩論，詩史。我也繼續收藏你們的作品，繼續傾聽你們的逆音，異語，眾聲喧嘩。

ABOUT 吳長耀

1953 年出生，嘉義中學 61 年高中畢業，大同工學院機械工程系畢業。

詩獎：新詩學會「優秀青年詩人獎」、創世紀詩社「創世紀四十週年優選獎」。

詩選：作品選入《創世紀詩選》、《中華新詩選》

詩集：《山城傳奇》、《逆溫層》

詩想札記

文　劉三變

感受力與想像力是詩的一對翅膀，然而繁忙與世故卻常常折損詩的羽翼，讓詩飛不起來。

浪漫主義的抒情雖然感人，有時卻缺少一些文字、語言的美感表現；而某些超現實主義的詞句過於追求形式，文字的過度雕琢，卻缺少了感情的真摯。

能寫出一首好詩勝於發表了三首普通詩作；能出版一本詩質好的詩集也勝於出了三本普通的詩集。

除了天才，渾然天成是很少會對長詩青睞的。

靈感是短暫的，靈感會給予你出眾的詩句，卻不一定會給予你出眾的詩篇。

在創作上我無需跟任何人比賽，若真的想比賽，須要跟他比賽的人只有自己。

如果名氣大就能成為優秀的詩人，我想7-11應該是個非常優秀的詩人。

在翻譯齊克果與費爾南多‧佩索亞的散文中常常看到一流的詩句；在許多一流外國詩人的翻譯詩作中卻常常看到許多普通的散文。

偉大的藝術家常常超越同時代的作品，同代人與評論家落後的眼光總是追不上優秀創作者前進的腳步。

文學創作的努力，很晚才會有報酬的，甚至在有生之年也未必會受到重視；但對於一個喜歡創作的人，寫出好作品才是一切。

語言形式的美感才能給予詩內容更大的意義

詩的抒寫，詞意並不完全等於詩意。

一直深怕為詩而詩，因此除了詩作本身外，舉凡有目地的創作，我儘量避而遠之。

音樂的喜悅是情感的喜悅！文學、藝

術的喜悅除了情感的喜悅外，還有美感的喜悅！

作家基本有兩種，一種是受大眾喜歡的作家，一種是影響作家創作出好作品的作家。

好的作品會互相觸動，一篇好的文章可激發插畫家畫出文學性強的插畫；一張令人感動的畫也可觸動詩人寫出一首好詩；一本經典的詩集，也可讓人寫出一篇精彩的評論。

寫詩時，你必須褪卜任何角色，不管你是評論家、教授、文學總編……必須回歸為單純的一個人，回到最自然的寫作狀態，否則名氣與職位反而會成為你寫作時的腳鏈與手銬。

文字美感的崩塌，只會讓糟糕的詩作越來越多。

文字是傷心歇息的最佳居所

什麼是好詩？好詩就是不管任何時間、任何空間閱讀仍會喜歡；仍一樣耐讀的詩。

常看到一本詩集，好詩常常被自己太多的壞詩淹沒；一首詩，佳句常常被自己許多平淡無味的詞句稀釋掉了。

詩名身後事，詩作優為先。

要過精神上的生活，最好每日都浸泡在文學、藝術與音樂中。

詩的大眾化；沒有暗示，蘊含深意的口語化反而造成了詩的糟糕化。

一本書出版後的評語往往比出版前找人寫出的評語更為真實。

主流刊物總是喜歡刊登受大眾歡迎的作品；而優秀、偉大的作品通常都不是為了迎合大眾喜好創作的。

對於一個創作者來說，最重要的就是懷孕作品；而且懷孕的是好作品。

寧願寫出憂鬱、悲傷真摯的心情；也不願寫出虛偽快樂的喜悅！

詩有詩的國度；音樂有音樂的國度；藝術有藝術的國度。在詩的國度，我們是詩的子民；卻無須分真正的國籍。

我在意的是作品的好壞，情感的真摯，詞句意象的鮮動，致於發不發表那已是其次的問題了。

名氣與獎項都是短暫的，作品的藝術性與恆久性，時間才是唯一的評審。

孤獨時才會向內心走去，有更多的時間與自己相處及更多自由的思考空間。

對於寫詩的人，好詩被看見比本人被看見更重要。

當你要描繪自然、描寫農家、勞動者……的作品時，在學院裡你是學不到的，你必須去生活、感受；甚至與他們接觸、互動。

文人在文壇的名氣或文學刊物的職位常需靠前輩提拔；而職位帶來的名氣是短暫的。作品的優劣、好壞反而須靠時間，等待有才氣的晚輩去挖掘與定位。

憂鬱與愉悅；快樂與悲傷都是真實的存在，只要是真實，就值得為它寫成一首詩。

有些普通作品非常受一般大眾閱讀喜歡；而有些一流作品卻反而只受到少數優秀的創作者青睞。

德拉克拉瓦說：「現代繪畫是一種不多敘述的藝術」，我認為詩更是如此，要精鍊、濃縮；而不是用過多的語言去淡化詩的質感與語言的張力。

一個創作者除了感受力的敏感外，更重要的是想像力的敏感。

當你在閱讀思維的作品時，有智慧的思維也會牽動你的思維……。

創作可以有自信；但不能自滿，自滿的人往往無法超越別人，更無法超越自己。

現在的詩基本有兩種，一種像手工藝品，只要發時間就可製造出來；一種是藝術品，需要感受、想像與創新，這樣的詩作是不容易得到的。

得獎是一件好事；但一直為得獎去寫作卻是一件壞事。

對創作者而言，有名氣與有才氣往往是兩回事。

創作與佛法修行有某些類似，它不是向外索求；而是須向內心走去……

孤獨的天線會增加想像力的敏感度

散文寫得好的人，詩不一定寫得好；但詩寫得好的人，散文基本上都不會太差。

對於我來講，寫出一首好詩的喜悅，往往勝過發表一首詩的喜悅。

一個有見解的詩人，總是獨立不羈，他有他自己航行的方向，不會陷入詩壇的漩渦；也不會掉進人群的河水中隨波逐流……

ABOUT 劉三變 ——————————

本名劉清輝，詩人、詞曲作家。王識賢〈腳踏車〉的詞曲創作者。
曾為《曼陀羅》詩刊同仁；《歪仔歪》創社同仁。
曾任蘭陽文學叢書評審委員。著有詩集《情屍與情詩》、《誘拐妳成一首詩》、《讓哀愁像河一般緩緩流動》。手稿受國家圖書館典藏。

| 停車格 |

以詩作羅盤，尋找定位：

細讀落蒂〈旅程〉、〈孤寂的夜〉、〈風吹沙〉茫然的呼叫

文 夕 下

落蒂（楊顯榮，1944- ）曾於詩集《大寒流》後記敘言：「如今面對紛亂世情，心中盼望有解世紛、濟蒼生、安黎民的人物出現，惜吹來的都是西伯利亞的大寒流」[1]，落蒂憂國憂民的性格毋庸置疑，所著詩集不乏以筆墨記錄人民、社會以及世界的憂慮，盼望讀者能藉此認真思考，當今世上的種種問題，如〈場景照片六帖──高雄氣爆事件有感〉[2]一詩，以六種角度記錄高雄氣爆事件牽涉人物，比純粹紀實更有感染力。當中，落蒂最為關注的乃為人的走向、意義、自身於各範疇的定位。蕭蕭（蕭水順，1947- ）曾於《大寒流》的序寫道：「在眾多詭譎的詩風中，眾多前輩響亮的名聲裡，如何脫穎而出，未嘗不是落蒂的另一個心理壓力」[3]，昭示出落氏在專長的詩路上需努力尋求自身定位，難免使人疑惑在其他範疇有否如此想法。

落氏不斷撰詩以認準自己於詩路的定位，過程中難免出現跌宕，〈旅程〉一詩正訴說其過程。其詩低吟：

只有單調
只有寂寞
那一條灰濛濛的小路
延伸向空無

只有大雪紛飛
只有人車行過的泥濘
沒有電影情節
沒有繽紛的奇遇故事

沒有暫停的小站
沒有過夜的村落
只有風的吼叫
只有蒼茫的大地

走不快的是我的腳步
算不準的是何時到達終點

註：1. 落蒂（楊顯榮），《大寒流》（臺北：秀威資訊科技股份有限公司，2017 年），頁 255。
2. 落蒂，《大寒流》，頁 161-166。　3. 落蒂，《大寒流》，頁 5。

沒有一隻鳥飛過也
沒有一隻狗在逗留
延伸向未知
那一條灰濛濛的小路
只有寂寞
只有單調

　　旁人眼中，詩人在「大雪紛飛」、「人車行過」如詩如畫、熱鬧得很的情況下，就能藉此締造無數使人動容的詩作。然而，只有詩人明白，創作過程中並沒有引人入勝的「電影情節」、「繽紛的奇遇故事」，若然途中渴望能暫作休憩，平常隨處可見的「小站」或准許「過夜的村落」其實都不曾存在，意即當一踏上詩路，是不允許擁有放棄念頭，只能一直向前，默默忍受「風的吼叫」，與「蒼茫的大地」作伴。終點長路遙遙，起初認為只是「我」的腳步「走不快」，所以遲遲未能抵達。環顧四周，發現周遭只有空無一物的寂靜，「沒有一隻鳥飛過也 / 沒有一隻狗在逗留」，現正踏足的是「一條灰濛濛的小路」，盡頭是延伸向「空無」與「未知」。回想行經過的路，只能感受到「單調」與「寂寞」。

　　全詩不斷重複「只有」一詞，一語道破他人對於詩人（或從事文字創作者）的幻想，看似美好旅程實乃虛幻，情景乍看華麗動人、不乏娛樂，若然細看「大雪紛飛」以及「人車行過的泥濘」兩句：前者，使用雪以及冬日所象徵的死亡，使植物枯萎、部分動物冬眠，杳無生氣，並且下著的雪大得似暴風雪，稍一不慎，隨時喪生；後者，焦點應在「泥濘」而非「人車行過」絡繹不絕的景況。他們的途經，與「我」「寂寞」的旅程有所對比。他們經過時，地上的「泥濘」四濺至「我」身上，使「我」狼狽不堪。「泥濘」亦可解讀成他者對「我」的流言蜚語、社會輿論等，使「我」需同時承受「大雪」以及「泥濘」的困擾。

　　落氏亦用不同意象，如「風的吼叫」、「蒼茫的大地」、「沒有電影情節」、「沒有繽紛的奇遇故事」、沒有「鳥飛過」及「狗在逗留」，以突顯「單調」與「寂寞」。「我」由始至終都是孤身面對並且繼續行走那條延伸至「空無」、「未知」的「灰濛濛的小路」。詩作的結構上，落氏以迴文體體裁撰寫此詩，以複沓的寫作手法深化詩作要旨，讀者讀後形同進入一條打圈的道路，未能脫離，故此感受到作者的無力感，仍在尋找自身於詩路上的定位[4]。

　　撇除詩人身份，落氏亦身兼父親一角。〈孤寂的夜〉[5]即可以讀出身為父親，如何面對三名女兒獨立、步出社會後自身的困惑。其詩開首吟哦時光飛快，夜幕來臨，「你」經已長大成人，漸漸萌生自我想法。「你走縱的，我走橫的」，於「同一平面上」分道揚鑣。故此，「我」不需再時刻替「你」操

註：4. 〈旅程〉一詩於 2012 年 1 月刊登在《秋水詩刊》中，其後落氏於 2017 年 2 月在《自由副刊》刊登了〈奔〉一詩，內文同為講述自身於詩路上的起伏。然而結尾處稍有分別，其謂：「只剩下一個小黑點 / 仍在往前狂奔」。雖與〈旅程〉一詩看似並無差異，但細讀發現落氏成功用五年時間擺脫循環，至少能夠向前狂奔。〈奔〉收錄於其詩集《大寒流》，頁 106-107。
5. 全詩見落蒂，《大寒流》，頁 46-47。

心，如照料孩童般看顧「你」。「你」在遠方誠懇地告訴「我」「所有人都佔據天體的一個方位」，表明「你」即使長大，「我」仍然在「你」心中佔據一席位。然而，「我」對此抱有質疑，憶起「昔日用力的攀爬」般悉心照料的情景，便「突然全身癱軟」，更不自覺落下「一顆淚」。只能如「鷺鷥」為求進食待在「那一個小小的一方天地」的家中，「平靜的吞食」三餐，渡過「孤寂的夜」，不再費神「相互關心」。往後的日子會變得如何、相遇與否並不知曉。唯一得悉的，就是「我們」動「如參與商」，除特別日子外，都較難相見、回到昔日居於同一屋簷下。

　　〈孤寂的夜〉彰顯的是落氏身為父親，此刻眼前的不再是懵懵懂懂、天真爛漫的小孩們，她們經已長大成亭亭玉立的成年人。凝望女兒們不再依賴自己，那種父母獨有的憂慮，使落氏重新思考父親這一身份。詩中直白寫道「沒有交集」、「你走縱的，我走橫的」、「一顆淚便輕輕掉了下來」，又質問「還會有我的位置嗎」，這些行句，可見落氏並不適應此變化，繼而感到失落，對作為父親的定位有所迷茫。其後開始有所釋懷，理解到即使雙方動如參商，父女關係未曾改變，「我」始終在「你」心中「佔據天體的一個方位」，平靜及安穩地「渡過一個孤寂的夜」。自身的定位仍未能成功覓回，將其交付於未來這一個「未知」，可見落氏仍然努力在父親角色中尋找自己的定位。

　　追本遡源，落氏在成為詩人、丈夫、父親前，最初擁有的身份是「人」，思索有限

且茫茫生命中，如何找到方向、目標，是人類不可或缺的課題。〈風吹沙〉[6]是落氏恰好於從心所欲之年所撰寫的一首詩作，當中可昭見儘管已過不惑、知天命及耳順之齡，仍苦苦思索自身的定位，全文謂：

> 一陣風吹來沙一直向前滾動
> 再一陣風吹來沙仍然再次向前滾動
> 一層層沙的波紋
> 彷彿我已皺得不成樣的皮膚
>
> 我站在沙前看著風不斷吹著
> 我看到一個個年輕的影子不斷出現
> 那不是頑皮的中學生
> 那不是害怕聯考的小子
> 怎麼一下子就變成退休的老頭
> 又一下子變成拄杖看海的老翁
>
> 風吹在我站在沙上的身軀
> 所有影像都要來重疊一起
> 把我壓入沙中被沙埋沒
> 抬頭看看即將下沉的落日
> 它會和我一起下沉嗎

　　象徵時間的「沙」屢屢「向前滾動」。時光荏苒，「我」仍舊佇立在「沙前看著風不斷吹著」。久而久之，一直遭受「風吹」的沙依附在「我」的臉上，形成了數不盡「皺不成樣的皮膚」，恰似「一層層沙的波紋」。於「波紋」裡，「我」模模糊糊目睹「一個

註：6. 落蒂，《風吹沙》，頁92-93。

個年輕的影子不斷出現」，那些影子是不同時期的「我」，從純真的孩童到「頑皮的中學生」，再到「害怕聯考的小子」，又到步入社會的成年人，最終成為「退休的老頭」及「拄杖看海的老翁」，他們如同走馬燈掠過。及後，那些影子「重疊一起」，縱使其將「我」牢牢「壓入沙中被沙埋沒」，但「我」亦奮力「抬頭」凝視快將「下沉的落日」，內心疑問「它會和我一起下沉嗎」？

　　落氏故意標示人生的四個階段，分別為：「頑皮的中學生」，剛升至中學，心智仍停留於小學的年齡，享受玩樂，對未來還未作任何規劃的年少時期；「害怕聯考的小子」，承接「頑皮」的意向，對未來有所期望但仍未能否應付將來，現階段只能專注應付聯考的半成年；「退休的老頭」，從賣力工作脫身，突然無所寄託的退休老人；「拄杖看海的老翁」，因退休而無所事事，為打

發時間而四處閒蕩看海。上述提及均是沒有或頓時失去方向的人生階段，對自身於世上的定位有所疑惑。借由四個影子的重疊，「把我壓入沙中被沙埋沒」，將茫然與死亡掛勾，強調疑惑中的無力感。詩末二句「抬頭看看即將下沉的落日 / 它會和我一起下沉嗎」，表示落氏心底裡渴望反抗，仍然苦苦思索自己的方位。

　　現在來看，落蒂在各方面都取得不俗的成就，身為丈夫、父親有一個幸福美滿的家庭；詩路上獲獎無數，出版詩集、評集甚多。但落氏那獨自追求的過程上，我們又會否得知其辛酸？落氏透過詩作尋求自身的方向，以詩獨特的生命及感受作羅盤，指引自己的目標與方位，試圖擺脫迷茫的感覺。落蒂將近八十大壽，未知這十年間有否找到人生的定位，消除對自己在各範疇身份的疑惑。

ABOUT 夕 下 ————————————

夕下，香港年輕詩人，現職出版社編輯。創作新詩、撰寫詩評為主，偶寫粵語歌詞分析。作品散見於《聲韻詩刊》、《虛詞》、《刻意》、《紙情》、《瞭望臺》等文學雜誌。

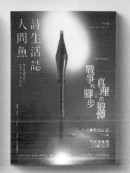

無題之後

更加幽深的小徑

新詩百年之後　網路詩社　詩人崛起
請看人間魚為六行詩植入了什麼
這是一本新詩型之新《嘗試集》

為什麼我主張
實驗性新詩型六行詩？

文　石秀淨名

1. 第一次公告，哪來的你我他一二三？

在 2022 年 8 月 24 日那一天，我經過總編輯
PS. 黃觀的同意，發佈了一則公告，如下：

【人間魚詩社公告】
《人間魚詩生活誌，徵》

一行詩 你
二行詩 我
三行詩 她

即日起到九月十六日
投稿請加註
投稿
你我他一二三

例：

石秀淨名｜詩 + 攝影

一行詩 你

你是立夏的竹林 更加幽深的小徑

二行詩 我

我是不經意的轉折裡 更加茂密的
幻影甚至逃掉的時光

三行詩 她

藏在角落裡的凝神 是紫色蒜香藤
深色淺黃的波斯菊 鍋子熱時
別躲了！母親喊著 摘下七層塔來

** 當然！你也可以只寫一行詩 你 或二行詩
我 或三行詩 她。

** 入選者，本刊將比照《反侵略詩永不的休
止符》發行。

其中的重點是入選者（指入選紙本詩生活誌
者），本刊比照《反侵略詩永不的休止符》
發行。這說的是入選者的大頭照會被畫過放
在封面上的一種榮耀和肯定。

至於 # 投稿 # 你我他一二三的加註，是總編
為搜稿方便要求的。

當然，如上所顯示，我先創作了一首詩，作
為範例，此即示範詩。另外，差一點被我疏
忽的是，我竟然又說了：

當然！你也可以只寫一行詩　你或二行詩
我　或三行詩　她。

這是源於我的或者說是源於一種自由詩或新詩
或現代詩的 DNA，所謂的實驗性或叛逆性吧！

2. 第二次公告，確定「實驗性新詩型六行詩」的名稱。

到了 10 月 30 日，我又經過總編輯的同意，發了第二次公告，如下：

【人間魚詩社公告】

實驗性新詩型六行詩徵稿　（從）2022 年 10 月 30 日至 111 年 11 月 30 日止。

即日起由本詩社發起《人間魚詩生活誌》（第二次）徵稿。

（然後在公告裡，我提起前此：）

一行詩 你
二行詩 我
三行詩 她
實驗性新詩型六行詩

公告徵稿時間自八月二十四日起到九月十六日，來稿計二九八首，感謝詩人朋友熱烈來稿。「實驗性新詩型六行詩」原擬比照《反侵略詩——永不的休止符》以特刊發行，但緣於初審入選之好詩作未達半數，只有一三七首過關，本詩社爰再行公告徵詩，將於至少編選輯錄達二百首以上好詩時，再配合《人間魚詩生活誌》第十二期冬季號共同上市，

希望到時可以達成此一目標。

另務請注意！本詩社本著嚴選好詩的宗旨，投稿詩作將先經過初審，初審過後即入選本刊人間魚月電子詩報，唯決審才收入紙本特刊，繪製詩人頭像發行上市。

由於這是實驗性的新詩型，初審公告入選者可以進入以下網址：
http://www.peoplefishpoetry.com/203202510520182.html
再次確認要去題目或加題目，這由詩人朋友決定。

又以下五款是新徵稿的新詩型，歡迎各位多方創作投稿，也歡迎五款都寫：

一行詩 天
二行詩 地
三行詩 人
-
一行詩 去
二行詩 來
三行詩 今
-
一行詩 風
二行詩 沙
三行詩 星辰
-
一行詩 真

二行詩 善
三行詩 美
-
一行詩 早
二行詩 中
三行詩 晚
徵稿即日起至 111 年 11 月 30 日止。

另外，要去題目或加題目，隨君所好。若大家又少分變動以上五款順序，如早中晚變成晚中早，只要合乎實驗精神且不脫六行，本刊歡迎所在多有的各種創意。

3. 雖然未達目標，仍然慷慨上市！

以上說明了單單初審入選（到人間魚官網月電子詩報上）之好詩未及過半，更不用說複審到紙本詩生活誌的難度了。因此我們決定第二次公告徵詩，希望「至少編選輯錄達二百首以上（的）好詩時，再配合《人間魚詩生活誌》第十二期冬季號共同上市。」很遺憾的，我們說「希望到時可以達成此一目標。」果不其然，雖然投稿者眾，但未達二百首以上（的）好詩。即使如此，鑑於好詩所在多有，尤其是對於一個「前所未有的」新詩型而言，我們不忍一再延後，所以決定慷慨，沒有激昂的，上市。當然也祝願這 45 位詩人的 69 首好詩，能在過年期間圍爐時與家人並好友同歡，誰知道日後會不會掀起被研究的風潮呢？自然，人間魚會繼續深入這塊海域，毋庸諱言。

我相信，我們正在一起創造歷史。因此之故，暫且將它正名為「實驗性新詩型六行詩」，而即將上市的這本特刊，我們給它的名字是：《無題之後，更加幽深的小徑》。

又，第二次公告徵稿，計投來二七十首詩，而進入初審的則有一六一首詩。

4. 爆稿！詩生活誌都變成厚書了。

現在，我該來說明為何人間魚忽然提倡這種新詩型？就有一天，總編輯又欣喜又哀嘆的說：「11 期秋季號又爆稿！突破三百頁大關！怎麼辦？總不能篇幅一直突破下去？」

我看著她。

「有沒有辦法好作者和好詩文加多，篇幅不變……」
「嗯，最好一直突破的是銷路……」我回她。
「你想辦法喔！」然後，她轉身赴約去了。
「我？」她應該不想看見我圓形的小嘴吧。

所以，爆稿是主因。
從提倡長詩才是王道到加上小詩的創作，人間魚主張「長要長得深，短要短得精」。也因為勇於嘗試和提倡，爆稿好像就是宿命了。然而努力讓詩生活誌不要像一本精深的厚書，也是不得不面對的挑戰！不是嗎？

5. 總編輯說：「不能只是微型的小詩。」

「報告總編！那不如我們就邊等待好的長詩創作，一邊提倡十行小詩的創作如何？」
「報告師父！網路有的是一行，兩行，三行，限字的俳句，華徘，截句，你要玩什麼？就小詩？不能只是，十行內微型的讓詩人寫吧？」
「當然不會只是降低門檻，玩一下形式主義……」
（所以，我就退回來，想了一個下午。）

6. 就在那時候，我是「要」了玩六行詩。

那一天，當然是 8 月 24 日以前，我有很多想法，但就是不想做決定。包括十行內的小詩到底是「要」幾行。寫詩一向是我逃避且消閒的方式。我便順手寫下了一首詩：

《死詩人》
石秀淨名｜詩＋攝影

寫詩
到最後一行，之後
便什麼也沒了沒了

除了詩評，別人的
銀鈴
黑暗笑聲

算一算，只六行。就在那時候吧！我是「要」了玩六行詩。同時我知道在網路上有能力「湊」出六行文字的人太多了。這當然也是時代的進步，每個人都有自己的「媒體」，或者說人都在河道上，要去沈澱醞釀什麼，讓自己有個底氣的人真的少了！

文字其實就是流在河道上的聲音話語罷了！所以設計一些障礙或者說礁石是必要的。讓玩文字的人往深裡去意識一些什麼是必要的。

7. 《死詩人觀》，我要設定什麼樣的障礙或礁石？

我在燈下看著那一首《死詩人》，我在意識自己寫了什麼？無他！當我們在讀一首詩，在讀一個詩人，我們便是參與了他或他的詩的一次生滅，死生！也可以說詩便是詩人之死，每一首。

那麼，這短短的六行，含標點 32 個字，含標頭 35 個字。我要設定什麼樣的障礙或礁石？當然這一切也會引發一些別人的詩評，甚至意見之類的，銀鈴甚至黑暗笑聲。

然而所謂的障礙或礁石，若能引發卓越的跨欄表現，若能引發美妙水流的，美妙聲音，何樂而不為？即使是黑暗笑聲伴著銀鈴，也蠻美妙的，不是？

8. 所謂實驗性……

詩，一首好詩，不在它的長短，真的是比詩人，它的創作者更永恆。可以這樣說詩人一定是死詩人，詩未必！

詩人寫著每一首詩，其實也是在練習著每一次的死亡。簡短的說，寫詩就在練習死亡。

我要說的實驗性，不只是詩技巧的，詩題材的，詩語言的，更在於人人都會死亡的極限性上，肉體的消亡之外的，詩人存在本身上的，實驗性。最少，是在詩人生活中的某些事物，個人文明的，某些頓脫頓悟……

9. 何謂新詩型？

接下來，我應該解釋一下，何謂新詩型？無他！就是我在，其實詩人自己也可以設定所謂的障礙或礁石，日後我們會這樣玩下去，也就是我在六行詩中，設定了所謂的主題或者概念！如你、我、他，天、地、人，去、來、今，風、沙、星辰，真、善、美，早、中、晚云云。然後我規定這三個概念或主題，各一行，兩行，三行。

當然，詩人也可以變型它！ 如各位手上所見的。你可以無題它，也可以標題它！

像我接在《死詩人》之後，所寫的第一首新詩型六行詩，本來無題，後來為了讓特刊有個讀者可以掌握的題目，便改成：《無題之後，更加幽深的小徑》。

10. 詩人就是有所思兮的「佳人」。

寫作中的詩人，在某個角度，是為自己的目的，而使用思維，諸如此類的概念、主題，對！對的！不管是哪一種語言，寫詩其實是語言在「耳提面命」一首詩，我們有時候會以繆思、靈感來稱呼這個「耳提面命」的聲音。

我常在想詩不是更好的，而是另類的存在，果真如此，詩人彷彿就是有所思兮天一方的「佳人」了。

最後值得提的是，第一次公告後，關於你、我、他這個主題及其變型，我共寫了二十九首六行詩。礙於篇幅，有二十八首不錄。

而在這期間，我看見詩人吳錡亮覺得新詩型有趣，以台語詩寫了一首《你我他》，今收錄在特刊裡。

又及詩人林廣也有所創作，請見本刊。

至於第二次公告，我為了帶頭創作，也為五個主題寫了二十二首詩。礙於篇幅，只錄一首詩人溫任平大為叫好的《拼湊的生活》，其實我到現在仍然不解，它有什麼好？一笑。

《拼湊的生活》

一行詩　早

不會有人真的看重隨手拼湊的物尤其是要上班的一大早

二行詩　中

在和室內的中午這是間不向陽的乳白色
牆壁上被拼湊多材質且零碎的不是我的我

三行詩　晚

午夜過後寂寞相愛的妳們有說有笑的進入
我所在的有著電腦桌當然有著彈簧床拼湊
立馬打怪和虛擬空間裡的同儕反正注意力不在我

也或許這首詩是把我唱的種種高調，拉回來了詩不為詩人的逃避現實而存在，常常到最後，詩人久了！詩相反的，去揭發觸擊了現實。就好像詩是詩人的一個心靈，為了追尋肉體而找到了語詞，更好的是正反合的觸及了上述的實驗性……

你我她 / 林 廣

一行詩 你

01

木槌一直想：有甚麼秘奧會從你的空洞流出來

02

你的眼色是被啄過的聲音悄悄地轉黃

03

你是超級大的迴圈以致所有人都不知自己被圈在裡面

04

你的肉身被意象焚燒成夢的最後一掠

二行詩 我

01

被蠱惑的時間永遠不須修飾
我是忽起即散的煙嵐

02

沒有雨的日常
我是一尾魚洄游在雨的隙縫

03

我在時間的纖維裡擱淺
等待覓尋回憶的鞋印划進來

04

有人會因詩冷了而沉默嗎
這寓言是完整的。為何我讀過就落淚

三行詩 她

01

她的表情滿是皺紋
老伴身影已被光的鱗片帶走
街道在出神瞬間定格了從前

02

她被流言鋪上一層又一層
風沙。被無限扭曲的歲月
還能保有單純的手機鈴聲嗎

03

背對月亮
她手裡拿著圓圓的鏡子　看
受潮的自己很慢，很慢融解了月光

04

不敢回想母親像煙一般的影子

深怕　一伸手
她就會從我的擁抱消失

你我他 / 吳錡亮

台文詩

一逝詩 你

真正無話通講，是觀念，天伶地精差

二逝詩 我

共天頂借一塊暮色
寫詩嘛是寫某乜人的思

三逝詩 伊

囥袂牢的命格
佯戇比心頭閣清楚
三人的函數啥攏是加

華文版

一行詩 你

真的無話可說，是觀念，天與地差別

二行詩 我

與蒼天借助一片暮色
寫詩也寫某人的思

三行詩 他

藏不住的命格
故作迷糊比內心還明瞭
三人的函數甚麼都是多餘

有人喜歡藍 | 施勁超

為了庇蔭你　海洋把一幅藍色的浪捲到天邊

我看月亮恬睡的視線　喚出一片
無邊的憂鬱披覆我身

有時沉潛　獨自探索大海幽秘的夢
有時繁星仍未及醒轉　呼吸平緩
領航人啊　那處深不見底

無題 | 許哲偉

你不是最開始青春你的那個字

讓黎明千行詩起不存在的影子
我得遺忘夜來香的心跳聲

幽暗洞穴倒掛著蝙蝠的一團火
回波，孿生別人的天色
她總是餘燼見不得光

無題 | 安哲

你活在巨大的空白日子裡

我遺忘了自己的名字
也忘記了回家的路

只有她知道我們的身世
一個輕描淡寫的眼神
領著我們到彼岸

無題 | 黃士洲

你提一桶月光粉刷布滿陰沉的床鋪

害怕。轉化成一杯好痛的酒
恰若我另隻握筆的手全面，詩控

向晚借代藤蔓把她的背影全面下載
自此。枕頭感染示現的惡意程式
四處流竄的眼球浸濕在時間裏，誇飾

主題 係我她

無題 | 鍾敏蓉

眼睛會洩漏她的行蹤，你只好當影子

跟蹤與靠近，不是為了花香
不擅長說謊，吐長了舌信

地平線另一端出現機會，空氣裡有雨的味道
所有洪水，都會回歸
她低頭囁著每株綠草，那是你的名字

無題 | 扶疏

矗立的岬岸看穿每朵浪花的泳技

從鋼鐵般的肌理中尋找脆弱的螢石
等待一個專屬的崩落

散落的七里香鋪滿整片海洋
是鄰鄰的白紗
獨佔華麗的月光

人魚真相 | 鍾小魚

那一方湛藍夢幻的海灣

把愛寄託在泡沫裡
無法言說的愛戀與對白

全心的相待
始終溫柔的眼眸
對焦的卻不能是我

無題 | 丁口

以拼圖代言背影的和諧，有光有熱度

寫詩詠嘆，沒有對立的喧囂
走進內心世界的正面思維

燈火之處，日日鄉愁
縫紉香氣的連結，遼闊的心胸
容納女子的笑聲穿過花邊的裙擺

無題 | 陳麗玫 / 台文詩

風真透～共衫揹較絪咧！一領對故鄉帶出來的舊大衣！

阿母彼片電話是按怎恬恬無出聲
敢講聽袂著離開久久的思念

電視機是老伴
貓咪、狗仔是朋友
閣有戶口名簿頂懸登記的後生

風真大～把衣服拉緊一點啊！一件從故鄉帶出來的舊大衣！

電話那頭的母親何以靜靜無聲
難道聽不到離別已久的思念

電視機是老伴
貓咪、小狗是朋友
還有戶口名簿上登記的兒子

변型 你我他

筷子 | 語凡（新加坡）

你天生孤獨，瘦成無力可借的獨木

我陪在你身邊，被命運的手抓住
嘗盡人間滋味

桌上風景，你我成雙，而他有時是酒
有時是一片月光，對影
也無法成三人

僵持 | 林振任

模糊的你，在夢裡無限複製

倔強的我人前堅強
眼淚卻在暗夜潰堤

自尊橫亙在兩人之間
千層偽裝守護薄薄一張臉皮
與他無關

輓歌隱去的寂靜 | 山水璸玢

你以落葉的姿勢離開只有風唱著輓歌

我在微醺時刻找到蘋果樹
夏娃卻吹滅燭火並隱去

在精闢與瑣碎之後
他不再說話
當夜梟呼叫時他化為黑色寂靜

大海 | 蔡履惠

你哀嚎在風中，以一把破碎的花容

最怕你壓抑成狀態動詞
翻騰我這小舟

他是帆，拉著風
一起跑。你的心於是
奔放得與天地同寬

數學題 | 謙成

你是織錦，是春風可以丈量的面積

放眼一程山水，我乘著畢氏定理，踏青
方圓之內都是春風，我跨著奔騰的春景，來尋你

這就吹來一陣騷動，午後的陣雨
視線與花香，還有蝴蝶的採樣，闌珊歸去
他來了！來了一場邂逅。春雨

遊戲 | levant

你玩著遊戲

我靜靜的
怕發現

他已穿過草園
爬上月球
陪吳剛伐過去

水手，水手 | 黃裕文

被浪馴服的人只需要更多的浪鎮痛

能追述的海僅僅是起點
不被抵達的星才撐起航向

遠洋的醉陸岸從來解不了
遁入酒才勉強回穩
泊港的每一艘黑天白夜

無題 | 湘默

你是隨風搖曳的樹影

我是銀洩的月光
細數著夏夜的燦爛

他是唧唧的蟬鳴
以夜為伴
渲染整個夏

無題 | 顏瑋綺

是佛語撬開心防，還是你伸手握住人間

小心翼翼保護，重播的眼耳鼻舌身意
色聲香味觸法，努力成為正常人

創傷後壓力症候群、廣泛性焦慮症，他說
天氣高溫注意防曬，下節再播報一次
高矮胖瘦男女老少，撕開，去他的標籤

無題 | 游鋈良

浮沉的漂流木抓不著星星月亮

孤獨是一杯烈酒
淺嚐吞落深厚的靈魂

不要有太多的也許
病變會從心中颳起一陣秋風
看看那些憂鬱的腳印

無題 | 葉芷妍

在你的內側轉暗，無關清晨

像不再有明天一樣，全然的黑棲於我之上
讓誰伸手，再指不出光的來向

那麼多夢境在此時發生
抽離，沈入，彼此四肢及其輪廓，記憶著哪裡
就到過哪裡。只是醒時，從未有人能帶走什麼

無題 | 梧桐

你提起雨聲灑一地枯黃，寂寞落成秋天

我的骨子裡養了。豹
都更。陳年枯草竄出一座山城

他用力推擠，刨除
深層沾黏
微笑從細胞核開出一朵春天

無題 | 莉倢

雨水與淚水，剛好酸鹼中和一份心情

一朵朵雪花自心中過境
卻從胸口揉捻出一股檸檬酸味

只怪心裡那口井的回聲太響亮
學會辨別字音，愛與不愛
會長出不同的牆垛

無題 | 趙紹球

在山岸卜獨自綻成風景

不成比例地
將你無限放大，且埋在心裡

蕩漾的山影
棲息在海岸線上
驟然滴下黃昏雨

無題 | TōoSìnliông / 台文詩

你愛用目屎沃澹[1] 逐本詩集的感動

筆尖堅持佇狹櫼櫼[2] 的筆記揣出路
佮家己跋感情聽半硬軟[3] 的聲嗽

無愛讀詩的伊上佮意限制快樂的靈魂
一張封條共意象擋牢咧共日頭閘落來
賰[4] 浮漂的寂寞纏綴欲死欲活的青紅燈

 你喜歡用眼淚澆溼每本詩集的感動

筆尖堅持在擁擠的筆記找到出路
跟自己拉攏感情聽軟中帶硬的聲息

不愛讀詩的他最喜歡限制快樂的靈魂
一張封條把意象擋住了把太陽攔截
剩下漂浮的寂寞跟隨要死不活的紅綠燈

註：
1. 沃澹 ak-tâm：澆溼。
2. 狹櫼櫼 e'h-tsinn-tsinn：擁擠。
3. 半硬軟 puànn-ngē-nńg：軟中帶硬。
4. 賰 tshun：剩。

變型

無題 | 趙啟福

天鵝是需要努力的，你仰起驕傲的弧度，吐出確信

彷彿我的醜，是因為懶
結果一片陰鬱的惡報

卻忽略，有些天生的命運不容置疑
譬如天鵝之所以為天鵝
從來就不是醜小鴨的耕耘，可以收割

無題 | 江彧

用山林鳥鳴輕鬆掏空你的城市耳垢

足印拉長陽光刻度，丈量風景的身高體重
夜晚撒隆巴斯以奔忙姿勢，記錄在我腿上

小白梅是溫暖的雪，破冰炒熱枝椏
藏不住芬芳歌聲，溢滿他的眼瞳
風　好甜。太陽　蜜蜂了

無題 | 王鵬傑

平衡木上窈窕身姿，忘卻有半規管

湯瑪士迴旋的鞍馬美技
升級更有挑戰性的跑跳碰跳馬

愛情少尉挑戰晴海單槓
玫瑰中尉征服心湖雙槓
居禮夫人比擬人生高低槓，難度 G 級高分

無題 | 蔡宗榮

你用兩腳的跨距畫下圍籬

我循著軌跡
環繞無可抗拒的吸引力

他身處遙遠的宇宙
用冰冷的聲音發出微量嘆息
擦身的慧星用許願代替

無題 | 王恭瑩

你在，就寂寞了。

將思念切成蔥花灑滿太平洋
我最拿手的料理，是熬夜

精省的微笑，不留痕的指尖
他用少量的火候料理愛情
愛死了不沾鍋

無題 | 雪見

微風經過時妳竟長出了飛行翅膀

飛越匱乏的田野
我正在夢境中撥數星辰

他以影子拉長時間的身高
讓暗夜踮起腳尖
擊落夢的翅翼

無題 | 林篤文

錯落我心中一段未完的音樂

總在無韻可循的時刻，敲打
一張木琴的寂寞

依照年輪製作
等待琴槌敲響木身
指涉那些頓挫與抑揚的隱喻

無題 | 語凡（台灣）

妳說的台語很像華語的鳥語花香

在妳的春夏秋冬裡
我的感覺沒有冷熱只有溫柔

對我來說她是影子
但在漆黑的夜晚她成了月亮
照亮我懸在妳身上的心

無題 | 雨曦

或許，颱風天才是陽光的最美歸宿

世界上說不出口的兩句話：我不孤獨
和開心最好

我來人間一趟，要看看太陽
與你偶爾相見，看看晚霞
直到跟月亮發呆整夜，摸摸落在掌心的霜

無題 | 慕夏

你是普羅望詩草

我洗滌身軀和孩子的衣服
掛在薰衣草天空上

祂賦予天堂的愛
詩浸潤沐浴你的心
薰香的跳蚤遠離黑暗

註：母親意味聖母。清洗耶穌，有天堂意味。
中古黑死病時代人們用薰衣草薰跳蚤。

時光 | Zhao Liang

一日滅復一日還
而環環相扣
一巷盡又一巷起

在你之外還有一個不說話的你

我複製昨天的光陰並無數的遠方海岸
抵達一杯咖啡善感的濃霧

無題 | 江彧

在路燈繫牢的陷阱下，你是句讀光圈的蛾

時間栽一盆寒冷腳印，踩痛
他眼眶裡的，滴、答、聲

髮色洩漏我，相思有雪崩的聲音
消瘦星星撕掉夢的痠痛貼布
失眠的月光仍以癢，向時光隧道狂吠

小詩 9 首 | 江郎財進

一行詩，你

唸經四十載，你的嘴終於開出舌粲蓮花

天乾物燥，你在雷電交加中，渴死

妳的裙襬飄舞在東風飛掠的肅殺中，後庭花

二行詩，我

我以陽痿的存摺
哭喊移情別戀的物價

東風颯颯飛過頭頂的天空
讓我想起童年在防空洞烤蕃薯的日子

天要乾癟，娘要小王的乾柴烈火
我三明治的腳踝顛簸在削瘦的生活路途上

三行詩，他

破碎的月光雕鑿他
鐵石的心防
愛是背叛的藤蔓，慧劍難斬

枯枝向天吐心事
落葉向地飄惆悵
他的血向人間戰火滴無常

月娘飛奔在箭矢疾疾的夜空
李白酩酊大醉在撈月的波濤
楊牧掛劍於冷鋒籤籤的墳頭，苦澀

訓詁練習一 | 紀小牛

無限接近有和沒有的薛丁格理論

最穩定最脆弱最溫柔最暴烈
最具象的媽媽的狀態

反覆無常自私愚昧等一切貶義詞彙的集合
偶爾有點可愛仍略遜於狗
遠不及一隻貓咪

親情回眸 | 江郎財進

飛魚竄出天空，掙脫命運的鎖鍊

討海人乘風破浪的玻璃浮球
震動網罟內鬼頭刀追殺的地獄輪迴

阿伯仔揹著我凹陷的肚腹回家
阿母鍋裡煎著鬼頭刀的蛋白質
我童騃的眼眸濕濡著親情的酸澀

無題 | 語凡（台灣）

天行健，與君泛游星河

蒸蒸日上的大氣層
撩起江河日下的季候

砧板上覓食的愚鈍人
常忘了刀斧人性
痴痴地與刃口起舞

無題 | 顏瑋綺

微塵，經歷歸來，天問或問天，都無妨

落地便出世，原地還是遠地
剎那，剎那的牽引，都有關係

百年後，什麼人都一樣
風若要來，一葉搖擺，疲憊或離枝
人無法擋車，卻有留點痕跡的倔強

無題 | 扶疏

烏雲是你冷色調的領土

貧瘠的沙漠
用一輩子等待晴朗

你藏匿於深沉的黑夜
像一隻蒼老的烏鴉
只能從黑羽中長出白髮

雲之外 | 季子喬

藍天翻滾著白雲，變幻多彩舞姿

雲，跳進水中悠游
層層綠波，竄出了白兔

我在岸邊草地，躺成大字
滴答滴答的催眠、引領
踏進愛麗絲的來時路

無題 | TōoSìnliông / 台文詩

氣象預報攏掠袂準伊的喜怒哀樂

Google 定定袂赴更新你的苦難
歪膏揤斜[1]的面腔是咱人的反叛

不斷進化踳踏[2]天地的才調
破空的天，沉海的地
二跤行變四跤沐沐泅[3]

華文版

氣象預報抓不準它的喜怒哀樂

Google 常常來不及更新你的苦難
歪七扭八的臉孔是我們人類的背叛

不斷進化踐踏天地的本能
破洞的天，沉海的地
二隻腳走變四肢載沉載浮

註：
1. *歪膏揤斜 uai-ko-tshi'h-tshua'h：歪七扭八。*
2. *踳踏 thún-ta'h：踐踏。*
3. *沐沐泅 bo'k-bo'k-siû：載沉載浮。*

無題 | 趙啟福

神的孩子不再跳舞

高聳的房價，沉甸甸
未來，失去光彩

一個個凋零，世界
重返自然
一片廣袤的綠意，揭幕

對於抱枕的等待 | 雨曦

換靈魂，在焚燒邊城後屬於兩人的蒼白

耳朵貼著地面，留心聽鄰居做愛的聲音
彷彿今夜也沒有那麼寂寞

在你心目中的天是怎樣的？
萬里無雲，或是嘴巴上說的那句
對於抱枕該如何等待

無題 | Chen Chen

起始盤古開天闢地

雲彩霓裳羽天行
飄飄兮若之如煙

人生如蜉蝣，無需強求
戴天履地深廣恩
萬物隨緣，春夏秋冬

主題

去 來 今

無題 | TōoSìnliông / 台文詩

墓牌頂懸寫「這路我家己行」

明年明仔載後一點鐘後一分後一秒
猶原拚勢看破虛無，予有臭奶羶[1]的靈魂轉大人

答應家己無愛佇原點箍踅[2]
起愛笑是為著迎接烏天暗地的深坑
雷公爍爁[3]，心頭無坦無敧[4]

墓牌上寫「這條路我自己走」

明年明天下一小時下一分鐘卜一秒
仍然努力看破虛無，讓乳臭未乾的靈魂轉骨

答應自己不要在原點停滯
發笑是為了迎接黑天暗地的深淵
管它打雷閃電，心沒有傾斜

註：
1. 臭奶羶 tshàu-lin-hiàn：乳臭未乾。
2. 箍踅：khoo-se'h：圍繞。
3. 雷公爍爁 sih-nà：雷聲閃電。
4. 無坦無敧 bô-thán-bô-khi：沒有傾斜。

許願便利貼 | 七日海

逝去滾燙的回憶　化作城牆與水池

豐碩的蘋果　臉龐來來去去豔紅
自尊站穩腳步　堅強握緊了手心

卸下偽裝愛你　心扉慢慢地靠近今生
請把一生的願望　貼在許願便利貼
決定代替你實現所有無法達成的夢想

雷擊 | 慕夏

初見的哭聲

冰櫃的小小身軀
被縛住我的心

最後一次，聲音
你微弱的呼吸吐訴
抱著你微溫的裸體

羽絨枕的詩度 | 山水璸玢

當我耳目蒼茫
吾愛，請伴我
靜坐長廊。薰香未來的遲暮

你是過去的魅影
隱形。卻如此刺痛我

今夜，我是你遺留淚水的羽絨枕

無題 | 楚楚

搖晃我心頭上的人影，是妳。

從天涯來的過客，
記得留下你的足印。

我半掩的心扉，
總為妳留一扇窗；
適合孤獨的仰望。

無題 | 安哲

風帶著倦容吹過海岸

帶起了浪花與其他
沙粒滿天

遮蓋了星辰點點
微光透不進深海卻透進我的眼底
是風、是沙、是星辰

變型　辰　沙　風

招潮蟹　｜　江郎財進

我緊跟阿母穿過午夜的防風林

阿母埋水桶在挖開的微笑沙洞
我遞入米糠，等待聞香而來的招潮蟹

墜入。母子望著海上懸空的星辰
望著頭頂上阿伯仔黑黝的眼珠，拖拉的網罟
網住一家子鹹水思念的艱辛日子

福爾摩沙　｜　鍾敏蓉

逼近了。距離曙光還有幾公分？都是雲霧！

撲向妳的島，航線被禁止
灰雲太人征服不了，連雄辯都無法

坐也不是，臥也不是
是相思的　姿勢
在夜黑的曖昧裡，一切的亮，終成真

命運　｜　紀小牛

註定要墜落的發光的石頭

墜落後粉碎不再發光的你和別人擠著
好像有依靠

摧毀又重建 用我們的掙扎打發時間
殘暴的極致
是遊戲

訓詁練習二 | 紀小牛

世間謊言的根源

一種透過自虐
帶來的快感

沒三小路用的東西
但是有的話
比較爽

舍利悲白骨 | 江郎財進

舍利取真，五蘊皆空自性緣起

緣滅在非洲曠野的獵殺
白骨非不善，生死難參涅槃

舟楫乘風破浪，佛日不可說
飛魚的速度與時間競渡逃亡
哀的美敦書劃傷大海的胸膛

人蛇 | 蔡宗榮

暴露的毒牙吐不出一句真心話

兒時的玩伴撒下誘餌
獵捕人心最初的善念

蛻變的金鱗更加耀眼
纏繞同伴的身軀吐信
掏心挖肺遍尋不著美

無題 | 盧淑卿

看得太明白　真就跑了

微笑寫在臉上
順從一道明亮光芒

心　如白雲般柔軟
情境　順著風吹向每個角落
愛　滋長天地

主題

早

中 晚

無題 | 趙啟福

你，真的，是個好人

人都有一長，而你擅於
收集好人卡

甜美的人兒
都是別人的，你只能
遠觀，不可近，約……嗎？

調音器
—— 致白先勇 | 江郎財進

烏衣巷口傳來早慧孽子的調音器

孤戀花並不感時而濺淚，只是惘然
遊園在夢中驚醒，台北人還在酣睡

杜林的晚禱，有津津的兵戈鐵騎
金大班舞在夜裡風靡。將軍，啊將軍
被幽閉在室內，悶讀臥龍而吟梁父

週期 | 季子喬

融雪的枝椏上抽芽，一串省略號

故事嫩綠，每朵花事情節
描繪著榮衰，可歌可泣

枝頭上截句，花落葉零
委身，歲暮大地的泥土裡
等待，一次次春風起

無題 ｜ 趙啟福

光叫響了哭聲，你來到

夢轉身遠行
你的笑寄居，逞強

皺紋裡的歲月印記
髮間裡的霜
你笑或不笑，都是一生

無題 ｜ TōoSìnliông / 台文詩

挩[1] 開麻霧光[2] 的目睭皮，準備起行

三進二退的策略踅過心肝頭的憢疑
有風有雨猶原徛挺挺……踏硬

是身軀歇睏的時陣，我允准予鬱卒
啉一杯。橫直[3]，會記共夢抾[4] 一領被
才袂寒——著

拉開清晨的目瞼，準備起行

三進二退的策略繞過心頭的懷疑
有風有雨仍挺立站直……態度頑強

是身體歇息的時候，我准許讓憂鬱
喝一杯。無論如何，記得替夢拿一張被子
才不會著了涼

註：
1. 挩 thoah：拉。
2. 麻霧光：清晨。
3. 橫直：無論如何。
4. 抾：拿（衣物，布類）。

無題 | 盧淑卿

夜偷偷醒來　帶走未醒的夢

把日子熬煮　煮熟了中年的臉
慢火持續滾燙逼出一鍋出味人生

把臉塗黑怕被看見
那盞微弱的燈火　閃著淚
晚風不語用力給安慰

無題 | Simon Chen

動脈中流動著嗜血的慾望
我張開斗篷　蝙蝠的闇黑雙翼
尖牙在冰冷的街道肆虐　狂飲鮮紅的熱血

千年來曙光從不失約的到來

在那個叫做棺材的家沉睡
落日之後　我會再度甦醒過來

兜率內外兩院，下生人間

一枝草吃一點露
一陽來復，枯木逢春

不如意的事十常八九
事有蹊蹺於一二
怎是，簡單。了得

有空時帶我到處去流浪，好嗎？

是熊是虎，傻傻地分不清
一時的蒙蔽，執念

那一道光，浩瀚無垠
指引歸人方向
斗柄東指南指，西指北指

八千里路一日返，如梭

如何了了生死
空空道人。不回答

日曆撕去的都叫做昨日
把握當下成為空談
現在是吃飯時間

「流水不腐，戶樞不蠹」，此言不假

天下事沒有的絕對好與壞
知錯補過，不走瓜田李下

好夢由來最易醒
昨夜疏狂風雨
淅淅瀝瀝，一任點滴

組詩二首 | 簡淑麗

連老外都會講的問候語：我阿財啦！

誰規定午餐要吃營養的？
「麥當勞都是為你」

點亮蠟燭的兩頭
一頭是　行憲紀念日
另一頭是　Christmas

光架構雲絮，祂，自稱上帝

草露沾溼希望的鞋，冀望成為雲彩或
一步一步成為過路

游過來的魚，擺弄雙眼
伸出魚足跨越了國界
吞噬每朵飄過的雲

票根漬成記事，風景一格格逝去

暴雨襲捲窗檯內的玫瑰
枯等不再成為優勢

擦拭靈魂的汗水
繪一筆眉峰上的紅硃
當作生日禮物

食飽和食巧

文 凌 煙

　　我父祖輩那代，見面第一句話都是先問對方：「食飽未？」在民生艱困的年代，能吃飽是生活唯一重要的事。我母親說她小時候在東石故鄉，除了做田裡的穡頭，可以說每天都在找吃的，去荒郊野地抾露螺（蝸牛），田溝找田螺，堀仔（池塘）摸蜊仔，海邊掘尖尾螺（做燒酒螺那種），還有許多數不盡的野味，當芝麻田遭受綠金龜子危害時，都是抓來摘掉硬翅炒來吃，以前吃鹽酥肚扒仔（黃蟋蟀）、炸蜂蛹、炒山鳥（老鼠）是為了加菜，現在在山產店吃這些，是在吃懷念的鄉土野味。

　　總是自稱為「買菜煮飯工作者」的文史作家曹銘宗老師，掛名推薦我那本《舌尖上的人生廚房》時，寫了一段超有智慧的話：

　　美食經驗不只色香味，常是六根「眼耳鼻舌身意」感受六塵「色聲香味觸法」。凌煙的文學廚房不但讓人飽足，還散發人情、土地、懷舊的氣息，這才是人生完全的味道。

　　我的飲食文學書寫從來不以食物為重點，寫的都是對鄉土的情感，舊社會的人情義理，以及我的生命經歷與體悟，和食物交織出人生的滋味，關於美食的經驗其實很淺薄，有的只是對料理的熱誠，也

習慣透過食物表達愛，可以為家人、好友做菜讓我感覺很幸福。

　　以前孩子還在讀小學階段，每試做一種新菜式，必先詢問孩子：「好吃嗎？」兒子會憑他自己的喜好如實回答，不知是女兒怕我傷心或故意和哥哥唱反調，總會在哥哥說不好吃的時候，狗腿的馬上表示好好吃，可見即便是稚子，對美味的評價也是主觀的。幾年前我曾獲邀參加高雄市肉燥飯比賽評審，得到冠軍的是一家生意很好的老店，亞軍是一家新開的魚丸店，兩家肉燥飯其實都很好吃，但我給第二名的肉燥飯分數稍高些，因為我喜歡的肉燥是那種傳統油蔥濃厚的香氣，而不是帶著蒜頭味的，後來兩家同時代表高雄去台南參加比賽，由第二名的那家魚丸店獲得人氣最高的總冠軍，我認為原因還是出在台南慣用油蔥來滷肉燥，因為飲食習慣也會影響味蕾喜好。

　　我們常形容一道成功的料理為「色香味俱全」，講究擺盤配色的美觀，食物散發的香氣，還要有讓人吃了欲罷不能的美味，但是能令人感到滿足的美食何止於此？眼睛看到的美感，耳朵聽到的傳說與介紹，鼻子聞到的誘人香氣，舌頭嚐到的美味，透過身體的感受直入心靈，與情感記憶連結，這種六根感受六塵所起的化學變化，比「梅納反應」更加複雜。

　　隨著社會繁榮，台灣的飲食文化也因族群融合起了大變化，有些以前常去用餐的小吃店，因為外籍配偶的加入，味道變了，不是我們以前喜歡的味道就不去了，但有些專賣越南菜、泰國菜的店，我卻喜歡去嚐鮮，在傳統市場裡看見那些南洋風味點心，我也很愛買，想著這些離鄉背井的異國姊妹嫁到台灣來，為了生活努力奮鬥的精神，當然要大力捧場。日久他鄉變故鄉，透過食物最容易看到台灣多元文化融合。

　　離開只求吃飽的年代，料理逐漸走向追求吃巧的境界，而且都有潮流在引導，像流行服飾一樣。有一陣子台菜吹起辦桌菜熱潮，冷盤、布袋雞、二路羹、魷魚螺肉蒜、五柳枝、紅蟳米糕、封腳庫等菜餚，多數來自酒家菜，讓大家再度回味古早時代的阿舍享受，也曾有餐廳推出滿漢全席，像爆發戶的豪奢，後來百家爭鳴，日本懷石、法國米其林與各家異國料理爭奇鬥艷，台灣真是一個美食天堂。

　　如果要讓我從記憶庫裡尋找一道我認為最好吃的料理，那就是病後胃口不佳，母親為我煮的香稠白粥，配一小塊醬瓜或豆腐乳，一碗下肚，全身有種獲得重生的澄淨舒暢。自我小學四年級母親開始訓練我做所有的家事，我就成為她最得力的助手，因為要守著攤位做生

ABOUT 凌　煙

小說家兼文學廚房廚娘
烹煮的是人生百味
用世情冷暖
調理人間悲歡
以文字擺盤呈現給你
請你細細品嚐其中的酸
甜苦澀
咀嚼出那一絲絲幸福的
滋味

意，她很少親自煮飯，只有在我感冒臥床時，才能有偷懶不洗衣煮飯的權利，天生體弱多病的我，一感冒扁桃腺就發炎化膿，時而寒顫，時而滾燙發熱，連喝水咽喉都如刀割，怎有胃口吃飯？只有在這種時候，母親才會放下生意，帶我去看醫生打針吃藥，待高燒退去，喉嚨比較不痛時，就為我煮一鍋白粥，餓了幾餐，身體又被感冒茶毒得虛弱不堪之時，入口的白粥真的堪比瓊漿玉液。

嚐遍山珍海味，終究也得要返樸歸真。

八珍烏骨雞湯

材料：烏骨雞、中藥材

作法：烏骨雞用滾水川燙去血水雜質洗淨備用，另備適量雞高湯（可多買一隻雞殼熬湯）。

將藥材與烏骨雞置入燉鍋中，加入一半酒一半雞高湯至淹過雞身，加蓋放入另一個大鍋中（底層要放蒸架）。

外鍋加水至燉鍋一半的高度，加蓋隔水蒸燉三小時（雞肉的軟爛度可以時間自行調整）。

以少許鹽調味即可。

沒有意義的記憶

林彧—專欄

青春的河流會唱歌

文 林彧

是個未考上大學的夏天吧？你來到屋後的小溪，水聲淙淙，蟬鳴如瀑，濃密的枝葉搖篩下疏疏落落的光點。野薑花叢後出現一張姣好的臉孔，啊！是她。自你啟蒙後，她始終坐在你心房裡最明亮的角落。臉紅，心悸，身抖。想逃，你想逃。

「我們在水尾那棵茄苳樹下野餐，你也來，好嗎？」光點撒落在她白皙的臉頰，明眸如秋池。你傻傻地點頭，喘著急氣跟在她身後。一轉身，她口吐幽蘭：「如果她們提到你寫信給我的事，你不要承認喔！」嫣然一笑，她臉上泛起一抹紅雲。
是呀！你曾經在異鄉寫過一封很長而且語義曖昧、情愫吞吐的信，給她。你一直沒得到回音，因為你未署名、也沒落址，那封信被學校張貼出來，添增她很大困擾。可是這時她竟還體己地要你否認——她知道，信是你寫的。

「疊疊青山含碧，彎彎溪水流青……」野餐在歌聲中愉快結束，微風扯著芳馨的花氣拂過，溪水沛然奔赴山下的平野、海洋。同在北方，分別求學、就業、郊遊、參加舞會。大家都未聯繫，生命的兩條河轉了幾個彎，

各自蜿蜒、分流；汽笛高鳴，在茫茫人海中，各自航行。

奮鬥多年，偶然得到她的訊息，你們各已成家。給你電話號碼的友人會心地說：「這次你該向她好好道歉唷！」你始終未曾拿起電話，就讓溪水湲湲地流過吧。畢竟兩人未曾互許過甚麼，你只是單純地以為：年少時的悸動是一輩子的湧泉。(至今堅信。)

再度見面，恍惚三十春秋。那年初冬，在母校五十周年的校慶會場中，你們於蓊郁高大的樟樹下無意相遇，互問：「記得我嗎？」四顆老花眼在空中對焦了一陣子，而這是你們久別後唯一的交談。然後，她主動穿挽起你的左臂要求拍照——在接近六旬之年拍下生平唯一的合影。你沒寄出照片，珍藏在龜裂的心版上。

你撩踢著腳下的落葉，北風颯颯，歌聲已遠颺。剩下空空盪盪的校園，還有，你無法回首的背影。

ABOUT 林　彧

林彧（1957年生），本名林鈺錫，台灣南投縣鹿谷鄉人。畢業於世界新專三專編採科。曾獲中國時報文學獎新詩推薦獎；創世紀三十周年新詩創作獎；《單身日記》獲金鼎獎圖書類出版獎；南投縣玉山文學獎文學貢獻獎。著作：詩集《夢要去旅行》、《單身日記》、《鹿之谷》、《戀愛遊戲規則》、《嬰兒翻》、《一棵樹》、《彷彿在夢中的黃昏》；散文集《快筆速寫》、《愛草》。

20代速寫世界！

聊聊
生活方法、
工作方法
與創作方法

文 雪 果

大家好，我是雪果。目前為止我在這本詩刊也不過刊登兩篇文章，今年春季號一篇、夏季號一篇。然而短短幾個月的時間，我的生活卻已發生許多變化。我不討厭變化，我喜歡隨著變化修正方法。

**【專欄名稱要改了？
20 代快 30 代了！】**

沒錯，專欄名稱再兩年就要改成「30 代速寫世界了！」……先祝我生日快樂吧！不知是否跟年紀增長有關，我的生活也漸漸健康了起來。近期買了很滿意的東西是健康餐盤與大水壺。

之前想控制飲食，從友人那聽到一個易於執行的方法，即控制菜、肉、飯的比例為 3：2：1，以個人的拳頭大小作為比例單位。當時我為了追求更精準的比例，找了一個小杯子作為一單位。然後將每一道食物裝滿杯子後再倒入碗中，實在是非常麻煩！

後來找到一個依照衛福部每日飲食指南設計的餐盤。餐盤分了七小格：蔬菜類兩格、蛋豆魚肉類一格、澱粉類一格、水果類一格、堅果類一格，最後是自由使用一格。目前為止感到相當滿意，除了能控制飲食、確保營養攝取足夠之外，我不需要再用小杯子測量食物量了！

而大水壺是希望透過多喝水來讓皮膚好一點。目前感覺皮膚有比較亮！其他還有待觀察。

【區分「專心動腦」與「專心執行」的時間】

能確保自己是「健康的」，讓我頗有安心感。更精準地說，我追求「找出最正確的方式並依循著該方法生活」。

例如濕洗手應該洗 20 秒，於是我利用 iPhone 內建的「捷徑」APP，寫一個小程式來幫我計時。又或刷牙最好刷超過三分鐘，我也利用「捷徑」APP 計時。將牙齒區分上、下排，而一排牙齒又分為頂端、內側與外側。

勤於製作工作筆記，使用兩種行事曆 APP 安排時間，以及規劃每個月的花費等，都是相同道理。也就是「專心動腦的時間」跟「專心執行的時間」是分開來的。事先動腦找出正確的方式、進行規劃，後來只需照著執行即可。

也許有人覺得麻煩。但這樣的方式反而能減少執行的錯誤機率，也能加速執行時間，讓一切井然有序（滿足）……。不過以上做事方式僅針對個人，我不會干涉他人的做法。

對於其他人而言我應該還是挺好相處的吧！

【我不修東西啦！JOJO！】

我出社會一年多，目前剛換到第二份工作。第一份工作是在某大學系所負責行政業務，俗稱「助教」。行政業務中我負責總務。總務需管理經費、購買物品。因此面對的就是相當實際且充滿銅臭的事物，是可以「窺見他人欲望」的工作。通常有事找我就是：東西壞掉了、哪裡漏水了、缺了東西、能否借用器材……等等。

面對種種要求與欲望，我需要灌輸自己一些觀念，來讓自己更加稱職。例如經費要控管好；要購買真正對系上有益的物品；漏水、裂縫要趕快修；防止物品被借用的學生弄丟、弄壞；防止老師為了私慾而動用系所經費……等。

有這些原則，才得以進入「總務」一角，才能評斷與處理四面八方來的所求。堅持原則讓我在精神層面上受了些苦頭，好似無法接受白紙出現污點，讓我動了離職的念頭。機會一來，我也就換了工作。在跟主任提離職時，主任道：「也好，這樣就不用一天到晚修東西了。」

第二份工作是在藝文場館擔任企劃。目前剛

入職，還在「進入角色」的階段，尚未能跟讀者分享。還請大家繼續關注這個專欄！

【文字從工具轉為創作媒材】

雖然我在這裡發表文章，但一直以來我自認不擅長文字創作，並未對「文字」產生創作意識。文字是工具，而非創作媒材。

我曾與友人組成繪本創作團體，朋友負責繪畫、我負責構思故事。除了構想故事外，繪本的文字通常帶有適合幼童唸出來的音律感與美感。經過那次創作經驗，讓我深刻體會到自己不擅長讓文字產生某種美感。如此自認不擅長文字創作的我，近期卻開始在Instagram 的私人帳號上連載文章。內容是我從第一份工作轉到第二份的過程。

Instagram 是以圖片、短影音為主的平台，圖片與短影音是我較擅長的領域，但我偏偏想寫文章。且為了配合 Instagram 不適合放長文的特性，把長文分成了短短幾篇貼文。並試著在每篇貼文放入亮點，像是在構思故事的高潮迭起。自認為在創作、進行連載。看來我是對文字產生創作意識了。

【保持「吸收創作養分」的意識】

在研究所三年級的時候，我旁聽了某位老師的「研究方法」課程。這是我在研究所時期上的第二堂研究方法。一年級的時候已修畢另一位老師授課的研究方法，而我主動想要旁聽第二堂。

我想對於教師而言，創作相關科系的研究方法不好教。一年級時修的研究方法是以圖像學為主，但這個方法不足以照顧到所有的創作類型，又或者更像是「研究者角度」的研究方法。然而本系的創作組學生佔多數，且創作媒材、類型千變萬化，只有一種方法是不夠的。

第二堂研究方法，則提供一些真正可以幫助到「創作者」的研究方法，以「創作者」的角度出發。有些方法我到現在仍努力執行——例如「跨領域的創作參照」。身為創作者必須要多閱聽、吸收各類型創作，例如文學、電影、劇場、音樂與建築等。

為了確保自己吸收各類型的創作，我製作了一個表格，列出月份與項目：動畫、漫畫、影集／連續劇、展覽、表演、電影、書、小說與繪本。雖然不能保證完全做到，但至少做了。也許我現在幾乎沒有真正為自己創作的時間，但這樣帶有創作意識的行為卻是重要的。這些吸收會在未來某一天開花成靈感。

ABOUT 雪 果

某藝術大學藝術碩士。喜歡藝術、表演、街舞、動畫與漫畫、與漫畫、日劇與日本花道的 20 多歲女子。

第七種日常的詮釋

郭瀅瀅—專欄

躺下

文　郭瀅瀅

1.

從地面上堆起的書，將房間切割成一條條短小從地面上堆起的書，將房間切割成一條條短小而窄仄的通道，限縮著我的肢體，而裡頭有我的記憶、我的憧憬與我的哀愁——幾十年了，我劃下的線條、詞語，在書頁的斑紋裡混濁，而年少所寫下的零星字句，也靜躺在地面上。一團潦草的、飛舞的思緒，包覆在土色的污痕裡。

而如今，我終於遠離了它。

從離開的那一刻起，我便靠近美好一些，我正向它走去——明亮與寬闊的空間、清晨的鳥鳴、濃稠的紅——我以為不再執著的顏色，又再次佔滿了我的視緯。它讓我的視覺歡愉，激起了我內在的能量之流（也許我始終節制、也許我的生命缺乏運轉的動能）。紅色的床，紅色的被子，紅色的枕頭，紅色的毛毯……也曾是承接著梵谷，在夜裡躺下的顏色，包裹著他終於放鬆的肢體。

2.

我養成了一種習慣，一看到污痕就想將之抹去。也許，我從未擁有過美好的空間，於是對於它的潔白，竟戰戰兢兢，深怕污染了它分毫。而我未曾意識過我的身體裡的確，流淌著母親潔癖的基因，也許它在潔白的面前，才終於現形。

母親——那潔白的象徵，那有條不紊，自律而無法隨意的性格，打從年輕開始一出遠門就會受傷的命運——搬家後，我兩次夢見她。第一次，我寫下了詩句：

〈母親的臉在夢裡〉

母親的臉在夢裡
變得很瘦
在我離家的 35 日
之後——

遙遠之地我回望
黑色的貓——她恐懼的事物
爬上她的桌子
嗅聞蕨類，舔食
當作牠愛的貓薄荷，磨蹭著
臉，藐視地看向我

一躍，隱沒在夢境的黑——
母親的臉　黑貓
星期三。冬日。

偽裝成夏日的冬日
偽裝成冬日的夏日

（偽裝成貓薄荷的蕨類）
（偽裝成黑貓的母親）

我熱愛盆栽植物的那段時期，她曾害怕我在陽台種植貓薄荷，會招來貓的侵佔（她一向恐懼著貓）。而夢裡，她與她恐懼的事物混淆著彼此的形貌，彷彿擁有同一雙眼睛，變形於同一個無形的主體。那陣子的氣候也不尋常，天冷，我穿著毛絨絨的冬衣午睡，卻被夏日般的陽光與風給喚醒，經常覺得自己被戲弄著；而第二次的夢——醒來後，我因為哭泣而無法寫詩——那一晚，母親年輕如往昔，容光煥發地站在前方，溫婉地笑著，凝視我。而我，彷彿獨立於夢境之外（正如她的笑，彷彿獨立於世界之外），我僅能是

現實中的我——躺在遠離了母親的紅色床鋪裡的我，無法回應她的笑容，也無法與夢裡的她連結。

我也無法，留下往昔的一切。
於是我在眼淚裡醒來，獨自面對著黑夜——
一睜開眼睛，母親便不在前方的一片漆黑。

3.

一切都藏匿在這片漆黑裡。
胸口殘留的悸動、不被語言捕捉的一切、夕陽下的緋紅色、如耳朵般，將自身的倒影烙印在牆面的燈芯，與遠方隆起的山。它們如流逝的意念一般，在黑夜裡隱沒自身的形跡。

「如果不趕快入睡，明天就要來了！」兒時的我，總在黑夜來臨時感到急迫，並倉促地躺下，對姊姊與母親吶喊著，彷彿在告誡。而我不明白，年幼精力旺盛的我，為何本能性地迴避著明日。如今，我也偶爾嚮往著永眠與夢的無語。也許內在仍有虛無主義的影字、也許我經常太執著，於是在臨睡前，我有時叮囑自己：「我們最後都會躺下。對躺下的那一刻而言，過往的一切都不再重要。」而明日，也未必會來臨。

ABOUT 郭瀅瀅

1988 年生，哲學系畢業。曾任新聞編輯、記者，現為《人間魚詩生活誌》編輯。在文字與影像裡觀照自我，覺察內在的混沌與光明。